# ERECTUS

## Le Dernier Hiver

Du même auteur

Aux éditions XO

*Erectus*, 2018. Pocket, 2020.
*Erectus, L'Armée de Darwin*, 2021. Pocket, 2022.

Xavier Müller

# ERECTUS

## Le Dernier Hiver

roman

XO
EDITIONS

ISBN : 978-2-37448-456-3

À mes parents, Otto et Martine.

« Les gènes sont une machine à remonter le temps. »

Évelyne HEYER, généticienne

« Pour nous, physiciens, la distinction entre le passé, le présent, le futur n'est qu'une illusion, aussi tenace soit-elle. »

Albert EINSTEIN

# PROLOGUE

Imaginez un chien vagabondant sous le métro aérien. Ce n'est pas une bête errante, sa propriétaire l'a juste libéré dans le parc afin qu'il se dégourdisse les pattes et il en a profité pour s'enfuir. Alors que retentit le fracas d'une rame, il a oublié cette bonne vieille Mme Perrin et lèche goulûment le bas d'une poubelle. La veille a eu lieu la fête du quartier chinois et le container déborde de décorations diverses avec des dragons. D'un sac percé s'écoule de la sauce soja.

Maintenant, imaginez que ce chien remonte le cours de l'évolution qui a fait de lui notre plus fidèle ami. Et s'il rejouait le scénario à l'envers ? Oui, comme ça, d'un claquement de doigts. Sacrée métamorphose : il grandirait, sa mâchoire s'allongerait, ses oreilles se redresseraient et il se couvrirait d'un pelage gris et dru. Une fois sa mue en loup terminée, nul doute qu'il sèmerait la terreur dans le quartier. Dans ses yeux scintilleraient deux billes jaunes à glacer le sang où s'exprimerait la même sauvagerie que dans ceux de ses frères *Canis lupus* du parc de Yellowstone, aux États-Unis.

Les chiens sont loin d'être les seuls animaux à vivre parmi nous. Les villes sont de véritables zoos à ciel ouvert, quand on y pense. À Paris, il est facile d'énumérer au moins dix espèces qui côtoient les habitants : chat, pigeon, faucon pèlerin, rat, renard, chauve-souris, tortue, anguille et brochet dans la Seine, grillons dans le métro. Et si tous ces animaux rebroussaient le chemin de l'évolution ? Et si, tout à coup, notre monde naturel, partiellement apprivoisé et inoffensif, retrouvait ses griffes et ses instincts de prédateur ?

Une perspective terrifiante.

Ce cataclysme a eu lieu. L'impossible s'est produit : les chiens sont redevenus des loups. À New York, Bombay, Sydney, des nuées de dinosaures à plumes aux serres acérées infestent le ciel des mégalopoles. À Paris, des rats venimeux jaillissent des bouches d'égout, engendrant le chaos. Dans toutes les villes, des créatures surgies d'un lointain passé réapparaissent. À la campagne, la faune et la flore se peuplent d'anachronismes. Aux Pays-Bas, des champs de magnolias poussent là où auparavant fleurissaient des roses. Dans les grandes plaines céréalières du centre des États-Unis, de Russie et d'Ukraine, le blé régresse au stade de variété ancestrale au rendement médiocre.

Pourquoi toutes ces espèces éteintes resurgissent-elles ? La réponse : parce que l'évolution des espèces vient de s'inverser sur toute la planète. Le responsable ? Un virus fulgurant, remonté des abysses par une société de biotechnologie, Futurabio. Le micro-organisme transforme la vie sur la planète en sa version préhistorique. Comme si le dieu des croyants, fier de son œuvre, avait pressé le bouton « rembobiner » pour admirer à l'envers le film de la genèse.

Bienvenue dans le monde d'avant.

À quand le tour de l'être humain ? La question brûle toutes les lèvres. Le phénomène peut toucher n'importe quel animal, à tout moment, alors pourquoi pas nous ?

Une seule personne a anticipé le cauchemar planétaire : la paléontologue Anna Meunier, du Muséum national d'histoire naturelle de Paris. Quand, en mission en Afrique du Sud, là où tout a commencé, Anna découvre dans l'entrepôt d'un trafiquant d'animaux une créature simiesque, à la peau sombre et velue, dont la tête est pourvue d'arcades sourcilières proéminentes, elle sait que l'attente, hélas ! ne sera pas longue.

Notre ancêtre bipède, doué du langage et d'intelligence, *Homo erectus*, fait un retour fracassant dans l'histoire.

Fracassant, car les victimes se comptent bientôt en centaines, puis les centaines en milliers… Le nombre grossit si vite qu'il faut se rendre à l'évidence : nous, *Homo sapiens*, partageons dorénavant la Terre avec une nouvelle espèce humaine.

Anna est touchée par la catastrophe : Yann, son compagnon, lui aussi chercheur, a été contaminé par le virus. Subjugué par un ballet de baleines régressives, il est allé nager au milieu d'elles. Pure folie… Maintenant, enfermé avec ses congénères derrière des barreaux au zoo de Vincennes, il attend que l'Onu statue sur leur sort.

Car que faire de la centaine de milliers d'*erectus* qui patientent dans des zoos ou des centres de détention ? Une guerre débute : celle qui divise les humains quant à la place à accorder à leurs frères préhistoriques.

Kenya, l'un des berceaux de l'humanité, un an après la pandémie. Au milieu de la savane arborée se dresse une immense clôture, un cercle d'acier infranchissable de cent kilomètres de diamètre qui délimite un territoire que les humains ont décidé d'allouer aux *erectus*. Une gigantesque réserve, renfermant assez de ressources pour assurer leur prospérité.

Les jambes chancelantes, Anna s'approche du sas d'entrée solidement gardé. Son cœur bat à tout rompre dans sa poitrine. Elle est venue assister à la remise en liberté de Yann. « Remise en liberté », c'est la dénomination officielle, mais personne n'est dupe. C'est une grande prison qu'on a construite.

Yann se tient près de la cage dans laquelle il a fait le transport. Il implore Anna en silence. Ses yeux en disent plus long que des mots : « Emmène-moi avec toi, je ne veux pas aller là-dedans. »

Anna hésite un court instant, mais elle sait qu'il n'y a pas d'autre choix possible. Elle s'est rangée à l'avis majoritaire qui ne voit aucune cohabitation envisageable entre les deux espèces. C'est un déchirement pour elle, elle a l'impression de trahir Yann. À l'annulaire de sa main droite, elle porte encore l'anneau en pierre de météorite qu'il lui a offert. Aucun matériau sur terre ne rivalise avec celle-ci en matière d'ancienneté, pas même le diamant. « On sera toujours là l'un pour l'autre », voilà la signification du bijou. Ce serment de loyauté, elle vient de le rompre.

*Je suis désolée*, pense-t-elle.

— Ta maison est là-bas, maintenant. Tu seras heureux, je te le promets.

Elle ment. Sa promesse est creuse et elle le sait.

Un coup de feu tiré par un soldat pousse Yann vers l'ouverture. Avant de franchir la grille, il jette un dernier regard à Anna, en ultime adieu. La colère irradie de ses yeux. « Je pensais que tu venais m'arracher à leurs mains, mais tu es des leurs », disent-ils.

Anna regarde Yann s'enfoncer dans la savane. Sa silhouette primitive s'éloigne à la fois dans l'espace et dans le temps. Plus qu'une frontière physique, le grillage matérialise le gouffre temporel qui sépare à présent les deux amants.

Un fossé de deux millions d'années.

Impossible à combler. Jusqu'à aujourd'hui.

# – I –

# SOMMEIL DE PLOMB

# – 1 –

**Il y a six ans. Au-dessus de la fosse des Mariannes, Pacifique.**

La plate-forme pétrolière vibrait sous les coups de boutoir de la houle, ses piliers métalliques poussant des gémissements sourds et plaintifs. Tout juste descendu d'un hélicoptère, Josia Meyer, à la tête des 75 milliards de dollars d'actifs de la société Futurabio, s'avança sur l'héliport. Sacrée tempête. Ils avaient été ballottés durant tout le vol et il avait conjuré le mal de l'air en lisant des publications scientifiques – le seul antinauséeux efficace sur lui.

Bourreau de travail, Meyer considérait toute inactivité comme une perte de temps. Âgé de 44 ans, il avait un physique passe-partout, avec de larges épaules et une tonsure naissante. Quand on lui demandait sa taille, il répondait le plus sérieusement du monde : « 1 850 $cm^3$ » – le volume de son cerveau.

D'un geste nerveux, Meyer resserra le col de sa parka. Il appréhendait les minutes à venir. L'homme à qui il rendait visite avait passé cinq ans dans la peau d'un *erectus*.

— Et vous dites qu'il répète toujours les mêmes mots ?

Josia Meyer mesurait un petit mètre soixante-cinq. Mirna Kisinski, sa directrice des opérations, faisait une tête de plus que lui. Tous deux se dirigeaient vers le module de commande, au milieu d'un blizzard hurlant.

— « Le troisième ange sonna de la trompette ! » s'époumona-t-elle. La même phrase encore et encore, comme s'il s'agissait d'un mantra.

— Apocalypse, chapitre 8, verset 10, commenta Meyer.

— Que dites-vous ?

— C'est un passage de l'Ancien Testament. J'ai grandi dans une école chrétienne à Johannesburg. J'en garde de bons souvenirs : j'ai perdu ma virginité dans la salle d'informatique.

La jeune femme fit la grimace, faussement consternée, avant de demander :

— Qu'entend-il par-là, à votre avis ?

— Je comptais sur vous pour me le dire.

Mieux valait avoir l'estomac bien accroché quand on traversait l'esplanade centrale de la plate-forme – et cela n'avait rien à voir avec les mauvaises conditions météorologiques. En combinaisons légères de protection, des équipes y débitaient des animaux remontés des fonds marins à des fins d'analyse. Des échantillons biologiques de première valeur au regard de l'endroit où ils avaient été pêchés, dans la plus profonde fosse océanique. Sitôt prélevés, les morceaux sanguinolents encore fumants finissaient dans des boîtes réfrigérées.

Deux hommes armés d'une tronçonneuse s'acharnaient sur l'un des princes préhistoriques des abysses, un calmar géant du nom de *Nectocaris pteryx* reconnaissable à ses deux uniques tentacules. S'approchant d'un des bras de la créature, un ouvrier trancha le membre gélatineux qui s'agita un court instant, mû par un réflexe ultime.

— Je sais une chose, précisa Kisinski : il n'est plus la même personne qu'avant. Il s'est même montré violent et nous avons été obligés de le placer à l'isolement.

La plate-forme était étonnamment stable, tout juste si d'infimes vibrations remontaient le long de leurs jambes. Josia s'interrogeait sur l'état mental de l'homme et surtout sur sa fiabilité. Pouvait-on avoir confiance en quelqu'un qui n'avait pas été lui-même durant cinq longues années de sa vie ?

— Le traitement aurait altéré son équilibre psychique ?

— Peut-être, c'est un élément à considérer. Quoi qu'il en soit, vous savez combien il était intelligent. Et il l'est resté, d'après nos tests.

Kisinski lui tendit une chemise cartonnée que Meyer ne fit qu'entrouvrir. Compulser des dossiers ne le rebutait pas, mais il jugeait sévèrement des subalternes qui se montraient incapables de synthétiser leur savoir.

— Il a toujours un QI de 160, explicita Kisinski. Mais son intelligence n'est qu'une de ses qualités. Il n'avait pas d'égal dans son domaine. C'est la raison qui nous a poussés à investir tant d'argent pour l'avoir à nos côtés. Cela ne m'étonnerait pas qu'il sache parfaitement ce qu'il fait.

Josia Meyer afficha une moue sceptique.

— J'espère que vous avez tort.

Dans la pièce aveugle aux murs couverts de cartes marines, l'homme leur tournait le dos. Il avait les épaules voûtées de quelqu'un usé par les épreuves et que même le royaume des ombres n'impressionnait plus. Une aura glaciale émanait de lui. Meyer la sentait jusque dans sa propre chair. Il se racla la gorge et prononça le nom d'un mort-vivant :

— Stephen Gordon, qu'est-ce qui vous prend ?

L'ancien directeur du service des maladies transmissibles à l'Organisation mondiale de la santé, l'OMS, pivota sur lui-même. Même complet-veston, même visage aux traits anguleux qu'avant : rien n'indiquait que, peu de temps auparavant, cet homme avait la peau partiellement velue et les arcades sourcilières saillantes. Gordon ne présentait aucune séquelle de son ancien état régressif – du moins en apparence.

— Vous en avez mis du temps à venir, Josia. J'espère que vous êtes plus rapide quand vous signez des contrats.

— Je n'ai pas parcouru dix mille kilomètres pour recevoir des leçons de quelqu'un qui, il y a à peine un an, déterrait des tubercules pour se nourrir.

— C'est dommage, car le passé aurait beaucoup à vous apprendre. « Le troisième ange sonna de la trompette. » Vous avez lu l'Apocalypse, Josia ? Bien sûr que vous l'avez lu…

— Je ne vous savais pas féru d'exégèse biblique. Si vous cherchez à m'impressionner avec vos citations savantes, c'est raté. Dois-je vous rappeler que vous êtes un généticien, à la base, pas un historien ?

— Depuis que j'ai fait un aller-retour dans le passé, je crois que j'ai gagné le droit d'arborer cette casquette.

Un léger sourire se dessina au coin des lèvres de Gordon, qui semblait s'amuser de la situation. Des gouttes de sueur grosses comme des billes perlaient pourtant sur ses tempes. Son retour vers l'humanité n'était peut-être pas aussi indolore qu'il le prétendait, finalement.

— Cette citation biblique, c'était pour m'appâter, avouez-le. Vous connaissez mon histoire, vous saviez que j'y réagirais.

— Ce n'est qu'en partie vrai. Le temps est venu pour moi de payer ma dette, Josia.

— Quelle dette ?

— Combien avez-vous dépensé pour me sortir des ténèbres, pour me redonner mon existence humaine ? Un million, deux ?

*Plutôt cinq*, songea Meyer. Un travail de haute couture qui les avait amenés à corriger chacun des gènes de Gordon *à la main*, pour ainsi dire, gène après gène. Laborieusement, ils avaient réussi à inverser l'action du virus Kruger. Mais à quel prix… Meyer se débattait encore avec les actionnaires furieux pour justifier cette dépense astronomique.

— En retour, je dois…

— Vous ne me devez rien du tout, dit Meyer, agacé. J'ai fait installer ce laboratoire au-dessus de la fosse des Mariannes, car c'est ici que le virus a jailli de l'abysse. Pour développer un antidote définitif, il nous fallait quelqu'un comme vous. Grâce à vous, nous allons comprendre comment tout a commencé, comment le virus s'est développé par dix mille mètres de fond. C'est tout ce que je veux entendre de votre bouche. Alors, Gordon, avez-vous des résultats ? Quoiqu'on m'eût averti si c'était le cas.

— Il se peut que toutes les informations ne soient pas parvenues jusqu'à vous…

— Qu'est-ce que vous racontez ? Je vous préviens, si vous avez dissimulé quelque chose, vous allez m'entendre. Vous cherchez à me faire regretter mon investissement ?

— J'ai caché les résultats pour vous protéger, Josia. Vous devez interrompre les opérations.

— Ben voyons ! Vous avez une idée de ce que tout cela a coûté à mon entreprise ?

— Peu importe, vous devez tout arrêter. La régression n'était qu'un prélude, l'amorce d'un phénomène bien plus vaste.

— Enfin, Gordon, c'est du charabia ! À quel phénomène faites-vous allusion ?

— Vous n'avez pas idée des forces auxquelles vous vous mesurez. Vous vous croyez suffisamment malin pour disputer une partie d'échecs avec le diable, cher Josia ?

— Venant d'un ancien directeur de l'OMS, c'est une réflexion à la tonalité un peu trop biblique, non ?

— Les temps le sont, bibliques. Cela m'étonne que vous ne l'ayez pas perçu.

— Ne soyez pas insolent avec moi. N'oubliez pas que tout le monde vous croit mort depuis six ans. Stephen Gordon, le célèbre chasseur de virus tombé entre les griffes du fléau qu'il avait traqué en première ligne.

Une lueur traversa le regard de Gordon. L'évocation de son passé le troublait, de toute évidence.

Un marin vêtu d'un caban pénétra dans la pièce.

— Ça y est, monsieur Meyer, nous avons fini de la remonter.

Parfait ! Gordon n'allait pas lui gâcher la fête. Meyer ne comprenait rien à son galimatias. L'opération de chirurgie génétique dont il avait été l'objet lui avait manifestement fait perdre la tête. Il allait falloir trouver un moyen de gérer ce problème. Comment ? Josia l'ignorait, mais la discrétion primait. Si l'histoire de Gordon arrivait aux oreilles de la presse, Futurabio reviendrait sous le feu des projccteurs. Or s'il y avait une chose qu'il désirait éviter par-dessus tout en ce moment, c'était bien la publicité.

Mais pour l'instant, l'heure était aux réjouissances. Tous leurs efforts des deux dernières années allaient enfin être récompensés.

Une énorme sphère avait été arrachée aux flots impétueux. Extraite de la mer par une grue, elle se balançait doucement au-dessus de la plate-forme. Rien d'animal, une simple pierre d'environ deux mètres de diamètre qu'un radar avait repérée la veille sur le plancher océanique. La pluie cinglante fouettait sa surface sombre à la texture étrange qui miroitait sous la lumière des projecteurs.

Se tenant aux côtés de Meyer époustouflé, Mirna conservait son air hiératique, accentué par ses cheveux coupés au carré et d'un blanc d'albâtre. Tout le mérite du montage de l'opération lui revenait. Le nombre d'obstacles à surmonter pour fouiller les sédiments marins par dix mille mètres de fond était juste dément et elle s'était montrée à la hauteur de la tâche.

La grue déposa la pierre sur le sol. Un marin muni d'une pince coupante s'avança pour défaire l'araignée de cordages qui l'emprisonnait. Mais, alors qu'il se trouvait à moins de cinq mètres de la sphère, l'outil lui échappa subitement des mains. Il vola à travers le pont pour aller se coller sur elle. Simultanément, un autre ouvrier perdit sa ceinture, dont la boucle s'était ouverte toute seule.

Une force magnétique d'une incroyable puissance émanait du rocher.

L'instant d'après, la plate-forme pétrolière se mit à trembler, comme frappée par un séisme. La surprise mêlée d'effroi fut générale. Mirna Kisinski plaqua contre son oreille son talkie-walkie qui crachotait, avant d'expliquer à la cantonade :

— On a perdu temporairement le système antiroulis.

Il ne s'agissait pas d'une coïncidence. C'était cette chose qui causait la perturbation. *Bon sang, qu'est-ce que c'est ?* se demandait Meyer. La forme de la sphère, son aspect, tout plaidait pour une origine qui n'avait rien de terrestre. *Une météorite ?*

Gordon avait suivi le patron de Futurabio sur la plate-forme. Comme en réponse à ses interrogations, il se mit à psalmodier des phrases toujours puisées à la même source biblique :

— « Le troisième ange sonna de la trompette. Et il tomba du ciel une grande étoile ardente comme un flambeau ; et elle tomba sur le tiers des fleuves et sur les sources des eaux. »

— Vous ne m'impressionnez pas avec vos extraits de l'Apocalypse ! s'écria Meyer. Si la science devait s'arrêter chaque fois qu'elle rencontrait l'inconnu, nous en serions encore à l'âge de pierre.

— N'est-ce pas justement vers là que nous nous dirigeons, Josia ?

Meyer n'eut pas le temps de préparer une repartie.

— Quelque chose est accroché dessus ! hurla un marin.

De fait, une fois le filet relâché, une forme recouverte d'algues apparut, adhérant à la surface. Désireux d'éviter une seconde mésaventure, le marin s'empara d'une gaule en bois et dégagea… une vieille ancre rouillée. Il s'était approché de trop près au goût de Meyer, qui lui intima l'ordre de reculer.

Au même moment, la plate-forme perdit une nouvelle fois son système de stabilisation et fut frappée de plein fouet par une déferlante. Le niveau du sol s'inclina de dix degrés : le marin perdit l'équilibre et glissa jusqu'à la sphère. Quand le sol revint à l'horizontale, la grue pivota sur elle-même. La pierre décrivit un grand arc de cercle, sa force magnétique attirant tout le métal qui traînait alentour… S'arrachant aux mains d'un ouvrier, une tronçonneuse encore allumée fila vers elle, sectionnant à l'arrivée le bras du marin… Le malheureux s'effondra en hurlant.

L'horreur se peignit sur les visages. Tous se précipitèrent pour secourir le blessé.

Gordon, lui, se dirigea lentement vers la pierre. Il marchait d'un pas lourd, comme un condamné à mort vers la chaise électrique. Le vent s'engouffrait dans sa veste, pourtant il ne ressentait ni le froid ni la peur. Josia Meyer avait vu juste : il n'était plus le même depuis son retour parmi les humains. Mais l'univers obéissait à un perpétuel mouvement de balancier : ce que Stephen avait perdu d'un côté, il l'avait gagné de l'autre. Il avait acquis une lucidité accrue. Il savait que le mal attendait son heure, patiemment. Puis un jour arriverait où il déferlerait d'une façon inédite.

Gordon se posta devant la sphère. Le bras coupé, sanguinolent, demeurait retenu contre la surface minérale par une énorme montre en métal – l'un de ces modèles militaires russes dotés de grosses aiguilles phosphorescentes. Gordon remarqua une bizarrerie sur le cadran, un détail que la plupart des gens auraient ignoré…

Les aiguilles tournaient à l'envers.

# – 2 –

## Tahiti, aujourd'hui.

Le corps flottait depuis si longtemps sur l'eau qu'une mouette avait fini par se poser sur lui. À coups de bec rageurs, elle s'échinait à percer le néoprène de la combinaison de plongée. Les bras en croix, tel un Christ contemplant les abysses, l'homme dérivait sur une mer d'huile. En toute logique, il était mort depuis longtemps, les poumons remplacés par des éponges saturées d'eau.

Soudain, les paupières du mort s'ouvrirent sur deux yeux exprimant la surprise. Celle de se découvrir en vie.

Un navire mouillait à une dizaine de mètres. Nageant lentement jusqu'à l'échelle de poupe, l'homme accéda au pont arrière. Il avait l'esprit engourdi et la réalité lui parvenait comme au travers d'un prisme déformant. Au sol, quatre personnes gisaient au milieu de bouteilles de plongée. Trois étaient des Occidentaux, la quatrième était un pêcheur de perles local nommé Moana, le torse puissant et une solide carrure. Un gabarit de rugbyman.

Et une anomalie biologique : il tenait vingt minutes sous l'eau sans respirer.

Pris de vertige, le survivant s'appuya au garde-fou. Les images des récents événements lui revenaient par flashes. Lui et son équipe étaient en train de mesurer les capacités pulmonaires du pêcheur après une apnée. Tout à coup, tous s'étaient effondrés les uns après les autres, tels des pantins dont on avait coupé les fils.

*Que s'est-il passé, bon sang ?*

Ses réflexes d'ancien médecin lui revinrent. Il plaça deux doigts sur la carotide des hommes. Le pouls, régulier, battait anormalement lentement.

Une explication s'insinua dans son crâne. Terrible, glaçante.

*Et si...*

S'il avait raison, si ces hommes n'étaient pas morts, pas au sens où on l'entend généralement ?

Il rejoignit le cockpit, posa les mains sur le volant et sentit de nouveau les ténèbres obscurcir son esprit. Une fatigue accablante le terrassait. Le mince fil de conscience qui vibrait encore en lui se concentrait tout entier sur les moyens de s'échapper d'ici. Il tourna la clé de contact et entendit le rugissement rassurant du moteur.

Il poussa les gaz à fond. Le hors-bord se cabra en crachant des geysers bouillonnants.

Lucas Carvalho savait exactement quoi faire s'il voulait rester lucide.

Quand Lucas franchit le seuil de sa maison de bord de mer, il luttait toujours contre le sommeil. Jamais, durant sa vie d'ancien chasseur de virus qui l'avait exposé à bon nombre de micro-organismes dans les endroits les plus reculés d'Afrique et d'Asie, il ne s'était senti aussi diminué.

Il tituba vers le salon reconverti en laboratoire de campagne, véritable capharnaüm de microscopes et d'appareils d'analyse biologique qui occupaient jusqu'à l'angle du coin-cuisine.

Dans un placard au-dessus de l'évier, il s'empara d'une seringue et d'un flacon étiqueté « adrénaline ». Il planta l'aiguille dans le récipient, puis s'injecta le stimulant dans la jambe, moyen le plus rapide pour qu'il irrigue tous les organes. Les premiers effets ne tardèrent pas à se faire sentir. C'était comme si on lui avait retiré des lests aux membres et ses pensées gagnèrent en clarté. Ses yeux glissèrent sur un tableau près du frigo. Y étaient épinglées les photos des personnes extraordinaires qu'ils avaient identifiées depuis un an.

Les clichés mentionnaient leurs exploits et leur localisation sur le globe :

« Respire sans masque à oxygène à huit mille mètres d'altitude, Himalaya. »

« Vit avec un seul litre d'eau par jour, désert de Kalahari. »

« A rajeuni à l'âge de 125 ans, Costa Rica. »

Chez ces individus, le virus avait exacerbé des capacités extraordinaires déjà présentes à l'état embryonnaire dans leurs gènes.

À cette liste s'ajoutait évidemment le pêcheur Moana.

Comment diable l'apnéiste parvenait-il à faire jeu égal avec les dauphins ? Lucas avait passé l'année écoulée à tenter d'élucider le mystère. Et la réponse tenait dans le nom d'une petite localité suédoise, noté en marge d'un graphique punaisé au panneau : Svalbard. Pendant vingt ans, on y avait étudié la population d'ours qui y hibernait. L'hibernation se traduit chez un plantigrade blotti dans sa tanière par un ralentissement des battements cardiaques, une chute de la température corporelle et un freinage des mécanismes de dégradation cellulaire. Des observations tout à fait similaires avaient été faites dans l'organisme de Moana.

En d'autres termes, le Tahitien hibernait en partie quand il plongeait.

Cette affirmation pourrait paraître loufoque. Or, en réalité, le don de Moana provenait de gènes dont les humains s'étaient servis il y a des centaines de milliers d'années pour survivre aux périodes glaciaires. Quand Lucas était encore étudiant, la possibilité d'une hibernation humaine n'était encore qu'une hypothèse hardie défendue par quelques généticiens excentriques. L'extraordinaire capacité de Moana démontrait que des gènes d'hibernation demeuraient tapis dans les tréfonds de notre ADN.

Lucas n'étudiait pas les exploits du pêcheur pour la beauté de la science, mais par amour. Voilà un an, une balle de pistolet avait traversé le crâne d'Anna, sa compagne. Le petit morceau de métal avait causé dans son cerveau des lésions extrêmement graves. Anna lui manquait terriblement. Il avait pensé qu'au fil des mois, il finirait par s'habituer à son absence, mais quand il se couchait il lui arrivait de rester de longues minutes à contempler stupidement l'espace vide dans le lit.

Son état ne s'améliorant pas, il avait obtenu son transfert dans un établissement d'excellence, l'hôpital Saint-Louis, à Paris, où exerçait un neurochirurgien aux doigts de fée, une sommité mondiale. Il n'avait même pas eu besoin de recourir à ses relations pour y faire admettre Anna Meunier, la célèbre paléontologue, prophète mondialement connue de la régression. Hélas ! malgré tout son talent, le chirurgien s'était montré pessimiste : les scanners ayant révélé que le cortex avait été touché, ses chances de rémission étaient proches de zéro.

Lucas avait connu Anna à l'époque où il travaillait encore comme chasseur de virus pour l'OMS. Il était allé la voir en Papouasie-Nouvelle-Guinée, où elle pistait un fossile qui prouverait sa théorie de la régression des espèces. Sa détermination forçait le respect. Sa quête au long cours l'avait déjà menée aux quatre coins de la planète et elle continuait à s'user inlassablement les genoux en remuant la terre, persuadée d'avoir raison, seule contre toute une communauté scientifique hostile. Il était tombé sous le charme de l'énergie qui brillait dans ses yeux. Bien qu'ils eussent chacun quelqu'un dans leur vie, ils s'étaient sentis irrésistiblement attirés l'un vers l'autre.

Partis ensemble sur la trace du virus Kruger, ils avaient largement contribué à l'annihiler, l'empêchant de contaminer la totalité de l'espèce humaine. Ils avaient prouvé la responsabilité de la société Futurabio dans les événements en s'introduisant de façon plus ou moins légale dans un de ses labos. Futurabio : tout avait été leur faute, à ces salauds. En laissant le virus s'échapper dans la nature, ils avaient allumé l'étincelle qui avait embrasé le monde.

Lucas et Anna avaient attendu l'extinction de la pandémie pour se rapprocher et laisser libre cours à leur attirance mutuelle. Anna était une force tranquille. Un véritable rouleau compresseur quand elle le voulait. Auprès d'elle, Lucas avait appris qu'on pouvait arriver à ses fins sans coups d'éclat. La constance suffisait. Il avait eu l'impression de grandir à son contact.

Quand Lucas s'abandonnait à l'évocation des moments de bonheur qu'il avait vécus avec Anna, la noirceur affleurait rapidement et le souvenir douloureux du Kenya se rappelait inévitablement à lui. Cette seconde suspendue, hors du temps, où le sang s'était mis à couler sur le front d'Anna, avant qu'elle ne s'écroule au sol. Sa blessure avait été un « dégât collatéral » d'une action terroriste. Lâchée dans la nature, une version modifiée du virus, plus virulente encore, avait précipité le monde dans le chaos. Une nouvelle fois. Ayant pris du galon à l'OMS, Lucas dirigeait à l'époque l'intégralité de la contre-attaque.

Ensemble, Anna et lui avaient traqué la conjuration de criminels à l'origine de l'arme biologique. Affronté leur chef dans Nairobi, ville-jungle rendue par le micro-organisme à la végétation. Au cours de ce face-à-face, un projectile avait atteint Anna. Sortirait-elle seulement un jour du coma ? Malgré l'avis du corps médical, Lucas caressait un mince espoir : les gènes d'hibernation du Tahitien activaient forcément des mécanismes de régénérescence cellulaire. Sinon, le corps ne tiendrait pas si longtemps sans oxygène. Ces mêmes mécanismes sauveraient peut-être sa Belle au bois dormant.

D'une démarche encore mal assurée, il se dirigea au bout du couloir vers la chambre d'Alice, la fille d'Anna. Le lit était vide, la couette repoussée sur le côté. Guère étonnant. Alice allait parfois surfer de très bonne heure. Elle y trouvait « calme » et « inspiration ». Des mots tout droit sortis de la bouche de cette enfant de 10 ans, d'une maturité désarmante.

Il fit demi-tour. Alice apparut sur le seuil de la terrasse. À son âge, elle mesurait déjà un mètre soixante et avait les épaules carrées. Elle avait hérité les cheveux auburn d'Anna. Au-dessus d'un tee-shirt arborant le dessin stylisé d'un archéoptéryx, elle avait noué un paréo bariolé qu'elle avait chipé dans la garde-robe de sa mère. Pas nécessairement la meilleure idée pour tenir le fantôme d'Anna à distance, mais Lucas comprenait.

Elle portait sous le bras une enceinte Bluetooth branchée sur une radio locale qui diffusait des hits, ainsi qu'un cahier griffonné d'équations. Il avait accepté qu'Alice sèche l'école pour l'aider à mener ses recherches. En contrepartie, elle devait potasser les sciences. Anna n'ayant plus ses parents, Lucas avait obtenu la garde temporaire d'Alice. Son père biologique aurait dû en toute logique la prendre avec lui. Seul problème : il vivait en Afrique, parmi les siens, de l'autre côté de la grande frontière… Lucas et Alice s'entendaient à merveille, et même si ni l'un ni l'autre ne l'aurait admis, il représentait pour elle un père de substitution.

Alice remarqua immédiatement les cernes profonds sous les yeux de Lucas et son teint pâle.

— Ça va ? Qu'est-ce qui t'arrive ?

— J'ai besoin qu'on me fasse une prise de sang et qu'on y mesure le nombre de globules rouges. Et vite.

L'esprit vif, Alice comprit immédiatement où il voulait en venir.

— Tu veux qu'on te fasse les mêmes analyses que pour Moana ?

— Les autres, sur le bateau, ils allaient tous bien et la seconde d'après… ils ont plongé dans un profond sommeil… J'étais encore dans l'eau. Moi aussi, je me suis endormi. J'aurais dû mourir noyé, mais mon pouls s'est ralenti. Je suis resté une vingtaine de minutes sans respirer.

Lucas haletait. Même parler l'épuisait.

— Tous mes symptômes sont identiques à ceux de l'hibernation légère de Moana, comme si…

La radio s'interrompit au milieu d'une chanson pour diffuser un message d'alerte. Alice tourna un bouton pour monter le son. Le présentateur habituel avait cédé sa place à une annonce enregistrée, pleine de mystère :

**Si vous entendez ce message, quittez de toute urgence Tahiti. L'île est déclarée zone rouge sanitaire. Les autorités ignorent encore si le phénomène a un rapport avec les pandémies précédentes. Dans tous les cas, rejoignez l'aéroport le plus rapidement possible. Des avions de l'armée vont arriver pour procéder à l'évacuation de la population. Si vous ne pouvez pas vous déplacer, un hélicoptère de secours viendra vous chercher. Si vous entendez ce message, quittez…**

— Tu crois que ça a un rapport avec ce qui s'est passé sur le bateau ? demanda Alice.

— Je ne sais pas, répondit Lucas, en proie à la confusion la plus totale.

Le bruit d'un hors-bord détourna leur attention. Il fonçait à plein régime vers le rivage. Tout d'abord, Lucas songea à ces touristes qui faisaient le tour de l'île et s'engageaient dans la baie pour admirer de plus près l'ancien volcan qui culminait en son centre. Mais, bizarrement, le bateau continuait de filer droit vers la plage sans ralentir. Finalement, emporté par sa vitesse, il grimpa sur la grève et acheva sa course dans une maison voisine dans un fracas épouvantable.

— Bon sang ! lâcha Lucas.

En un instant, son appréciation des événements venait de basculer.

— Alice, oublie ce que j'ai dit. Je veux que tu prennes le maximum d'affaires. On se rejoint à la voiture.

— Il faut qu'on aille les sauver, on ne peut pas les laisser comme ça !

— Alice, fais ta valise !

Prenant conscience d'avoir hurlé, il adoucit sa voix :

— On ne peut rien faire pour eux. Crois-moi, c'est trop tard.

Alice partie, Lucas regarda le fatras qui encombrait la table. Des carnets de notes, des piles de graphiques, le fruit d'un an de travail. Tout cela allait partir en fumée, ou presque. Comment pourrait-il progresser dans ses recherches sans Moana à portée de main ? Un immense sentiment de gâchis lui serrait le cœur. Parmi une pile de magazines, une couverture annonçait : « GRANDE FORCE, MAUVAIS GÈNES. Ceux qu'on nommait les "Ganesh" lors de la deuxième pandémie meurent en silence dans les hôpitaux. »

Il s'empara des cahiers, qu'il fourra dans un grand sac de sport. À peine eut-il effleuré son ordinateur portable que l'écran sortit de veille. Tout en haut du logiciel de messagerie s'affichait un message de Cory Barlo, un ancien collègue et ami de l'OMS. En objet, il lut un nom qu'il aurait préféré oublier :

FUTURABIO : URGENT

Futurabio, la société qui avait lâché dans la nature le premier virus. Des enfoirés de première. Même si le temps était compté, Lucas cliqua dessus.

Lucas,

Futurabio est retourné là où tout a commencé, dans la fosse des Mariannes. Ils ont envoyé un sous-marin pour explorer la zone d'où le virus Kruger a été remonté. Je viens de l'apprendre par un contact que j'ai au sein de la société, mais l'exploration se serait déroulée il y a plusieurs années. Selon lui, Futurabio a extrait quelque chose des profondeurs, quelque chose d'incroyable qui va stupéfier le monde. Qu'est-ce qu'ils nous ont remonté à la surface, cette fois ? Malheureusement, mon contact n'en sait pas plus. Je vais me faire virer si on sait que je te raconte ça, mais tant pis. S'il y a quelqu'un qui mérite d'être au courant des agissements de cette maudite boîte, c'est bien toi.

Amitiés,
Cory

Lucas sentait monter la colère en lui. Deux pandémies ne leur avaient pas suffi ? Pourquoi diable avaient-ils eu besoin de remuer une nouvelle fois le fond des océans ?

L'idée le traversa qu'ils avaient extrait encore une fois un micro-organisme des fonds marins. Et que de nouveau quelque chose avait merdé. La fosse des Mariannes était dans l'ouest du Pacifique, Tahiti au milieu. Avec les courants, peut-être…

Il s'était déjà glissé derrière le volant quand Alice s'engouffra par la porte passager. Elle jeta son sac sur la banquette arrière et adressa un ultime regard à la maison. Lucas percevait sa détresse et éprouvait de la peine pour elle. Un an de sa vie s'envolait, en même temps que la piste tahitienne pour guérir sa mère.

L'aéroport n'était qu'à une dizaine de kilomètres. Lucas lança la voiture sur une piste bordée de végétation luxuriante.

Devant un massif de bougainvilliers, ils bifurquèrent pour retrouver l'asphalte de la route côtière. Ils virent leur première voiture accidentée deux cents mètres plus loin. Le moteur fumant s'était encastré dans le tronc d'un cocotier. Lucas ralentit pour vérifier qu'il n'y avait aucun blessé. À l'intérieur, des touristes portant les sempiternels colliers de fleurs autour du cou. Un couple avec deux adolescents. Aucun ne saignait. À l'arrière, un jeune avait posé sa tête sur l'épaule de l'autre. Tous semblaient juste endormis.

À Papeete, les vitrines cassées succédaient aux Abribus défoncés par des véhicules devenus incontrôlables. À un carrefour, un pick-up et une citadine s'étaient percutés et avaient provoqué un carambolage monstre impliquant une dizaine de voitures. Plus loin, une famille remplissait à la hâte un coffre avec des bagages, pressée de fuir cette folie.

Sur l'unique route qui menait à l'aéroport, l'impression de débâcle s'aggrava. Les véhicules arrêtés s'y comptaient par dizaines. Un avion-cargo de l'armée les survolait à basse altitude dans un grondement assourdissant. Lucas se fraya un chemin en zigzaguant. Quand la route se dégagea enfin devant eux, il appuya sur l'accélérateur. Il secoua la tête pour se réveiller. La fatigue rôdait de nouveau autour de lui, prête à le dévorer.

— Comment tu te sens ? s'inquiéta Alice en le voyant piquer du nez.

Il se pinça les cuisses pour se stimuler. En vain. La voiture fit un écart. Elle mangea la bordure herbeuse et, après un tête-à-queue, s'arrêta à l'orée d'un champ. Les pensées de Lucas s'effilochaient et son horizon mental se rétrécissait. Il ne tiendrait pas longtemps sans nouvelle injection.

L'aéroport de Papeete s'était déjà mué en zone militaire, fourmilière de soldats et d'engins de toute sorte. Les réfugiés arrivaient par camions entiers, des femmes portant des enfants endormis dans leurs bras, des hommes dans la fleur de l'âge charriés sur des civières jusqu'aux barnums dressés le long des pistes. Après s'être garés, Alice et son beau-père tracèrent leur chemin à travers l'agitation. En quittant son poste à l'OMS et en s'installant en Polynésie, Lucas avait pensé tourner le dos aux scènes de guerre de ce genre.

Heureusement, Lauryn et Kyle avaient quitté l'île quelques jours auparavant pour mener une mission au Costa Rica. Lucas avait croisé leur chemin lors des pandémies régressives et s'était attaché à eux. Âgée de 26 ans, Lauryn était la fille de Stephen Gordon, l'ancien patron de Lucas, du temps où il bossait encore comme chasseur de virus en Afrique. Quant à Kyle, la vingtaine, il avait été lanceur d'alerte. Il avait sonné l'alarme en observant dans le parc Kruger un éléphant préhistorique en chair et en os. Chacun possédait des compétences qui avaient été utiles à Lucas lors des deux pandémies. Une solide amitié s'était nouée entre eux. L'affection que tous les trois portaient à Anna les réunissait également. Lauryn et Kyle espéraient rencontrer au Costa Rica quelqu'un qui pourrait aider à la soigner. Seul point positif de cette journée : ils se trouvaient loin de cette tragédie.

Lucas baissa la tête pour entrer dans la tente de commandement qu'on lui avait indiquée. Le colonel chargé de l'opération ordonnait à un subalterne d'oublier pour l'instant les personnes endormies pour se concentrer sur les victimes d'accident.

— Je m'appelle Lucas Carvalho, dit-il en s'avançant. Il y a un bateau au large avec quatre hommes endormis. Vous devez aller les secourir et appeler Cory Barlo à l'OMS. Injectez-leur de l'adrénaline. Ça devrait les tirer d'affaire.

— On a déjà essayé. Ça fonctionne pour certains mais pas pour d'autres.

Il marqua une pause, puis reprit :

— Je pense connaître le mal qui frappe les habitants. Ils hibernent.

# – 3 –

## Costa Rica.

Rappelle ASAP. Problème à Tahiti, disait le sms.

*Pas le temps, désolée, Lucas*, songea Lauryn en remisant son téléphone dans sa poche. Avec sa jeunesse, ses cheveux roux mi-longs, ses pommettes rondes et ses yeux bleu glacier, elle était l'opposé du vieillard aux yeux bridés qui lui faisait face.

Elle le fixa, soudain intimidée par son âge canonique. À sa naissance, on circulait encore à cheval dans les rues de Londres. Il avait connu la Première Guerre mondiale, les Beatles et le 11 Septembre. Sans doute avec un train de retard, car ce Mathusalem habitait une modeste case perdue en pleine jungle. Sur un poêle percé, du manioc mijotait au fond d'une casserole cabossée.

Juan Pablo Sánchez – c'était son nom – semblait défier le temps. Seules quelques rides creusaient son visage et de rares fils argentés étincelaient dans ses cheveux. Hormis ces signes de vieillesse, il pétait une forme déconcertante à 125 ans.

Il se payait même le luxe de fumer. À chaque taffe qu'il tirait sur sa clope sans filtre, Lauryn voyait en imagination ses gènes de longévité s'allumer pour stimuler ses défenses immunitaires. Spontanément, elle lui aurait donné 60 ans. Lauryn était béate d'admiration devant les doyens de l'humanité comme lui. Ils incarnaient à ses yeux des îlots de stabilité dans le chaos du monde.

— Tu crois qu'il va accepter de nous aider ? demanda Kyle, assis comme elle en tailleur autour du foyer central. Tu as regardé autour de toi ? On n'est pas vraiment dans le temple de la modernité.

Une multitude de colifichets ésotériques, colliers de coquillages et dents d'alligator, ornaient l'osier des murs. À peine arrivée dans la région de Matambú, Lauryn avait compris que les croyances animistes, qui attribuaient une âme aux plantes et aux animaux, régnaient ici. La magie imprégnait l'air. Son hôte, assis en face d'elle, en était la preuve la plus éclatante. De la pure magie génétique.

— Et tu vas lui parler d'ADN et de séquençage ? fit Kyle.

— On n'est peut-être pas obligés de lui faire un cours de génétique.

— On a besoin d'un échantillon sanguin. Tu veux qu'on lui dise quoi ? Qu'on mène une campagne de don du sang ?

— On n'a pas le choix, Kyle.

Son téléphone vibra de nouveau dans sa poche. Sans doute Lucas. Elle avait reçu l'ordre exprès de l'appeler dès qu'ils auraient pris contact avec leur cible. Or il n'exigeait pas seulement des nouvelles des avancées de leurs recherches scientifiques ; selon elle, il jouait aussi les nounous. Il se sentait responsable de ce qui pouvait leur arriver à l'autre bout du Pacifique. Il oubliait un peu vite que, deux ans auparavant, elle n'avait pas hésité à infiltrer un réseau de trafiquants d'animaux régressifs.

Elle ignora une nouvelle fois l'appel, se concentrant sur l'Indien.

— Monsieur Sánchez, vous retrouver a été un parcours du combattant, mais j'étais prête à retourner toute l'Amazonie pour remonter votre trace. Vous seul pouvez aider une femme gravement malade. Vous avez reçu du ciel un don qui nous permettrait peut-être de la guérir. Excusez-moi d'être directe, mais auriez-vous une preuve de votre âge ? Comme un certificat ou un cadeau de naissance que nous pourrions dater.

L'Indien arborait un sourire enfantin qui révélait d'atroces chicots jaunis. L'interprète, Alejandro, lui transmit les propos de Lauryn. Juan Pablo Sánchez ne sembla nullement offensé par sa requête. Juché sur son épaule, un singe capucin farfouillait dans sa chevelure, comme s'il cherchait des poux. Il le chassa, puis se dirigea vers une malle en bambou pour y prélever une photo cornée aux couleurs passées.

Elle avait été prise par une équipe de télévision venue filmer *Le Monde secret et archaïque des Chorotegas*. Sánchez y apparaissait avec l'équipe de tournage, tout aussi radieux qu'aujourd'hui, à une différence près : il y apparaissait comme le vieillard centenaire qu'il était.

Lauryn tourna la photo : une date vieille de deux ans était griffonnée dessus. Elle sentit un délicieux frisson lui parcourir le corps. Les rumeurs colportées d'un village à l'autre disaient vrai : Juan avait bel et bien rajeuni.

En revanche, Kyle ne se départit pas de son air sceptique en voyant la photo. Son attitude figée, ses joues creuses et ses cheveux bruns légèrement bouclés lui conféraient un air de patricien romain. Ils avaient eu une chance inouïe de remonter la piste de l'Indien. Plutôt que de s'en réjouir, il laissait la mauvaise humeur guider son comportement. Pourquoi ? Parce que Lauryn avait eu le malheur de refuser de pousser jusqu'au Venezuela quand ils en auraient terminé ici. « Lauryn, le zoo de Caracas conserve depuis la première régression un exemplaire vivant d'un primate vieux de 66 millions d'années. Un ancêtre de l'homme de la taille d'un écureuil, on ne va pas rater ça, hein ? Allez, quoi, un petit détour par le Venezuela, qu'est-ce que ça nous coûte ? » Le monde naturel passionnait Kyle et les espèces préhistoriques le subjuguaient. Au premier coup d'œil, il savait distinguer un gomphotherium d'un platybelodon, deux éléphants préhistoriques (même Lauryn connaissait les noms, à force). Elle avait baptisé Kyle son « tendre paléontologue sans diplôme ». Malheureusement pour lui, ils n'avaient pas de temps pour le tourisme. « Désolée, Kyle, ça sera pour une prochaine fois. » Il savait qu'elle avait raison, ce qui ne l'empêchait pas de bouder.

— Juan, un trésor coule dans vos veines qui pourrait sauver cette femme, répéta-t-elle. Accepteriez-vous que nous prélevions un peu de votre sang ?

L'Indien haussa ses frêles épaules, feignant de ne pas comprendre ou se moquant de ces problèmes de Blancs comme de son premier pagne.

— Je t'attends dehors, dit Kyle. Jamais on ne lui fera accepter un prélèvement. De toute manière, comment peux-tu croire une seconde que quelqu'un rajeunisse ?

— Tu as vu la photo, comme moi.

— C'est un vulgaire trucage. Il y a des zones floues à l'arrière-plan.

Ils chuchotaient pour ne pas montrer leur opposition en plein jour.

— Pourquoi est-ce qu'il nous mentirait ?

— Pour attirer l'attention, pardi. Tout le monde a besoin de reconnaissance.

— Écoute, on est venus ici pour, un, s'assurer que c'est vrai, et deux, comprendre comment c'est possible. Dans la nature…

— Je sais… il existe dans la nature des capacités de régénération incroyables. L'hydre peut repousser à partir de n'importe lequel de ses bras, les requins du Groenland vivent jusqu'à 500 ans. Mais là on parle de rajeunissement, bon sang ! La fontaine de jouvence, les conquistadors sont déjà venus la chercher en Amérique du Sud il y a quatre cents ans. Et la plupart sont devenus fous.

Il se leva en ajoutant :

— On perd notre temps, ici.

— Kyle, attends !

*Oh ! et puis zut !* Elle décida de lâcher l'affaire.

— Mademoiselle Gordon, l'interpella l'Indien, ce trésor dans mes veines, qu'est-ce qui me prouve que vous n'allez pas le vendre à des grandes sociétés qui feront ensuite beaucoup d'argent avec ?

Lauryn comprenait approximativement l'espagnol et n'eut pas besoin de l'interprète pour saisir le sens général du refus poli que l'Indien venait de lui opposer. Elle se sentait un peu idiote et naïve : derrière son sourire benoît, Juan Pablo se révélait parfaitement informé du Monopoly planétaire auquel se livraient les grandes sociétés cosmétiques et pharmaceutiques. Celles-ci considéraient depuis toujours d'un œil concupiscent les avantages génétiques que l'évolution avait octroyés à certaines espèces, plantes ou animaux. Pourquoi recréer en laboratoire ce qui existe dans la nature ? L'un des principaux médicaments anticancéreux, le Taxotere, avait été extrait de l'écorce de l'if du Pacifique.

L'espèce humaine n'était pas à l'abri de cette chasse au trésor. Si des peuples avaient acquis des superpouvoirs au fil des millénaires, il serait idiot de ne pas pirater leurs gènes, n'est-ce pas ? Et employer le mot « superpouvoirs » n'était pas exagéré, vu les prouesses biologiques sidérantes que l'on observait en parcourant le globe. Des exemples ? Seules des capacités pulmonaires et sanguines hors norme permettaient aux habitants du plateau du Tibet de mener une vie tout à fait normale à quatre kilomètres d'altitude, dans un air appauvri de 40 % en oxygène. En Amérique du Sud, au carrefour du Chili, de l'Argentine et de la Bolivie, les Indiens de l'Altiplano vivaient eux aussi très bien en situation d'hypoxie permanente. Les Inuits, eux, affrontaient les rigueurs du grand Nord grâce à une moindre réaction au froid, et parce qu'ils s'étaient adaptés à une alimentation composée exclusivement de poissons et de mammifères marins. Inversement, les Aborigènes toléraient exceptionnellement bien les fortes chaleurs et l'aridité.

En dépit des échecs répétés pour les traduire en médicaments, les pouvoirs de tous ces peuples continuaient de susciter la convoitise des « Big Pharma ». Les choses s'étaient accélérées depuis la seconde pandémie. Les individus génétiquement supérieurs apparus aux quatre coins du globe, aussi soudainement que des champignons, aiguisaient les appétits les plus féroces. Dans ce jeu, Futurabio était en première ligne, à en croire l'activité frénétique de vente illégale de brevets qu'elle exerçait. Même retirée à

Tahiti, Lauryn avait continué de garder un œil sur tout ce qui avait un lien avec le virus Kruger sur le *darkweb*. Or, ces six derniers mois, elle avait repéré sur l'Internet secret plus d'une dizaine de propositions commerciales toutes formulées ainsi :

> Gènes mutants X, régulant la fonction biologique Y.
> Mis en évidence sur un individu se détachant du reste de la population.

Pas besoin de sortir de Harvard pour comprendre ce que désignait « individu se détachant du reste de la population ». S'ensuivait un rapport détaillé qui explicitait la fonction biologique en question (ayant trait à la résistance au cancer comme à la maladie d'Alzheimer) et les altérations que lui faisaient subir les gènes mutants. Les prix, exorbitants, s'échelonnaient de 1 à 20 millions de dollars, selon les promesses thérapeutiques à la clé. Le *darkweb* s'était mué en un supermarché du gène, cupide et cynique, sans égard pour les malades.

En pistant les adresses IP des posts, Lauryn était remontée systématiquement à Futurabio. Pourquoi la société cherchait-elle à vendre ses découvertes au plus offrant ? La question tarabustait Lauryn. Et une seule réponse lui venait à l'esprit : Futurabio avait un besoin important et urgent de liquidités.

Dans quel projet pharaonique s'était lancée la firme pour emmagasiner une telle quantité de cash ?

Quoi qu'il en soit, Lauryn s'estimait chanceuse d'avoir mis la main sur Juan Pablo Sánchez avant Futurabio. Elle devait absolument décrocher son accord aujourd'hui, faute de quoi un homme en costume venant de New York débarquerait avec une valise pleine de billets et raflerait l'exploitation exclusive des gènes de l'Indien. Et Anna et elle pourraient aller se faire voir…

Elle posa devant Juan Pablo une glacière pour échantillons biologiques, une grosse boîte à l'aspect de sac isotherme. Elle l'ouvrit en tirant sur une longue fermeture Éclair. Réfrigéré par un système électrique, l'appareil libéra une légère vapeur de condensation. À l'intérieur, des tubes étaient alignés en rang d'oignons. Elle en prit un étiqueté « singe hurleur » (ils avaient prélevé le sang la veille pour confirmer l'absence de virus régressif dans la région) et le brandit bien haut.

— Monsieur Sánchez, voici mon propre sang. À l'âge de 6 ans, je vivais avec mes parents en Afrique. Ils travaillaient pour le compte de l'Organisation mondiale de la santé. Là-bas, j'ai contracté une maladie qui m'a clouée au lit pendant un mois où j'étais brûlante de fièvre. À notre retour à la maison, mon père s'est servi du poison que transportaient toujours mes veines pour trouver un remède, pas seulement pour moi, mais pour des milliers de personnes dans le monde qui souffraient du même mal. Vous pouvez remplir le même rôle que moi : votre sang peut servir l'humanité.

Hormis l'origine du sang, tout était vrai dans ce qu'elle avait dit. Elle guetta la réaction de Juan Pablo. Peut-être se trompait-elle, mais un changement avait l'air de s'être produit en lui.

— Mademoiselle Gordon, votre histoire m'a ému. Et je vais vous confier quelque chose.

*Bingo.*

— Je suis désolé, j'ai déjà signé un contrat avec une entreprise.

— Laquelle ? demanda-t-elle, redoutant la réponse.

— Futurabio.

Lauryn serra les dents, essayant de cacher sa colère. Elle avait repéré un téléphone portable, dissimulé derrière la malle. *Monsieur Sánchez, vous cachez bien votre jeu. Je parierais que vous avez parfaitement conscience de la valeur de vos gènes et que vous avez négocié dur pour obtenir un bon prix de Futurabio.*

Subitement, la glacière se mit à trembler. Les tubes s'entrechoquèrent dans un concert de tintements. Lauryn sentit des secousses plus franches sous ses fesses. Sur le mur, le collier de dents d'alligator se balança. Toute la case vacilla. Des assiettes en bois tombèrent d'une étagère, puis l'étagère elle-même bascula.

Perdant son flegme, le visage déformé par la peur, Juan Pablo psalmodiait des litanies de mots où il paraissait demander la protection des dieux.

Lauryn commença à s'inquiéter. Avec les papillons morphos et les paresseux à trois doigts, les tremblements de terre étaient emblématiques du Costa Rica. Peu de temps après leur atterrissage, ils avaient été accueillis dans le pays par plusieurs petits séismes. Celui-ci, en revanche, semblait durer.

— Kyle ! cria-t-elle en sortant.

La panique s'était emparée du village. Les secousses continuaient d'ébranler le sol. Un grand édifice en bois, dont seules deux longues poutres supportaient le toit de tôle, menaçait de s'effondrer. Une institutrice se dépêchait de faire sortir ses élèves. En dehors de Juan Pablo, qui portait l'habit traditionnel des Chorotegas, les autres villageois étaient vêtus à l'occidentale.

Soudain, un puissant craquement retentit, suivi de l'effondrement d'une cabane. Elle tomba sur un four de potier en activité. Le feu gagna le chaume, qui s'embrasa presque instantanément. En moins d'une minute, l'enfer s'abattit sur la clairière.

Enfin, le séisme se calma et l'incendie fut maîtrisé. En lisière des bois, les arbres à contreforts retrouvèrent leur immobilité.

Et Kyle qui ne réapparaissait pas.

Lauryn l'appela de nouveau. Aucune réponse. Elle remarqua, dessinées dans la boue, des empreintes de pas fraîches qui partaient en direction des profondeurs de la jungle. Sacré Kyle. C'était plus fort que lui. Il n'avait pas pu s'empêcher d'aller observer les merveilles de la forêt.

Les traces rejoignaient un ruisseau et, en les suivant, Lauryn parvint à un chablis à une cinquantaine de mètres du village. Des arbres tombés il y a longtemps formaient un mikado de troncs enchevêtrés. Une masse compacte était en partie ensevelie sous les lianes et les fougères.

Lauryn s'approcha, écarta les branchages.

Une sphère d'environ un mètre cinquante de diamètre. Un gros rocher recouvert d'une croûte calcinée et aussi lisse que la peau d'un bébé. En tombant, il avait mordu sur le cours d'eau et l'avait dévié.

L'aspect du caillou plaidait pour une météorite.

Elle plongea la main dans la rivière, laissant le fluide s'écouler entre ses mains. D'infimes poussières se détachaient de la pierre et tourbillonnaient au gré des remous.

De l'eau, un minéral dissous, un vieillard rajeunissant : l'image absurde de la fontaine de jouvence revint la visiter.

Soudain, son regard fut attiré par une forme allongée sous les feuillages enchevêtrés.

— Kyle ?

Un pied. Elle fut saisie d'un vertige en reconnaissant l'une des tennis de Kyle.

# – 4 –

## Afrique, à l'intérieur de la Frontière.

À une trentaine de kilomètres de la côte atlantique, des gratte-ciel mangés par la végétation s'élevaient dans l'atmosphère poisseuse des tropiques. Au crépuscule, des nuées de petits dinosaures à plumes, les archéoptéryx, tourbillonnaient au-dessus de cette jungle urbaine pour finir par un piqué vertigineux vers une proie au sol. L'un d'entre eux eut le malheur d'irriter un gomphotherium en se posant près de lui et l'éléphant préhistorique le chassa rageusement de sa double paire de défenses. Jadis habitée par les humains, la ville n'avait pas été pour autant abandonnée, comme en témoignaient les nombreux feux allumés sur les toits qui dansaient dans la lumière pâle.

Le cri déchira la nuit chaude et claire. Sur un immeuble de la cité *erectus*, une volée d'archéoptéryx prit peur et s'envola.

Pendant dix ans, une naissance avait été un événement banal sur le territoire des préhistoriques. Mais aujourd'hui, une mauvaise fée s'était penchée sur le berceau en herbes sèches. Un son anormal s'échappait de la gorge du bébé. Un râle perçant et terrible.

Celui d'une bête.

Celle-qui-aide-à-naître arborait pourtant sa plus chatoyante couronne de plumes d'archéoptéryx et son collier sculpté dans l'ivoire le plus pur de gomphotherium. Mais cela n'avait pas suffi. Les Vents n'avaient pas voulu que le bébé « vive ». Encore fallait-il s'entendre sur le sens du mot.

Par pudeur, on cacha le nouveau-né dans une grande feuille d'alocasia et il passa de main en main. Dans la cabane, une dizaine de personnes étaient venues soutenir la mère dans son accouchement du rejeton primitif. Le chef du clan, Wuan, accueillit la petite femelle dans ses bras, le cœur serré. Quand on avait su que la malédiction avait encore frappé, on avait dépêché quelqu'un pour le réveiller. L'inquiétude creusait le mince espace qui séparait ses deux arcades sourcilières proéminentes.

— Viens dehors avec moi, dit Celui-qui-voit-loin. Nous devons parler. Et prends l'enfant avec toi.

Plus tôt, Celui-qui-voit-loin avait préparé une potion dans un gros coquillage, mais la concoction n'avait pas réussi à sauver l'enfant du mal qui l'affectait. Ils sortirent dans la nuit et s'avancèrent sur la terrasse éclairée par un foyer. Ils avaient une vue imprenable sur la ville engloutie sous la flore. En face d'eux, une myriade de lucioles matérialisaient les habitations coiffant les buildings.

— Sens-la et dis-moi ce que tu perçois.

Celui-qui-voit-loin s'était tourné vers Wuan et écartait les feuilles de son fardeau pour révéler la dérangeante nudité de la fillette : des poils la recouvraient des pieds à la tête et les narines se réduisaient à deux trous. Son anatomie n'entretenait plus qu'un lointain rapport avec ses congénères. Elle ressemblait davantage aux singes, pour reprendre le mot des humains.

Wuan promena ses deux larges naseaux sur le pelage sombre. Le petit être avait l'air d'une crevette, comparé à sa silhouette altière et ses membres noueux.

— Je sens l'odeur de la terre et du feu. Tu crois que…

— J'en ai bien peur.

— Si c'est vrai, ce serait le troisième en vingt lunes, ce serait…

— … une catastrophe.

Wuan opina respectueusement. Il dirigeait peut-être le clan, mais Celui-qui-voit-loin le menait spirituellement.

— Tu te souviens de la pierre tombée du ciel ?

Oui, il se souvenait. Le monde d'en haut s'était soudain fendu en deux et avait craché une boule de feu incandescente. L'orbe avait temporairement bouleversé l'ordre naturel des choses. La nuit s'était muée en jour et l'air calme en tempête. Wuan aurait menti en prétendant qu'il n'avait pas cru au crépuscule des *erectus*.

La pierre avait fini sa chute à l'extérieur de la ville, près de la rivière en forme de serpent.

— Les Vents l'ont apportée pour nous avertir.

Les peintures rouges du visage de Celui-qui-voit-loin ondulèrent quand il regarda l'horizon en plissant les yeux. *Que voit-il ?* songea Wuan. *J'aimerais distinguer la lumière dans les ténèbres, comme lui.*

— Et nous ne les avons pas écoutés. Ils veulent que nous retournions là d'où nous venons, dans la grande plaine. Mais tu t'entêtes à rester sur le lieu où vivaient les Tikaks.

L'attaque prit Wuan au dépourvu. Il se défendit :

— Nous sommes à l'abri dans la jungle de pierre. Les grandes maisons nous protègent des volants et de toutes les machines de guerre des Tikaks.

— Notre place n'est pas ici ! vociféra le sage en frappant le sol de son bâton. Nous n'appartenons pas à ce monde. Nous n'avons rien en commun avec les Tikaks.

Wuan se tut, les épaules voûtées en signe de soumission.

— Ce sont des êtres sales, abjects et dépourvus de respect pour les autres. Tout ce qui leur appartient est corrompu. Regarde cette enfant malade : vois où ton obstination nous a menés !

— Cette enfant n'est pas malade, elle est différente.

— Mensonges !

Wuan plongea son regard dans les deux billes sombres qui brillaient dans le visage simiesque.

— Comme si elle était une version animale de nous. Comme si ses Vents étaient différents des nôtres, insista-t-il.

Le bâton produisit un bruit sec sur le béton.

— Cesse de blasphémer, Wuan ! Les Vents sont uniques, Ils ne soufflent que sur notre terre ! S'Ils n'ont pas voulu de cette enfant, c'est pour une raison. Qui d'autre qu'Eux pourrait la guérir ?

Wuan hésita. Il savait qu'il susciterait l'ire de Celui-qui-voit-loin, mais tant pis.

— Les humains le peuvent.

— Foutaises ! Comment peux-tu dire cela ?

— N'as-tu pas remarqué que Celle-qui-aide-à-naître puise l'eau qu'elle donne aux mères dans une source différente de celle à laquelle nous buvons ? Elle va la chercher dans la rivière. Peut-être est-ce que cela a un lien ?

— Et que viennent faire les Tikaks là-dedans ?

— Je les ai observés quand j'étais dans leur monde. Ils possèdent un grand savoir. Et même quand ils ne savent pas les choses, ils réussissent à les…

Le mot lui manquait pour décrire l'opération mentale qu'effectuaient les humains pour résoudre un problème complexe. À la place, il employa un mot qui ne le satisfaisait pas, mais que Celui-qui-voit-loin comprendrait.

— … ils réussissent à les deviner. Peut-être pourront-ils nous aider.

— Tout ce qu'ils savent faire, c'est construire des armes pour nous tuer. Tu veux que je te rappelle le nombre de tes frères morts au combat ? Et ne les appelle pas « humains », je n'aime pas ce mot. Ce sont des Tikaks !

— Ils se nomment eux-mêmes « humains ».

— Et alors ? À quel peuple appartiens-tu ? Au nôtre ou au leur ? Réponds-moi !

— Au nôtre, souffla Wuan en inclinant docilement la tête.

— Je préfère cela. Maintenant, rends-moi l'enfant, je vais demander à Kish de lui faire rejoindre la terre.

— Non, pas la peine. Tu sais que j'ai l'habitude de me charger de cette tâche.

— Très bien, occupe-t'en et reviens me voir. Il est temps que nous réunissions le Conseil et discutions de ton autorité.

Wuan encaissa le coup en silence.

La lune gibbeuse jetait des reflets argentés sur la savane. Les hautes herbes fouettaient les jambes de Wuan tandis qu'il courait. Avec ses longues enjambées, il ressemblait à un coureur kenyan préparant le marathon. Quand le genre *Homo* avait divergé de ses cousins chimpanzés, il y a sept millions d'années, il s'était spécialisé dans une activité physique : la course. Il ne capturait plus ses proies en multipliant les acrobaties dans les arbres, mais les traquait grâce à la puissance de son souffle.

Les pensées de Wuan n'étaient pas aussi légères que ses pas. Il n'avait aucune intention de rendre le bébé à la terre, jamais il ne pourrait assassiner l'un des siens, fût-il différent comme cette enfant. Non, il pensait le confier aux humains. Quand Wuan regardait au fond de lui-même, une certitude l'habitait : la petite est aux *erectus* ce que les *erectus* sont aux humains. S'il était si sûr de lui, pourquoi alors n'avait-il rien dit à Celui-qui-voit-loin ?

Pure perte de temps. Celui-qui-voit-loin aurait rejeté son idée et d'une voix autoritaire lui aurait intimé l'ordre de se taire. En revanche, Wuan savait que l'étrangeté du bébé intriguerait les Tikaks. Ils tenteraient de comprendre pourquoi il était si différent des autres *erectus*. Leur amener le nourrisson lui coûtait, pourtant c'était la seule chose à faire.

L'inquiétude rongeait Wuan depuis la première naissance anormale dans le clan. Il avait l'impression de rejouer les années passées. Comme si le phénomène ayant transformé les humains en *erectus* reprenait. Seulement, cette fois, il s'attaquait à son peuple. Seul lui, au sein de son clan, appréhendait l'ampleur de la catastrophe.

Le froid de l'air lui brûlait les poumons, mais il ignora la douleur. La clôture matérialisant la Frontière s'élevait à l'horizon. Il allait devoir la franchir. Il avait découvert un moyen de passer quand les siens avaient traqué les derniers humains terrés sur la côte : un tunnel. Celui-ci avait servi à convoyer des armes du temps où les humains se livraient à une guerre fratricide.

Il arriva au milieu d'un village, un groupe d'habitations à toit plat. Le lieu, désert et épargné par la végétation, n'hébergeait désormais que du sable et le vent. Wuan pénétra dans l'ancien salon d'une maison. Une planche recouverte d'un tapis poussiéreux camouflait l'entrée d'un escalier. Tout le nécessaire pour s'éclairer était posé sur la première marche. À la lueur d'une bougie, il descendit dans le boyau qui sentait encore l'odeur de la poudre.

Dix minutes plus tard, il débouchait à l'air libre. Les sens en alerte, il avança en territoire ennemi. L'atmosphère se chargea d'iode quand il se faufila entre les premiers bâtiments d'un port. Il s'immobilisa sur un quai où mouillaient plusieurs bateaux. La lumière d'un téléviseur allumé s'échappait d'une cabine. Il s'approcha discrètement de l'embarcation et se hissa sur la coursive.

— Ici, tu auras des chances de vivre, souffla-t-il au nourrisson.

Il lui jeta un regard attendri et le déposa au sol. Il pivota sur lui-même et, d'un bond de gazelle, regagna le quai. Il rebroussait chemin quand un phénomène surnaturel survint près de lui. Un vieux bidon rouillé bougea et vola dans sa direction ! Dans un réflexe salvateur, il évita de justesse l'objet. À la fois fasciné et inquiet, il vit un conteneur se déplacer de quelques centimètres malgré son poids. Une grue pivota subitement sur elle-même pour pointer tout droit vers un bateau accosté.

Le nom *Sea Time* était inscrit sur la haute coque blanche. Wuan, incapable de lire, savait néanmoins que les humains utilisaient ces dessins pour communiquer. Quand son regard bascula sur le pont, il écarquilla les yeux. Une autre grue y déposait une sphère à la surface noire et luisante qui réfléchissait la clarté lunaire. Celle qui avait attiré le bidon ainsi que d'autres objets, devenus soudain comme vivants.

Cette pierre était la leur. Il en aurait mis sa main à couper.

Il grimpa sur le bateau le plus proche pour mieux voir. La sphère était en train d'être positionnée au-dessus d'une énorme caisse en bois où s'affichait la destination en lettres capitales : ÎLE DE MONTECRISTO.

Les lettres ne lui évoquaient rien, évidemment. En revanche, ses yeux restèrent fixés longuement sur celles qui s'inscrivaient dessous : FUTURABIO.

Une réminiscence du passé surgit des tréfonds de son être.

# – 5 –

## Genève.

— Et ils ont accepté l'invitation sans sourciller ? demanda Lucas.

— Oui. Étonnant, hein ? répondit Cory Barlo, son copain de l'OMS.

La conférence de presse aux accents de procès se tenait dans la grande salle de l'OMS, riche en boiseries et en portraits de notabilités de l'histoire de la médecine. Ils descendaient l'escalier menant à l'estrade où se tiendraient les intervenants. Les hautes marches exigeaient une attention de tous les instants, que Lucas avait du mal à maintenir après les vingt heures d'avion qu'il avait enchaînées. Il allait globalement mieux, ne souffrait plus que de faiblesses musculaires passagères un peu partout dans les membres, comme s'il était revenu d'un séjour de six mois dans la Station spatiale internationale.

— Quand j'ai convoqué le patron de Futurabio dans mon bureau, il a lui-même émis l'idée de cette conférence de presse. Il pense qu'en s'exprimant devant le grand public, il lavera sa société d'éventuelles accusations. Pas sûr que ça marche.

Le procédé surprit Lucas. À la place de Cory, il aurait fait venir les membres de Futurabio et les aurait sommés de s'expliquer, jusqu'à les menacer de poursuites pénales s'ils ne répondaient pas à ses questions. Mais Cory avait raisonné différemment. Durant les deux précédentes pandémies, catastrophiques, l'OMS avait été taxée de mollesse. La conférence de presse lui offrait une tribune parfaite pour bomber le torse et montrer que l'organisation méritait plus que jamais sa place de vigie sanitaire mondiale. On nageait dans les eaux troubles de la prévention mêlées à celles de la communication.

— Des nouvelles du labo ? demanda Lucas.

— Il confirme ce que tu pensais : aucune trace virale dans le sang des victimes. Mais cela ne dédouane pas Futurabio, loin de là. Une nouvelle histoire de micro-organisme sorti de nulle part, on commence à connaître la chanson. Il ne s'agit sûrement pas d'un virus, ce coup-ci, mais peut-être d'une bactérie. Une bactérie venant de l'espace, je ne sais pas… Je t'avoue qu'on envisage toutes les possibilités, même les plus absurdes. Ce truc est du jamais vu… Il est en train de se propager dans le Pacifique. Après Tahiti, des cas d'« hibernation » ont été signalés au Costa Rica, au Panama et au Nicaragua. Au Honduras, aussi. C'est incompréhensible.

Mon Dieu… Allaient-ils au-devant d'une catastrophe mondiale : l'hibernation de l'intégralité de la population ? Une sueur froide collait au front de Lucas. Il visualisait des victimes allongées chez elles, attendant vainement d'être secourues et mourant de dénutrition et de soif dans leur lit. Des gens fauchés en pleine préparation du dîner qui s'écroulaient sur le carrelage de leur cuisine, le robinet de gaz resté ouvert. Et les centrales nucléaires ? Il préférait ne pas y penser. Si tout le personnel d'une centrale venait à sombrer dans les bras de Morphée… Au bout de combien de temps les systèmes de sécurité lâcheraient-ils ? On nageait en plein film d'horreur.

L'homme n'était pas armé pour cette nouvelle régression. Deux pandémies régressives et maintenant le spectre d'un nouveau fléau : le destin s'acharnait sur l'humanité. En tout cas, c'était l'impression que cela donnait. Sauf que Lucas était prêt à parier que tous ces événements étaient liés. L'hibernation avait un lien avec le virus Kruger, forcément. Il ne croyait pas au hasard. Pas après tout ce qu'il avait appris au contact du pêcheur tahitien. L'hibernation était une version *light* de la régression. Enfin, façon de parler.

— Et Kyle, comment va-t-il ?

— Il a été hospitalisé dans un dispensaire médical de campagne, au Costa Rica. Il est dans un état stationnaire. Ses paramètres vitaux sont bons, mais son hypophyse est toujours aux abonnés absents.

Dans le cerveau, la région de l'hypophyse joue le rôle d'interrupteur pour le sommeil. Si elle est activée, cela signifie que le patient dort. Dans le cas contraire, il pète la forme. Ce système, vieux de centaines de millions d'années, est commun à tout le vivant, ou presque.

— Dis-moi si tu veux que je passe un coup de fil là-bas, pour être sûr qu'on s'occupe bien de lui.

La proposition de Cory était teintée d'une condescendance que Lucas n'aimait pas – c'était ce genre de remarques vaguement méprisantes qui l'avaient poussé à quitter la maison. Proposer son aide, c'était à la fois sous-entendre que les médecins costaricains ne jouaient pas dans la même ligue que leurs homologues de nations plus riches et montrer qu'il avait de l'entregent. L'offre de Cory aurait pu être parfaitement sincère, pourtant un petit quelque chose dans l'intonation de sa voix suggérait le contraire. Les démonstrations de pouvoir avaient toujours fait vomir Lucas.

Cory avait changé depuis qu'il était monté en grade. Ils avaient longtemps été amis – Cory était même l'un des rares à avoir soutenu Lucas quand il avait pris son indépendance –, puis, lorsqu'il s'était assis dans l'ancien fauteuil de son camarade au poste de directeur des maladies transmissibles, telle une chrysalide, il avait entamé sa mue. Littéralement. Alors qu'il était plutôt du genre jean et baskets, il avait troqué cette tenue décontractée pour un costume trois-pièces Armani. Lucas croyait savoir qu'il se rendait de l'autre côté de la frontière, en Italie, pour se fournir chez un tailleur turinois. Ce détail en disait long sur sa nouvelle personnalité, ambitieuse et ostentatoire.

— Merci pour la proposition, se contenta de répondre Lucas.

Ils étaient arrivés devant l'estrade. Cory Barlo y monta et se tourna vers la salle pleine de journalistes et d'émissaires gouvernementaux. Il arborait un léger sourire, se délectant visiblement de l'attention que l'événement suscitait. Ce qu'il n'avait pas compris, c'était que la vraie star du show occupait le siège à l'autre bout de la table : Josia Meyer.

Une silhouette trapue engoncée dans un blouson de cuir noir, un air juvénile qui le faisait passer pour un gamin venant de disputer une partie de jeu vidéo, une éternelle moue amusée comme si rien au monde n'avait d'importance. Quiconque avait lu un ou deux articles sur lui savait que la réalité ne collait pas avec cette image, qu'il pouvait virer un employé qui, par mégarde, avait pollué les échantillons biologiques avec la mayonnaise de son sandwich ou rayer une entreprise de sa liste de fournisseurs parce qu'une unique pièce parmi mille présentait un défaut.

Les appareils photo se tournèrent vers cet homme, mélange de génie et d'audace. Son implication dans les événements du Pacifique aiguisait l'appétit des journalistes. Quoi que l'on pensât de son tempérament tempétueux, on ne pouvait qu'être fasciné par le personnage.

Lucas connaissait son CV par cœur, comme à peu près n'importe qui s'intéressant à l'univers des biotechnologies. Né en Afrique du Sud dans une famille modeste de fermiers, Josia Meyer avait suivi des études d'informatique, qu'il avait écourtées précocement pour créer un logiciel mettant à l'épreuve la sécurité informatique des entreprises. Josia réfléchissait vite, bien, et surtout, c'était un fonceur. À 22 ans, il revendit les droits d'exploitation de son logiciel pour 1 million de dollars à une société israélienne. Il empocha la somme et s'exila aux États-Unis, jugeant sans doute son pays natal trop petit pour ses ambitions. Entre-temps, il s'était passionné pour la génétique et voyait dans l'exploitation du génome la prochaine ruée vers l'or. Il avait investi toute sa fortune dans du matériel d'analyse génétique, dont le prix avait chuté au tournant des années 2010, avec l'objectif de révolutionner le domaine grâce à ses connaissances en informatique. Il avait 28 ans quand il avait fondé sa deuxième société : Futurabio.

Le premier local de l'entreprise fut un hangar sinistre, traversé par les vents, dans la banlieue de San Francisco. L'intuition visionnaire de Meyer et son infatigable persévérance payèrent. En l'espace d'à peine cinq ans, il se retrouva à la tête d'une société occupant tout le pâté de maisons et cotée à plusieurs centaines de millions de dollars. Son entrée en Bourse lui valut la gloire… et la dégringolade qui s'ensuivit. Plusieurs mauvais investissements dans la biotech écornèrent sa réputation de génie inventif. Ajoutez à cela sa nature exubérante et irrévérencieuse, à l'opposé de l'univers feutré des ronds-de-cuir qui composaient le comité des actionnaires, et on comprend vite pourquoi Futurabio décida de se débarrasser de son créateur.

Sans Meyer à sa tête, Futurabio s'adonna certes à des activités lucratives et grossit à un rythme insolent, mais elle perdit aussi son âme et un véritable guide. Cette perte d'identité la mena tout droit au fiasco du virus Kruger.

L'entreprise fut à un cheveu d'être démantelée, une fois la situation mondiale apaisée. Les actionnaires rappelèrent alors Meyer à la barre. Humilié par sa précédente mise à l'écart, le Sud-Africain tenait sa revanche ! Il accepta de reprendre son fauteuil et démontra une résilience à toute épreuve, engageant son entreprise vers de nouveaux marchés innovants et juteux.

Futurabio remonta la pente en investissant en particulier dans le nouveau champ de recherches sur l'utilisation de l'ADN comme support d'archivage. Avec cette question fondamentale posée par les biologistes : si l'ADN est la bibliothèque de notre patrimoine héréditaire, pourquoi ne pas s'en servir pour stocker des données ? À l'intérieur d'éprouvettes, ils parvinrent à isoler des brins d'ADN et à y inscrire n'importe quelle information numérisée aussi facilement que sur le disque dur d'un ordinateur. L'avantage ? L'extrême résistance de l'ADN. Par exemple, le génome extrait d'ossements d'un cheval vieux de sept cent mille ans avait été jugé suffisamment intègre pour être décodé. Aucun disque dur ne pouvait rivaliser avec cette durée de vie.

Futurabio avait su convaincre de nombreuses bibliothèques dans le monde de la nécessité de transformer leurs archives en une version ADN pour les pérenniser. Et, évidemment, factura ce service à prix d'or.

L'entreprise connut un redressement spectaculaire. Aujourd'hui, huit ans après avoir frôlé l'abîme, elle valait plus de 20 milliards d'euros en Bourse, la plus grosse cotation d'une société de biotech. Comme tout le monde, Lucas admirait l'homme tout en le redoutant.

Cory Barlo s'assura que les micros dont la table était hérissée n'avaient pas été branchés, avant de se pencher vers Lucas.

— Tu es toujours OK pour intervenir ?

— Tu parles ! J'ai hâte d'entendre ses explications.

# – 6 –

## Paris.

Il faisait chaud, en cette belle journée d'arrivée du printemps, quand la Porsche à la carrosserie rutilante stoppa devant le grand hôtel dans un crissement de pneus. Le portier se précipita pour ouvrir à Mirna Kisinski. Tenue de soirée moulante à paillettes et escarpins à talons vertigineux, Mirna avait troqué l'habituelle discrétion de la société contre un accoutrement pour le moins voyant. Avant d'entrer, elle se pencha pour se mirer un instant dans le rétroviseur. Le miroir refléta la perruque blonde et les énormes lunettes de soleil Gucci vintage qui parachevaient son déguisement. Elle ajusta une mèche de ses vrais cheveux couleur albâtre qui dépassait. Parfait, elle était méconnaissable. Ses propres parents n'y auraient vu que du feu. Durant l'essentiel de sa carrière, elle avait vécu dans l'ombre de son patron, le sémillant Josia Meyer. Dire qu'elle ne tirait pas un malin plaisir à jouer à la milliardaire n'écoutant que ses caprices eût été mensonger.

Mirna s'engagea dans le hall bondé où était exposée l'une des plus belles pièces de la vente aux enchères : un magnifique squelette complet de la tortue géante *Stupendemys geographicus*, dont, il y a huit millions d'années, les congénères fendaient les eaux du Pacifique (en fait, il avait été découvert mort dix mois plus tôt dans l'étang d'un particulier au Mexique). On avait reconstitué l'animal à partir de ses ossements, et sa carapace de trois mètres de diamètre arrachait des « waouh » admiratifs. Ignorant le colosse, Mirna poursuivit son chemin en songeant qu'en Suisse la conférence de presse devait avoir commencé. Elle regrettait de ne pas y assister pour voir les têtes des journalistes quand Josia Meyer démonterait leurs spéculations. Ils s'attendaient à un *mea culpa* du genre : « Oui, désolé, nous avons encore laissé s'échapper un micro-organisme de nos labos. » Ils en auraient pour leur argent. Meyer allait leur servir une véritable bombe atomique. Pour une surprise, ce serait une sacrée surprise !

Mirna dépassa une montagne de petits fours s'empilant sur un buffet et pénétra dans la salle des ventes, déjà bien remplie. Elle s'assit au premier rang à une place réservée à son nom. Elle observa autour d'elle. Les richissimes collectionneurs étaient venus en nombre. Quelques années auparavant, ils se seraient disputé des ossements de dinosaures. Aujourd'hui, ils voulaient orner leur salon d'un crâne de gomphotherium ou de cheval régressif. Malgré la valeur exorbitante de ces biens qui se chiffrait en millions d'euros, aucun n'atteignait le contenu de la vitrine dans laquelle un manuscrit ancien trônait sur un lutrin.

D'une voix forte, le commissaire-priseur lança la vente. Mirna jeta de brefs coups d'œil par-dessus son épaule. Hormis quelques regards curieux ou lubriques, elle n'attirait pas l'attention. Parfait. Cela avait été sa seule crainte :

qu'on la reconnaisse. « Eh, ce serait pas la larbin du patron de Futurabio, là-bas ? Celle qui est toujours avec lui sur les photos ? » Elle avait déjà entendu l'insulte fuser lors de cocktails, le mot « larbin » souvent remplacé par un qualificatif plus ordurier... Elle s'était inscrite à titre personnel à l'événement : nul ne devait savoir que Futurabio s'intéressait à un obscur manuscrit médiéval. Si la rumeur commençait à circuler, elle soulèverait des questions embarrassantes, des questions auxquelles ils ne souhaitaient pas répondre.

Des questions comme : « Pourquoi Futurabio a-t-il récemment acquis l'île de Montecristo, un confetti perdu quelque part entre l'Italie et la Corse ? » « Les activités que la société compte y mener ont-elles un rapport avec l'énergie débordante déployée ces dernières années pour récolter les fruits de la dernière pandémie, c'est-à-dire pour identifier des personnes au patrimoine génétique précieux ? » « Pourquoi votre entreprise, monsieur Meyer, a-t-elle déboursé tant d'argent dans du matériel médical, mais aussi dans des équipements *a priori* sans lien aucun avec ses domaines de compétence habituels, comme des pompes à vide et des cryostats à hélium liquide ? À quoi Futurabio destine-t-elle cette quincaillerie high-tech ? »

Elle entendait déjà les journalistes et l'ensemble des observateurs se jeter sur la société comme des vautours sur un cadavre : « Après avoir déclenché la régression originelle, Futurabio monte en secret un laboratoire de recherche qui permettra d'en tirer les bénéfices à l'aide de technologies inédites. Quel cynisme ! Un nouvel exemple de l'amoralité écœurante du capitalisme. » Toute cette mauvaise presse mettrait des bâtons dans les roues de leur projet.

Il était vrai, cependant, qu'ils cherchaient un individu au patrimoine génétique avantageux. Et pas n'importe lequel.

Les pensées de Mirna s'interrompirent quand on apporta le manuscrit médiéval sur son support à roulettes. Le commissaire-priseur, un homme aux traits asiatiques, aux yeux jaunâtres et à l'haleine assez chargée pour qu'elle le perçoive de sa place (les symptômes d'un problème de digestion, probablement de produits laitiers ; encore un qui ignorait que la mutation ayant permis la consommation de lait par les adultes était apparue chez les peuples occidentaux et certains peuples africains, mais pas chez les Asiatiques).

— Mesdames et messieurs, voici la pièce pour laquelle, je le sais, la plupart d'entre vous se sont déplacés. Un codex du XIV^e^ siècle arrivé jusqu'à nous parfaitement conservé, diaboliquement conservé, oserais-je dire. Sur l'écran derrière moi, je vous laisse admirer la qualité de fabrication, la ferveur qui animait les moines copistes et qui lui a permis de traverser les siècles. La modestie de l'objet frappe d'emblée : couverture en cuir de truie, pages en parchemin et simple reliure de bois. Ceux parmi vous qui s'attendaient à une œuvre luxueuse ornée d'enluminures doivent être déçus. Pourtant, la richesse de ce codex est ailleurs.

L'attention de Mirna monta d'un cran.

— Le codex est une chronique : les moines y rapportent les événements qui marquent la vie de leur abbaye, en l'occurrence celle du Mont-Saint-Michel. Or voici le dessin à la plume qui apparaît en milieu d'ouvrage.

Le commissaire-priseur fit une pause, laissant un silence religieux s'installer dans la salle. Plongés dans un mélange d'admiration et d'effroi, tous avaient les yeux rivés sur l'écran.

— Le 2 janvier 1348, au cœur de l'hiver, les moines ont accueilli un enfant sauvage à l'anatomie pour le moins étrange. Il avait un crâne anormalement petit, un front fuyant, et ressemblait à un croisement entre un homme et un singe. Vous voyez le croquis comme moi : à nos yeux, il n'y a aucune ambiguïté possible. L'enfant appartenait à une autre espèce que la nôtre. Laquelle ? Je vous le donne en mille.

Mirna admirait la maestria avec laquelle le commissaire-priseur menait son affaire. Il employait un ton léger et impliquait le public, une stratégie pour détendre l'atmosphère et lever les inhibitions. Il faisait monter la température de la fièvre acheteuse. À l'unisson, comme une classe d'élèves, la salle s'écria :

— Un *erectus* !

— Vous l'aurez compris : vous faites face à la première représentation historique d'un humain régressif. Ce simple fait transforme ce document en un petit bijou que tout passionné de paléontologie rêve de posséder. La mise à prix est fixée à 100 000 euros. Je vous écoute. Y a-t-il des surenchères ?

Une forêt de mains se dressa.

Un sourire carnassier s'afficha sur le visage du commissaire. Les enchères allaient crever le plafond.

La bataille avait été rude, mais Mirna avait décroché la timbale pour la coquette somme de 2,3 millions d'euros. Le montant aurait paru indécent au commun des mortels ayant du mal à boucler ses fins de mois, pourtant Mirna quittait l'hôtel avec le sentiment enivrant d'avoir réalisé une affaire. Elle se glissa dans la Porsche et attendit d'être seule pour crier : « *Yes !* »

L'histoire s'apprêtait à prendre un sacré virage.

Son cœur battait encore la chamade d'excitation et elle respira profondément pour le ralentir. Quelle bande de nuls ! Aucun de ses nombreux adversaires n'avait perçu la véritable richesse que recelait le manuscrit. S'ils l'avaient devinée, ils n'auraient pas hésité à jeter une partie de leur fortune, et pas seulement des miettes, dans la bataille.

# – 7 –

Genève.

— Mesdames, messieurs, voici le dernier bilan de « l'épidémie de sommeil » qui sévit dans le Pacifique, commença Cory Barlo. J'aimerais désigner ce mal par une expression plus médicale, mais à défaut de disposer d'une vision scientifique plus éclairée, je me vois obligé d'employer celle-là. À Tahiti, cinq mille cinq cent vingt-trois victimes ont été recensées à l'heure où je vous parle, auxquelles il faut ajouter trois cent huit personnes des îles voisines. Comme vous le savez, plusieurs autres foyers épidémiques ont éclos en Amérique centrale, pour un total mondial de six mille trois cent vingt-cinq malades, un chiffre qui aura certainement augmenté quand vous quitterez cette salle.

Ce préambule posé, Cory poursuivit :

— Deux questions devraient agiter votre esprit. La première est : mais enfin, que se passe-t-il ? Et la seconde : pourquoi le tonitruant Josia Meyer a-t-il été convié à une conférence de presse de l'OMS ? Vous allez voir que leurs réponses sont liées. Mais je vais laisser la parole à un témoin, une personne que vous connaissez déjà, mon prédécesseur à la direction des maladies transmissibles : Lucas Carvalho. Monsieur Carvalho, nous vous écoutons. Merci par avance pour votre concision, car je crois que nous attendons tous la réaction de M. Meyer.

*Enfoiré*, pensa Lucas. *Autant dire tout de suite que je ne joue ici que les seconds rôles.*

Lucas sentit les regards brûlants se poser sur lui. Il n'avait pas pris la parole en public depuis plus d'un an et le trac s'empara de lui.

— Eh bien, il se trouve que j'étais moi-même à Tahiti quand tout cela est arrivé. Et j'ai tout de suite été…

— Pouvez-vous nous expliquer pourquoi vous étiez là-bas ? le coupa Cory.

— J'étudiais un pêcheur de perles. Il était capable de tenir plus de vingt minutes en apnée.

— Et quelles conclusions en avez-vous tirées ?

— Que son don met à profit des gènes dont l'être humain se servait il y a des centaines de milliers d'années pour traverser les phases les plus froides des périodes glaciaires. Ces gènes, présents chez l'homme de Neandertal, nous ont été transmis quand *Homo sapiens* est arrivé en Europe et s'est croisé avec lui. Quoique intéressantes, ces recherches seraient anecdotiques si elles ne m'avaient pas convaincu que toutes les victimes que vous avez citées sont entrées dans une sorte de phase… d'hibernation.

Comme il l'avait anticipé, la salle entra en ébullition.

— Comment en êtes-vous arrivé à cette conclusion ?

— J'ai analysé mon propre sang (de façon passagère, j'ai été moi-même victime du phénomène) et celui d'autres malades : ils présentent les mêmes paramètres que le sang du pêcheur. Autrement dit, quelque chose a ranimé des gènes ancestraux enfouis en nous. Quelque chose est en train de se propager dans le Pacifique qui entraîne une forme de *régression* des personnes.

Lucas avait prononcé le mot qui fâche, celui qui réveillait de vieux démons. Il glaçait d'autant plus le sang qu'il jaillissait à cet instant de la bouche d'un des pompiers qui avaient tenté d'éteindre les deux précédents feux épidémiques. Rarement un mot n'avait eu autant d'impact sur l'imaginaire collectif. Des rumeurs sourdes s'élevèrent des bancs… La présence du patron de Futurabio s'expliquait.

— Merci, monsieur Carvalho, dit Cory d'une voix forte pour obtenir le silence, avant de se tourner sur sa gauche. Monsieur Meyer, je vous ai convié parmi nous aujourd'hui non seulement parce que votre société a été la cause de la première régression, mais parce que, loin de faire profil bas, vos équipes sont retournées dans la fosse des Mariannes. Voici ma question : votre société est-elle mêlée à la situation catastrophique qui nous occupe ?

Si Meyer apprenait à l'instant que l'OMS connaissait sa petite expédition aux Mariannes, il n'en montra rien.

— Permettez-moi de préciser une chose, dit-il. Malgré le mensonge que vous venez de proférer, vous n'êtes pas à l'initiative de cette conférence de presse. *J'ai* tenu à son organisation.

Cory ne moufta pas et le laissa poursuivre.

— Je n'ai qu'un seul message à faire passer aujourd'hui : ma société n'est pour rien dans ces regrettables événements.

— Vous fouillez les fonds marins d'où a jailli le virus Kruger, et l'hibernation fait son apparition dans le Pacifique. Vous avouerez que la coïncidence est troublante.

— Je peux vous assurer que ma société est étrangère à cette suite d'événements. J'adresse d'ailleurs toute ma sympathie aux familles des malades. Et même si Futurabio a commis des fautes quand je n'étais pas aux manettes, elle ne peut pas être accusée chaque fois qu'une régression se manifeste. Mais vous devez trouver que j'esquive vos questions. Je suis là pour être sincère, alors soyons-le deux minutes, voulez-vous, Cory ? J'ai envoyé des équipes dans la fosse des Mariannes pour comprendre comment tout avait commencé, comment le virus avait été en quelque sorte programmé par la nature. Et là, Cory, c'est le moment de me poser votre question, *la* question : qu'avez-vous découvert dans la fosse des Mariannes ?

— Euh oui… excusez-moi, bredouilla Cory Barlo, comprenant que la conférence de presse lui échappait. Alors qu'est-ce que…

— Quelque chose qui défie à la fois l'entendement et les lois de la physique.

Soudain le visage de Josia Meyer se ferma et il s'exprima d'un ton grave.

— Nous y avons découvert une météorite faite d'une matière qui inverse le temps. Vous m'avez bien entendu : le minéral de cette roche peut infléchir la flèche du temps. À la fois merveilleux et terriblement effrayant. Vous comprenez pourquoi, cher Cory, c'est diablement effrayant, n'est-ce pas ?

Cory perdait pied. Il ignorait si Meyer était sérieux ou s'il s'agissait de l'un de ses coups d'éclat habituels.

— Vous restez muet ? Je vais répondre à votre place. Des météorites sont tombées dans toutes les régions frappées par le mal d'hibernation. Ce sont elles qui sont à l'origine de ce que vous avez appelé l'épidémie de sommeil.

Meyer se leva et partit, se ravisa au bout de quelques mètres et ajouta au micro :

— Post-scriptum 1 : nous pensons que la Terre est en train de percuter un univers parallèle où le temps s'écoule à l'envers. Les météorites sont des fragments de cet univers. Nous pensons que le processus a démarré il y a des millions d'années et que certaines de ces météorites sont tombées il y a très longtemps. Pourtant, c'est comme si elles ne s'activaient qu'aujourd'hui. Il y a 380 millions d'années, l'explosion d'une supernova a causé une extinction de masse. Aujourd'hui, un autre phénomène cosmique va bouleverser la vie sur Terre. Post-scriptum 2 : le virus Kruger est né au contact d'une de ces météorites.

Il fit un clin d'œil à l'assemblée.

— Je crois que vous comprenez maintenant la véritable raison pour laquelle le virus inversait le sens de l'évolution.

Et il conclut :

— Mais des affirmations extraordinaires nécessitent des preuves extraordinaires.

Sur ce, il tourna les talons et s'en alla pour de bon. Soudain, la salle résonna des vibrations des téléphones portables que l'on avait oublié de mettre en mode silencieux. Les participants à la conférence, y compris Lucas, étaient en train de recevoir deux vidéos par sms.

La première montrait une plate-forme pétrolière, à en croire le puits de forage qui passa à un moment dans le champ de la caméra. Le point de vue bascula ensuite sur une grue qui remontait une chose sombre et grosse de la mer. On en distinguait à peine les contours, mais Lucas l'identifia immédiatement. La scène avait été tournée en pleine tempête. Une forte houle ondulait en arrière-plan.

Nul besoin d'explications pour comprendre que la chose issue des fonds des océans était en réalité une météorite.

La seconde vidéo se déroulait dans un laboratoire de biologie. Elle portait en sous-titre :

> Voici un rongeur tout ce qu'il y a de plus normal.
> Voici le même, alimenté avec de l'eau dans laquelle
> de la poussière du météore a été dissoute.
> Et voilà l'ennemi public de la pandémie Kruger
> de retour : le rongeur venimeux !

D'une main gantée, un laborantin saisissait une souris d'une cage et exhibait la petite griffe qui avait poussé à chaque patte, près des coussinets. En réalité, un aiguillon empoisonné.

Lucas frissonna en repensant aux armées de rats régressifs qui avaient jailli des égouts dix ans plus tôt.

# – 8 –

## Genève.

Josia Meyer sortit épuisé mais satisfait de la conférence. Il transpirait à grosses gouttes à l'intérieur de son blouson en cuir de crocodile régressif (un modèle importé des marchés noirs de Chine qui lui avait coûté la bagatelle de 20 000 dollars). Il avait brûlé plus de 1 000 calories au cours de l'heure écoulée, d'après ses calculs – l'équivalent d'un Big Mac. L'être humain est vraiment une machine ambivalente, capable de courir pendant des heures d'affilée, mais dont les réserves énergétiques fondent comme neige au soleil à la moindre activité intellectuelle.

Le cerveau est supposé consommer 20 % de l'énergie produite par le corps. Un chiffre très différent d'un individu à l'autre, selon lui. *Chez moi, c'est plutôt 35.* Il descendit la fermeture Éclair pour laisser le vent soufflant des montagnes environnantes le rafraîchir.

Il était passé par l'arrière du bâtiment de l'OMS afin d'éviter la cohue des journalistes. Son chauffeur l'attendait comme prévu au bout de l'allée, au volant d'une Jaguar vert olive. La passion pour les belles voitures le suivait depuis l'enfance. Il pianota sur son téléphone.

— Allô, Mirna ? La vente aux enchères s'est bien déroulée ?... Parfait. Vous vous êtes occupée d'Anna Meunier ?... Vous êtes en chemin, très bien.

Mirna Kisinski était bien plus qu'une assistante pour lui. Il aimait considérer leur duo comme un poulpe : un cerveau central incapable de fonctionner sans les cerveaux situés dans les bras.

Les pièces de son jeu s'ajustaient à la perfection. Ils devaient maintenant agir vite. Les événements de Tahiti avaient quelque peu bousculé leur plan.

*Comment la véritable origine du virus Kruger a-t-elle pu échapper aux milliers de généticiens qui ont travaillé dessus ?* se demandait Lucas en se dirigeant vers la station de taxi. Il rentrait chez lui, où Alice l'attendait, dans l'appartement qu'il occupait du temps où il travaillait à Genève. Mais Meyer était-il sincère ? Une collision avec un univers parallèle ? Où le temps s'écoulait à l'envers ? Tout cela était tellement... incroyable. Et si le Sud-Africain faisait simplement diversion pour détourner l'attention du Pacifique et des véritables agissements de son entreprise ?

Pourtant, s'il disait vrai ? Après tout, Cory avait bien insisté : l'OMS avait constaté une absence totale de virus chez les malades. Lucas osait à peine penser aux conséquences. Ils assisteraient à la première épidémie mondiale sans agent contaminant, donc sans possibilité de contre-mesure, donc de soin. La menace donnait le vertige.

Il profita de la marche vers la station pour appeler le Costa Rica. Il resta au téléphone deux minutes, le temps que Lauryn l'assure de l'état stationnaire de Kyle.

Plongé dans ses pensées, il ne vit pas la femme arriver. Pantalon et veste en flanelle, arrogante, elle sentait à mille lieues l'agent du FBI façon série télé.

— Cory Barlo m'envoie vous chercher. Nous disposons de nouvelles informations sur la société Futurabio. Pouvez-vous me suivre, s'il vous plaît ? Une voiture nous attend.

— Cory, je lui ai parlé il y a cinq minutes… Pourquoi ne m'appelle-t-il pas ?

— Suivez-moi, s'il vous plaît.

Deux armoires à glace accompagnaient la femme. Les deux types entourèrent Lucas. Leur poitrine musclée gonflait leur chemise.

— Eh, une seconde, qui êtes-vous ?

— Il y en aura pour une minute.

— Je ne sais pas si j'ai vraiment le choix…

Un gros SUV à la carrosserie noire et rutilante les attendait vingt mètres plus loin. Lucas n'était pas stupide, il devinait qu'il y avait autant d'agents de l'OMS dans cette voiture que de poux sur le crâne d'un chauve. Mais, mû par la curiosité, il n'hésita pas quand la portière arrière s'ouvrit.

Il venait d'un environnement hyper lumineux. Il lui fallut du temps pour s'habituer à la semi-pénombre créée par les vitres teintées. Comme dans un film où quelqu'un sortait du coma, la netteté de l'image se fit graduellement. Une silhouette impossible apparut : celle de son ancien chef, Stephen Gordon. Non, c'était un mirage ! L'ancien sous-directeur de l'OMS Gordon, assis devant lui ? Lucas se refusait à y croire. Stephen avait contracté le Kruger au cours de l'assaut du Muséum d'histoire naturelle, à Paris, lors de la première pandémie. Une simple morsure d'*erectus* avait suffi à lui inoculer le virus. Il était supposé être en train de se nourrir de racines de l'autre côté de la Frontière et non pas voyager dans une voiture de luxe. Et pourtant…

*Diable, mais comment ?*

Au Muséum, avant de sombrer dans l'inconscience, encore allongé sur le carrelage, Stephen avait adressé cette question poignante à Anna : « Vous pensez que je serai heureux dans une réserve ? — J'en suis certaine », avait-elle répondu. Lucas ne s'était jamais tout à fait remis de la disparition de l'agent de l'OMS, et pas seulement parce qu'il s'était rapproché de sa fille, Lauryn. Plus qu'un simple patron, Stephen avait été un ami et un mentor. Un modèle que Lucas avait cherché à imiter plus tard, quand il avait repris le flambeau à la tête du service des maladies transmissibles.

— On dirait que tu as vu un fantôme, Lucas. Je t'assure que c'est bien moi.

— Stephen ?

— En chair et en os. En os d'*Homo sapiens*, si je puis me permettre. Je t'en prie, ne fais pas de crise cardiaque, ça m'obligerait à appeler les pompiers. Je serais un peu embarrassé au moment de décliner mon identité. Après tout, je suis censé ne plus appartenir au monde des humains depuis dix ans.

— Mais comment est-ce que… Pourquoi tu n'es plus…

Il en perdait ses mots.

— Quand j'étais jeune, il y avait cette vieille série télé, *L'Homme qui valait trois milliards*. Disons qu'on m'a choisi pour en faire un remake. Remis au goût du jour à grand renfort de biotechnologie, d'outils sophistiqués d'édition génétique et de manipulation moléculaire. Jc pense que tout ça te parle un peu. Certaines personnes ont estimé que le jeu en valait la chandelle. Mon ADN est plus modifié que la partition de *Don Giovanni* jouée par l'orchestre symphonique de Berlin. Toujours amateur d'opéra, Lucas ?

Ce dernier hocha timidement la tête, incapable d'accepter la réalité.

— Je suis désolé pour la manière cavalière avec laquelle on t'a amené auprès de moi, mais j'espère que tu comprends que je m'entoure de précautions. Je préfère cultiver une forme poussée de discrétion.

— Je crois… qu'il va me falloir encore un peu de temps pour accepter que tu… es réel.

— Je le suis, tu peux me faire confiance.

— Les personnes dont tu parles, celles qui t'ont ramené parmi… *nous*, qui sont-elles ?

— Des gens que la terre entière conspue : la société Futurabio.

Gordon s'attendait à ce que Lucas s'étrangle en entendant ce nom, or plus rien ne surprenait ce dernier.

— Je dois mon retour à la société qui a commis le péché originel en libérant le Kruger. Elle seule disposait de la technologie et des fonds pour réparer l'entièreté de l'ADN d'un génome, le corriger des modifications opérées par le virus.

— C'est magnifique.

— Magnifique, et malheureusement irréalisable à l'échelle de la population d'*erectus*. Je suis un cas unique. Le seul et unique *erectus* redevenu humain. N'espère surtout pas que je puisse servir d'exemple pour les autres préhistoriques.

Le détachement dont témoignait Gordon donna des frissons à Lucas.

— Excuse-moi, mais tout cela est si extraordinaire. L'annonce de la découverte de cette matière qui inverse le temps et maintenant toi, revenu d'entre les morts ou presque…

— Et crois-moi, tu n'es pas au bout de tes surprises si nous parvenons à un accord.

*Un accord ? Qu'est-ce que Gordon attend de moi ?*

— Je peux te poser une question ? demanda Lucas.

— Oui.

— Qu'est-ce que ça fait d'avoir été…

— Dans la peau d'un *erectus* ? C'est comme voir la réalité à travers du verre dépoli. Tout semble moins net, un peu comme si tu avais la gueule de bois. Et à certains moments, au contraire, le temps s'arrête et tu fais corps avec le monde. Je pense avoir déjà atteint cet état avec l'aide de substances quand j'étais étudiant.

Lucas ébaucha un sourire mécanique.

— Tu n'imagines pas à quel point ta fille, Lauryn, va être heureuse. Elle se trouve dans un hôpital au Costa Rica, son ami est en état de sommeil forcé. Ta…

Il hésita sur le terme à employer.

— Ta disparition a été un électrochoc pour elle.

Une ombre traversa le visage de Gordon.

— Je ne suis pas là pour Lauryn.

— Comment ça ? Tu ne comptes pas retourner auprès d'elle ?

— Non. Je suis là parce que Futurabio a besoin de toi.

— Dois-je comprendre que tu travailles pour eux, maintenant ?

Il aurait tout aussi bien pu dire « pour l'ennemi ».

Le visage de Stephen Gordon se crispa.

— Dans le récit du Déluge, tu sais quels sont ceux qui sont morts noyés les premiers ? Ceux qui combattaient l'épée à la main. Parce qu'ils n'ont pas vu la vague venir. Évitons les rancœurs passées, veux-tu ? Nous avons besoin de nous serrer les coudes.

Cory avait raison : l'entreprise avait encore fait des siennes. Et maintenant elle cherchait à réparer les pots cassés. L'histoire se répétait, encore et encore.

— Qu'est-ce que tu veux de moi, Stephen ?

La colère sourdait en Lucas. La vidéo que Meyer avait présentée à la conférence de presse datait de plusieurs années. Ceux de Futurabio avaient eu connaissance avant tout le monde du nouveau fléau qui allait s'abattre sur le monde et ils n'avaient rien révélé. Y avait-il du bon dans cette société ou bien n'était-ce qu'un amas puant de pourriture ?

— Vous saviez, pour l'hibernation ?

Pour la première fois, il sentit Gordon sur la défensive.

— Oui, mais nous ne pouvions rien empêcher, crois-moi. Nous avons remonté cette météorite de la fosse des Mariannes il y a six ans, à l'endroit exact d'où a jailli le virus Kruger.

— Je sais tout ça.

— Tu l'avais appris avant la conférence de presse, n'est-ce pas ? Pour ton information, nous avons identifié la source de Cory Barlo : un ancien membre de l'OMS que j'ai fait l'erreur d'embaucher moi-même. Il a été mis à la porte dès que nous avons découvert ses échanges avec Barlo et il n'est pas près de retrouver un boulot dans les biotechnologies. Nous nous en assurerons.

Lucas ne reconnaissait pas son ancien ami. C'était ça, le nouveau Gordon ? Froid, cynique, impitoyable ?

— Ce type a mis en danger un projet trop important pour que nous tolérions la moindre fuite. Je te parais dur ? Nous avons cinq ans d'avance sur l'OMS quant aux dégâts qu'occasionne la matière de ces météorites sur les organismes. Tu veux un aperçu de ce qui nous attend ? Autant te prévenir : si tu as une liste de voyages que tu rêves de faire avant de mourir, mieux vaut te dépêcher, parce que du temps, c'est justement ce qui va bientôt nous manquer. Pour l'instant, les météorites n'ont eu d'influence que dans leur environnement proche et seuls sombrent les individus qui ont plusieurs copies des gènes incriminés. Mais dis-toi bien une chose, Lucas : si j'ai raison, nous ne sommes qu'au début de la collision avec l'univers parallèle. Pour l'instant, nous en sommes au stade où les deux voitures foncent l'une vers l'autre. Quand elles se heurteront, qui sait ce qui va se passer ? En revanche, je sais une chose : aucun antiviral ne nous sauvera ce jour-là.

Lucas baissa les épaules, accusant le coup.

— Seul un miracle pourrait nous sauver. Je suis venu te l'offrir.

— Tu as conscience de parler comme un religieux ?

— Quand les gens sont à l'article de la mort, on va plus souvent chercher un prêtre qu'un médecin.

— Que veux-tu, Stephen ?

— Il existe une arme pour stopper cette folie.

— Laquelle ?

— Un individu avantagé par des mutations bénéfiques qui le protégeraient spontanément de la régression. Depuis l'aube de l'humanité, l'espèce humaine a compté

100 milliards d'individus. Cela fait beaucoup de combinaisons de gènes. Parmi tous ces ADN, il y en a forcément un qui peut nous servir d'antidote. Lucas, j'ai besoin de toi pour chercher ce mutant. Aide-moi à le trouver. C'est notre seule chance d'échapper à ce destin épouvantable et de nous débarrasser définitivement de la régression. Avec lui, nous pourrons soigner l'ami de Lauryn et… ramener à la vie humaine tous les *erectus*.

— Désolé, je ne crois pas aux miracles.

— Les miracles existent, j'en suis la preuve vivante.

Gordon oubliait juste de préciser que ce miracle avait été largement permis par la haute technologie et vingt ans de recherches en manipulation d'ADN.

— Sur l'île de Montecristo, en Méditerranée, Futurabio a érigé un site qui peut nous aider à ramener ce mutant. Tu as été mon meilleur coéquipier au long de ma carrière. J'ai besoin de gens comme toi.

— C'est fini, Stephen, je te l'ai dit.

— J'ai besoin des meilleurs, insista Gordon.

— Inutile de me flatter. Tu perds ton temps.

— Accompagne-moi là-bas et aide-moi à localiser cet individu. Nous l'avons identifié, il ne nous reste plus qu'à mettre la main dessus.

— Vous l'avez identifié ? Qui est-ce ?

— Désolé, information confidentielle.

— Si tu l'as identifié, pourquoi as-tu besoin de moi pour aller le chercher ?

— Les choses sont compliquées…

— Pour moi, elles sont très simples, au contraire : tu peux ravaler ta proposition. J'ai d'autres priorités à présent. Des gens… comptent sur moi.

En cognant à la vitre, Gordon transmit l'ordre à l'une des armoires à glace d'ouvrir la portière. Lucas comprit qu'il devait partir.

— Je ne te demande pas de te décider maintenant. Je t'écrirai demain.

— Inutile, c'est non. Et puis… Tu crois qu'au cours de ces dix années, l'OMS s'est tourné les pouces et n'a pas cherché des personnes résistant naturellement à la régression ? Moi-même, j'ai dû visiter des dizaines d'hôpitaux, avant de réaliser que je poursuivais une chimère. De telles personnes n'existent pas.

— Qui t'a dit que je cherchais le mutant *aujourd'hui* ?

Lucas se figea, sans comprendre ce que Gordon entendait par là.

— Ah ! un détail : si tu parles de moi à quelqu'un ou évoque notre conversation, je sortirai de ton existence. Si le public savait qu'il est possible d'inverser la régression, cela compromettrait toute l'opération. J'espère que tu prendras la bonne décision, Lucas. Je te l'ai dit : j'ai besoin des meilleurs.

Avant que la portière se referme, Gordon ajouta, mystérieux :

— De toi comme d'Anna.

Un sentiment d'irréalité habitait toujours Lucas quand il rentra chez lui. Alice était dans le salon, les yeux rivés sur les infos à la télé et rongée par l'inquiétude. Une météorite venait d'être trouvée en Antarctique dans la banquise, enfouie sous plusieurs mètres de glace. En réalité, la découverte datait de quinze jours, mais on apprenait la nouvelle seulement maintenant, car la base scientifique près du site s'était transformée en dortoir géant : tous les chercheurs sans exception avaient basculé dans le sommeil.

Gordon avait raison : l'hibernation n'était pas exclusive au Pacifique.

L'information ne souleva aucune émotion chez Lucas. En réalité, une seule véritable question l'agitait depuis une heure : « De toi comme d'Anna. » Qu'avait voulu dire Stephen ?

# – 9 –

## Paris.

Il aurait suffi de passer cinq minutes dans la chambre 233 de l'hôpital Saint-Louis, à Paris, pour se convaincre qu'Anna Meunier refusait de quitter le monde des vivants. Un nombre restreint, mais incontestable, de micro-expressions sur son visage traduisait une intense activité cérébrale.

Ce qui, en revanche, aurait échappé au visiteur, c'est le souvenir angoissant qui agitait la longue nuit de son coma. Anna n'était pas encore devenue la paléontologue la plus célèbre de la planète, pas même la jeune chercheuse qui avait réussi à se mettre à dos toute la communauté scientifique. En fait, elle n'avait que 12 ans et vivait dans un pavillon qui jouxtait un jardin où poussaient régulièrement des petites tombes d'animaux.

Quand elle voyait un nouveau monticule apparaître du haut de la fenêtre de sa chambre, elle escaladait le mur mitoyen et creusait la terre, exhumant des ossements qu'elle avait appris peu à peu à identifier : écureuil, taupe, chat. Finissant par comprendre qu'il se tramait quelque chose dans cette maison, elle avait pris son courage à deux mains et avait forcé la porte rouillée à l'arrière avec un pied-de-biche. Pantelante de peur, elle avait descendu l'escalier sombre et puant qui paraissait conduire aux Enfers.

Et ce fut bien ce qu'elle trouva : les Enfers. Dans le sous-sol éclairé par sa torche s'alignaient sur des étagères des bocaux remplis d'animaux monstrueux : un chat à un seul œil, un cochon d'Inde à cinq pattes, un merle à trois ailes baignaient dans le formol. Face à ce petit musée des horreurs, elle aurait dû prendre ses jambes à son cou, pourtant elle resta immobile, fascinée. Deux mois plus tard, à la suite d'une dénonciation anonyme, le propriétaire de la maison fut arrêté : il alimentait sa morbide collection à l'école de vétérinaire, où il travaillait comme préparateur.

Anna revivait pour une énième fois l'épisode traumatique de la cave quand on pénétra dans sa chambre.

Pour s'introduire dans l'hôpital et ne pas éveiller les soupçons en circulant dans les couloirs, Mirna Kisinski avait recouru à une astuce imparable et bête comme la lune : elle avait fait une halte aux toilettes pour enfiler une blouse blanche et cacher sous une perruque ses cheveux laiteux un peu trop voyants. Mirna pouvait d'autant plus facilement endosser le rôle qu'après ses études de médecine, elle avait failli prononcer le serment d'Hippocrate, avant d'opter pour le privé.

En franchissant la porte numéro 233, Mirna eut l'impression de pénétrer dans la chambre d'une morte. Un bouquet de magnolias trônait dans un vase et une galerie de photos émouvantes recouvrait la tête de lit. Sur l'une d'elles, la peau tannée par le soleil et le pantalon souillé d'argile, Anna Meunier toute souriante posait au côté d'un fossile de dinosaure – en Papouasie-Nouvelle-Guinée, disait la légende. Une aura magnétique se dégageait d'elle, dut reconnaître Mirna.

La paléontologue avait été l'un des fossoyeurs de Futurabio pendant la première pandémie, avec ses amis de l'OMS. Le mot « fossoyeur » n'était pas exagéré, car ensemble, ils avaient bien failli avoir la peau de l'entreprise. Sans l'enquête à laquelle avait participé la paléontologue, Futurabio n'aurait jamais frôlé l'abîme.

Un filet d'électrodes enserrait la chevelure d'Anna Meunier. Pour tout le monde, la vie ne tient qu'à un fil. Celle d'Anna tenait au tube de la perfusion qui l'alimentait. Mirna avait consulté ses radios : nul besoin d'être neurologue pour comprendre qu'Anna était condamnée. Les dégâts causés surpassaient largement ce que le cerveau pouvait encaisser afin de retisser de nouvelles voies pour faire circuler l'influx neuronal. Sans l'acharnement de Lucas Carvalho et sa notoriété, jamais elle n'aurait dû bénéficier de cette chambre au coût astronomique. Quelle que soit la façon de considérer la chose, Anna méritait d'être débranchée.

Mirna plongea une main dans la poche intérieure de sa veste. Ses doigts se refermèrent sur une fiole en plastique. Leurs concurrents auraient été prêts à payer une fortune pour les deux millilitres d'or rouge qu'elle contenait.

Durant sa thèse, Mirna avait piqué dans les veines d'à peu près une centaine de souris. Elle remplit la seringue qu'elle avait apportée, chercha la veine du pli du coude, et enfonça l'aiguille sans hésiter. La zone de la douleur restait-elle allumée dans le cerveau lors d'un coma artificiel ? Probablement pas, mais elle n'en était pas sûre. Elle espérait pour Anna que ce n'était pas le cas. Car quand le produit qu'elle venait d'injecter ferait effet, tout son corps serait sens dessus dessous.

Pour rien au monde, Mirna n'aurait infligé cette substance à son organisme.

Pénélope, l'infirmière qui veillait deux fois par jour sur Anna, s'était photographiée à plusieurs reprises au côté de sa patiente, une véritable héroïne à ses yeux. Ayant conscience que ces clichés pourraient lui coûter sa place, elle les conservait dans son téléphone sans les montrer à personne. En entrant dans la chambre cet après-midi-là, elle vit immédiatement que quelque chose ne tournait pas rond : l'électroencéphalogramme émettait deux bips rapprochés qui se répétaient plusieurs fois par seconde.

Reconnaissant les signes avant-coureurs d'un début d'épilepsie, elle adopta le bon réflexe : elle glissa le tube d'une seringue dans la bouche d'Anna pour éviter qu'elle n'avale sa langue, puis courut chercher un anticonvulsif. Hélas ! le produit ne suffit pas à calmer l'orage électromagnétique qui se déchaînait dans le cerveau de la paléontologue.

Un spasme particulièrement violent frappa Anna. Son corps se banda comme un arc. Ses yeux s'ouvrirent. Puis ils se refermèrent.

# – 10 –

## Afrique.

— Réveille-toi, Chen ! s'écria Wuan.

Son ancien compagnon de lutte entrouvrit un œil et le referma.

— Il fait encore nuit…

— Les humains nous ont volé notre pierre.

— Quelle pierre ?

— La pierre tombée du ciel.

— Et alors ? Si cela peut leur faire plaisir. Laisse-moi dormir.

— Tu ne comprends pas ? S'ils l'ont récupérée, c'est qu'elle a de la valeur. Ils savent qu'elle transforme les gens.

À présent réveillé, Chen se redressa sur son lit de feuillages. Wuan se tenait face à lui, un sac confectionné dans une panse d'antilope jeté sur son épaule.

— La pierre transforme les gens ! Qu'est-ce que tu racontes ?

— C'est à cause d'elle que nos enfants naissent différents. Ça nous arrive depuis qu'elle est tombée dans le lac où Celle-qui-aide-à-naître va puiser son eau.

— Comment tu sais que les Tikaks l'ont volée ?

— Je viens de l'endroit où elle est tombée. Elle n'est plus là.

— Elle a pu rouler ou être dérobée par un autre clan.

— Non, je l'ai vue chez les humains.

— Tu es allé chez eux !

— Je connais un passage sous la Frontière.

— Tu es fou, Wuan ! Ne jamais affronter seul les humains. C'est toi-même qui le dis.

— Oublie les règles, Chen. Je pense qu'ils connaissent le mal qui frappe nos enfants. Je dois apprendre leurs connaissances si je veux les guérir.

— Depuis quand es-tu Celui-qui-voit-loin ?

Wuan se détourna, ruminant son amertume.

— C'est un incapable doublé d'un prétentieux. Il ne veut rien entendre à mes idées.

— Peut-être parce qu'elles sont fausses.

Silence.

— Ne fais pas cette bêtise, Wuan. Nous avons besoin de toi comme chef. S'il t'arrivait quelque chose…

— … tu ferais un excellent chef. J'ai confiance en toi. De toute manière, le conseil est sur le point d'en nommer un autre.

— Tu t'apprêtes à commettre une folie…

— Tu perds ton temps : ma décision est prise. Je voulais juste t'avertir.

— Et s'ils me demandent où tu es ?

— Réponds que… le soleil se lève chaque matin pour éclairer la plaine.

Chen eut l'air interloqué.

— Cela signifie que je n'ai pas le choix.

Wuan songea au clan et se demanda quelle serait sa réaction quand sa disparition éclaterait au grand jour. Chen leur annoncerait qu'il était parti sans doute pour ne jamais revenir. Comment réagiraient-ils ? Ils pleureraient leur ancien meneur, tueraient un tapir qu'ils enterreraient à sa place pour l'aider à rejoindre la terre. Car ils venaient tous du bas. Ils étaient tous nés de l'argile, l'*aquak*, eux comme les animaux. Qu'ils aient été humains ne changeait rien à l'affaire. D'en bas ils venaient, en bas ils retourneraient.

Comment avait-il pu ainsi les abandonner, les laissant continuer seuls le combat contre les Tikaks ? La question surgirait dans tous les esprits lorsqu'ils se relaieraient pour jeter une poignée de terre sur sa dépouille symbolique. Alors Chen prendrait la parole ; il l'avait toujours défendu au cours de ces années. Il avait été plus qu'un second : un ami veillant sur lui, comme il l'avait prouvé en lui sauvant la vie. Il faisait nuit. Le groupe de chasseurs campait au bord d'un méandre de rivière envahi de roseaux. Soudain, ses sens l'avaient réveillé : face à lui se dressait la tête d'un serpent. Ses crocs venimeux et acérés n'étaient qu'à quelques centimètres de son visage. Puis, alors qu'il allait frapper, le reptile s'immobilisa, comme paralysé, les doigts de Chen refermés sur lui. Wuan savait qu'il était passé à un cheveu de la mort cette nuit-là. Merci, Chen ! Quand les Vents le punissaient par un mal invisible qui le clouait au lit plusieurs lunes durant, il restait à son chevet. Voilà le genre d'ami qu'il était.

Oui, Chen prendrait un malin plaisir à rompre le silence de la cérémonie : « À tous ceux qui oublieraient un peu vite ce qu'ils doivent à Wuan, laissez-moi rappeler une chose : Wuan avait une femme et un enfant de notre clan.

Tous deux sont redevenus *aquak*. Nous sommes la seule famille de Wuan, il n'avait plus que nous avant de prendre la décision de partir pour sauver nos enfants. Wuan était un grand *erectus*, peut-être le plus grand de tous. »

Wuan regrettait de ne pas être là pour voir la tête de Celui-qui-voit-loin, l'expression de jalousie qui se peindrait sur son faciès aplati.

Wuan adressa un ultime adieu à son ami, puis partit. Chen le rattrapa au moment où il amorçait sa descente en dévalant avec agilité un figuier étrangleur. Un entrelacs infernal de racines aériennes dévorait l'immeuble. Elles couraient jusqu'au toit, où un réseau veineux de bois déployait ses ramifications sur le sol.

— Attends. Tu vas me manquer, tu vas nous manquer à tous. Sans toi, nous mourrions de faim dans la prison dans laquelle les Tikaks nous ont parqués.

Les réserves avaient été dimensionnées pour satisfaire aux besoins d'un faible nombre d'individus. Quand il s'était avéré que les *erectus* étaient fertiles, contredisant les croyances des humains, leur population avait régulièrement augmenté au fil des années, jusqu'à se trouver très étriquée dans l'espace qui lui avait été alloué. Sachant commander aux animaux, Wuan avait alors pris la tête d'une rébellion et mené une incroyable armée composée d'*erectus* chevauchant des éléphants à quatre défenses. Au terme d'âpres combats, son peuple avait gagné sa liberté. Et mieux, depuis ce jour, il avait repoussé les frontières de leur territoire jusqu'aux limites du continent.

— Tu aurais fait la même chose à ma place.

— Non, et tu le sais.

Wuan ne répondit rien.

— Tu nous as appris que nous ne sommes pas inférieurs aux humains.

Peut-être. Or, aujourd'hui, ce n'était plus vrai. Le peuple des *erectus* avait besoin de l'intelligence des humains pour comprendre le mal qui sévissait chez les nouveau-nés. Et pour cela, il devait partir.

Il accepta le compliment en souriant, seulement pour faire plaisir à Chen. Puis il disparut dans la nuit.

# - 11 -

## Costa Rica, dispensaire de Palmar.

Même inconscient, Kyle arborait l'expression d'insouciance que Lauryn lui connaissait depuis toujours. La poitrine du garçon soulevait difficilement le drap et sa bouche n'exhalait qu'un souffle ténu. Un puissant sentiment d'injustice faisait bouillir intérieurement Lauryn alors qu'elle veillait sur lui. Son père et maintenant Kyle. Pourquoi les deux êtres qu'elle avait le plus aimés étaient-ils partis ?

Au début, elle avait eu du mal à avaler la théorie absurde d'hibernation que lui avait servie Lucas au téléphone. « C'est juste une maladie tropicale comme nous en soignons des dizaines par an. La version costaricaine et mutante de la mouche tsé-tsé. Tu n'as pas à t'en faire. Quelques piqûres et il sera remis sur pied. » Voilà ce qu'elle aurait voulu entendre. Or la maladie avait fait tache d'huile dans le monde et elle avait bien été obligée de se faire une raison. Kyle ne reviendrait pas à lui de sitôt.

Lauryn savait que l'hypothèse d'une hibernation humaine dans le passé avait été accréditée quand, au début des années 2010, on avait identifié chez les lémuriens de

Madagascar deux espèces aptes à une forme légère d'hibernation. À l'entrée de la saison sèche hivernale, ces créatures plongeaient dans un état de torpeur, leurs pulsations cardiaques ralentissaient drastiquement tandis que leur température corporelle baissait d'une manière tout aussi spectaculaire. La raréfaction de la nourriture, et non le froid, était le facteur déclencheur. Conclusion : oui, les primates pouvaient hiberner. Alors pourquoi pas l'homme ?

Tandis qu'un brouhaha montait du couloir, le regard de Lauryn se troubla sous le coup de la mélancolie. Il lui avait fallu du temps pour tomber amoureuse de Kyle. Il avait un naturel rugueux et impatient, mais ils partageaient une farouche envie de prendre leur revanche sur le destin. Tous deux avaient perdu un être cher à cause de la régression, lui son grand-père et elle son père. La blessure occasionnée aurait pu les détruire, or, au contraire, elle leur avait conféré une énergie incommensurable, capable de déplacer des montagnes. Sentir cette pile nucléaire près d'elle réconfortait Lauryn.

Plus tôt dans la journée, Lauryn avait appelé Mary pour la tenir informée de la situation. La mère de Kyle, qui vivait en Afrique du Sud, cherchait à se rendre au Costa Rica. Mais elle demeurait toujours bloquée à l'aéroport de Johannesburg et risquait de l'être un bon moment encore. À cause de la vague d'hibernations, les compagnies aériennes redoutaient de faire voler leurs pilotes. Personne n'avait envie de tourner un remake réel de *Y a-t-il un pilote dans l'avion ?*

Interrompant son monologue intérieur, Lauryn leva les yeux vers la fenêtre. Une boule de feu incandescente déchirait l'aube. Le météore, d'une beauté hypnotique, fut suivi par une pluie de corps lumineux. Le temps sembla se suspendre. Lauryn avait une vue plongeante sur le parking du dispensaire, où c'était la cohue. Les gens se précipitaient vers leur voiture et démarraient sur les chapeaux de roues. Alejandro, leur guide dans la forêt avec qui ils avaient sympathisé, fit irruption dans la chambre, une expression de panique sur le visage.

— Kyle ne peut pas rester ici.

— Pourquoi, que se passe-t-il ?

— L'Arenal est entré en activité. Ce n'est pas un gros volcan, mais il vaut mieux partir, crois-moi. Il faut emmener Kyle à San José.

Le trajet vers la capitale dura plus longtemps que prévu. Les pistes étaient encombrées de pick-up aux plates-formes arrière chargées de malles et de cages d'animaux. Ils doublèrent un bus brinquebalant surmonté d'une montagne de bagages, qui s'enlisait dans le lit boueux d'une rivière asséchée. Il fallut un moment à Lauryn pour comprendre que tous ces gens fuyaient avec leurs biens. Quand ils rejoignirent l'autoroute descendant vers le sud, la débandade se transforma en un défilé ininterrompu de véhicules.

Ils arrêtèrent le 4 × 4 et Lauryn sortit pour observer, à la fois effarée et subjuguée, la cause de leur peur : un énorme panache de fumée que crachait un volcan sur l'horizon. Ses émanations le coiffaient d'un nuage ténébreux de cendres. Des éclairs zébraient la masse furieuse et donnaient le frisson. Une beauté venimeuse émanait du spectacle. On avait l'impression d'assister à un phénomène jailli d'un lointain passé.

— C'est le Barva, lui apprit Alejandro. Beaucoup de gens vivent à son pied parce qu'il est éteint.

*Était éteint*, corrigea mentalement Lauryn.

Comment deux volcans pouvaient-ils se réveiller en même temps ? Pour Lauryn, la coïncidence était impossible. L'éruption se doublait de tremblements de terre qui duraient quelques secondes, puis frappaient de nouveau dix minutes plus tard. Indubitablement, quelque chose d'inhabituel se tramait sous leurs pieds.

La situation générale s'aggrava à mesure qu'ils progressaient vers San José et que la foule se densifiait. La population pliait bagage par villages entiers. Dans une bourgade, ils durent faire demi-tour, la route étant coupée. Une impressionnante faille, d'un bon mètre de large, lacérait le bitume.

L'effervescence régnait à l'hôpital Guápiles de San José. La ville n'était pas épargnée par les destructions dues aux tremblements de terre et l'accueil ressemblait à une cour des miracles, avec son lot de blessés en sang. Un cri retentit plus loin, dans le couloir principal. Quand ils arrivèrent dans la salle d'attente, un petit attroupement se formait autour d'une infirmière allongée par terre, inconsciente. Une nouvelle victime de l'hibernation. Une jeune fille, maquillée comme un camion volé, avec des bagues à tête de mort à plusieurs doigts. Son badge, qu'elle portait en sautoir, indiquait « Maria Cama ». Ironiquement, *cama* signifie « lit » en espagnol.

L'attention générale se porta soudain sur la télévision, qui diffusait une chaîne d'informations en continu.

**Le canal de Panama s'écarte !**

La scène stupéfiante avait été tournée depuis la berge du célèbre chenal par des touristes français venus admirer le train de porte-conteneurs, un défilé interrompu de navires à touche-touche. L'image se mit à trembler. Une voix cria :

— C'est un séisme !

Le porteur du téléphone portable faisait son possible pour garder l'assiette stable, malgré les secousses sévères.

— Mon Dieu, regarde, Samantha !

L'appareil pivota vers le sol. Un épaulement de dix centimètres était en train de se créer dans la terre. La rive opposée s'éloignait. Le canal s'élargissait !

La caméra se redressa juste à temps pour capturer une vague solitaire haute de un mètre qui remontait le canal à vive allure. Elle heurta de plein fouet le navire qui fermait la procession. Touché à la poupe, le géant d'acier prit de la gîte. L'un des conteneurs en haut d'une pile glissa avant d'interrompre sa chute à mi-course. Il chancela de longs instants emplis de suspense, puis il bascula complètement et sombra.

La vidéo redémarra au début. Cette fois, la voix du présentateur annonçait :

**Depuis qu'une énorme météorite est tombée dans la ville de Las Tablas, célèbre pour son carnaval, rien ne va plus au Panama. Ce matin, c'étaient tous les appareils de navigation des navires qui flanchaient. Plus tard, le canal lui-même faisait des siennes en s'élargissant. En fait, toute l'Amérique du Sud a bougé vers le sud alors qu'elle remonte vers le nord depuis deux millions d'années. TOUT SE PASSE COMME SI LA TECTONIQUE DES PLAQUES S'ÉTAIT INVERSÉE !**

L'affirmation suivante fit frissonner d'horreur Lauryn.

**Après les êtres vivants, la planète paraît régresser à son tour !**

*Bon sang, que se passe-t-il ?*

# – 12 –

## Méditerranée.

Vue de loin, l'île de Montecristo ressemblait à un monstre marin. La crête dentelée du massif rocheux dessinait comme une énorme nageoire dorsale plongeant dans la Méditerranée. Des nuées d'archéoptéryx décrivant de larges cercles dans le ciel à sa verticale parachevaient le sentiment que l'on se dirigeait vers un continent oublié. L'hélicoptère volait bas, rasant presque les eaux turquoise.

Tout en admirant le panorama, Lucas se demanda pour la centième fois ce qui l'attendait au juste sur ce bout de terre. Gordon n'avait pas été très explicite, c'était le moins qu'on puisse dire. « Nous avons besoin de toi pour aller chercher ce mutant. » Qu'avait-il voulu signifier par là ? Que le mutant se trouvait sur l'île ? Cela n'avait pas de sens, à moins… d'un de ces accidents dont Futurabio était coutumier.

Lucas les imaginait avoir travaillé en secret sur un antidote, puis les choses avaient dérapé dans le labo et on appelait à présent le vieux copain au secours. Le Gordon qu'il avait connu n'aurait jamais apporté sa contribution à un projet sans en blinder la sécurité. Mais cet homme-là existait-il encore ?

« Qui t'a dit que je cherchais le mutant aujourd'hui ? » Étranges propos… L'explication la plus simple était qu'ils étaient allés chercher dans le passé cet individu aux gènes salvateurs. Bizarre, quoique pas impossible… Stephen avait-il mis la main, dans les ossements d'un squelette, sur de l'ADN ancien capable de les aider ?

Dans ce cas, pourquoi solliciter son aide ? Oui, on pouvait reconstituer un génome entier à partir de fragments d'ADN vieux de centaines de milliers d'années. En revanche, ce n'était pas son domaine d'expertise.

Et pourquoi avait-il fait référence à Anna ? Lucas avait tenté de joindre l'hôpital peu de temps après leur conversation, mais n'y était parvenu que le lendemain. Le personnel était sur les dents, car l'établissement accueillait une partie des malades rapatriés de Tahiti. Il avait fini par avoir au téléphone une infirmière étrangère au service qui, après être allée vérifier la chambre d'Anna, était revenue en ne signalant rien d'anormal.

Soudain, une baleine régressive émergea de la surface à une centaine de mètres. Un long corps fuselé et sinueux, une sorte de gigantesque serpent s'achevant à une extrémité par une tête ridiculement petite et à l'autre bout par une nageoire tout aussi modeste. La créature vint crever les vagues devant eux, tandis que son évent crachait une pluie de gouttelettes qui parsemèrent le pare-brise.

— Un basilosaurus ! s'exclama Alice, ravie de découvrir cet animal. Et regarde, il y en a tout un groupe ! Kyle aurait adoré les voir.

Une petite dizaine de taches sombres affleuraient à présent. Troublante coïncidence, il s'agissait des mêmes créatures qui avaient contaminé le père d'Alice. Lucas garda évidemment sa réflexion pour lui, mais le sentiment diffus de boucler une boucle s'insinua en lui. Lucas lui-même avait insisté pour que la petite fille puisse l'accompagner. Hors de question de la laisser seule.

Ils avaient passé les derniers jours dans l'appartement de Genève. Elle aurait pu attendre là-bas bien sagement son retour. Mais des cauchemars venaient troubler ses nuits. À cause des événements de Tahiti, ils avaient dû abandonner la piste la plus prometteuse pour soigner Anna. Et Alice avait du mal à encaisser cet échec.

En rentrant de Polynésie, ils avaient fait un crochet par Paris pour voir Anna à l'hôpital. Alice avait insisté pour rester un instant seule avec sa mère. À son retour dans la chambre, Lucas l'avait surprise en train de murmurer, les yeux rougis par les larmes. Autant qu'il pouvait en juger, ses lèvres avaient formé les mots : « Pardon, maman. » Comment avait-il alors réagi à l'expression de la culpabilité d'Alice ? En restant planté sur le seuil comme un imbécile, paralysé par sa propre incapacité à répondre à sa douleur incommensurable.

— Les basilosaurus ont encore les pattes arrière de leurs ancêtres terrestres sous la forme de minuscules nageoires postérieures, commenta Alice en continuant de s'extasier.

— C'est vrai ? fit Lucas en posant un regard attendri sur elle.

Il était heureux de la voir de nouveau enjouée, même si la gaieté d'Alice le renvoyait aux remords qui le hantaient. *Tu te soucies de son bien-être en oubliant tes propres enfants.*

*Peut-être ont-ils besoin eux aussi d'un père, tu ne crois pas ? Ces deux dernières années, tu as consacré toute ton énergie d'abord à ton travail, puis à sauver Anna. Et tes fils, là-dedans ? Tu veux qu'ils te claquent la porte au nez quand tu iras les voir dans dix ans, c'est ça que tu veux ? « Papa, désolé, va voir ton autre famille, celle dont tu t'inquiètes le plus. »*

Il chassa ces pensées parasites et reporta son attention sur l'île de Montecristo à l'horizon, où se jouaient des enjeux cruciaux. Il ne pouvait pas être partout à la fois. Survivre dans cette jungle qu'était la vie, c'était faire des choix et s'y tenir.

L'hélicoptère atterrit sur un H, à la pointe nord de l'île. Lors de l'approche, Lucas s'était étonné de l'absence de clôture. Si le site s'avérait aussi sensible que Gordon le prétendait, c'était tout bonnement incompréhensible. Vu la réputation de Meyer, le roi du high-tech, il imagina qu'un dispositif de sécurité invisible protégeait l'endroit. Telles étaient ses réflexions quand une femme à la beauté froide, les cheveux coupés au carré et décolorés en blanc, avança à sa rencontre.

— Monsieur Carvalho, je m'appelle Mirna Kisinski, je suis l'assistante de Josia Meyer. Permettez-moi de vous souhaiter la bienvenue. Le docteur Gordon aurait aimé vous accueillir lui-même, mais il est parti.

Docteur Gordon. C'était la première fois qu'on accolait ce titre ronflant à Stephen devant lui.

— Parti ? Je pensais qu'il serait ici.

— Il est bien sur l'île, rassurez-vous.

Comment pouvait-il être parti tout en étant sur l'île ? Encore une bizarrerie…

— Le voyage a été bon, j'espère.

Elle se fichait de sa réponse. Pure formule de politesse.

— Quand vais-je pouvoir le rencontrer ?

— Bientôt, ne vous inquiétez pas. Si vous voulez bien me suivre.

Vêtue d'un blazer beige et d'un pantalon droit, Mirna Kisinski était d'une élégance sobre. Ils montèrent à bord d'une version chic d'une voiturette de golf et parcoururent en silence le chemin bétonné. Lucas en profita pour admirer le complexe surgi de terre, ou plutôt de la roche. L'île n'offrait pas une surface immense, toutefois chaque mètre carré avait été mis à contribution pour accueillir de multiples laboratoires de biologie et de physique, séparés par des carrés de pelouse à la manière d'un campus universitaire. La transfiguration d'un îlot rocheux stérile en un complexe technologique ultramoderne l'impressionnait.

Parvenus à l'entrée d'un tunnel creusé dans la roche, ils s'engouffrèrent sous la voûte. Les phares de l'engin s'allumèrent automatiquement. Ils roulèrent jusqu'à atteindre une large zone circulaire, où ils mirent pied à terre. Ils avaient emprunté une route en pente douce et Lucas se demanda à quelle profondeur sous le sommet du mont ils se trouvaient. Probablement entre soixante et quatre-vingts mètres. L'endroit possédait des dimensions colossales rappelant une cathédrale.

— J'imagine que vous n'êtes intéressé que par une chose : connaître l'identité de l'individu à la mutation bénéfique.

— Je me demande surtout ce que je fais ici et où se trouve ce mutant dont Gordon m'a rebattu les oreilles. Un instant, j'ai cru que vous aviez construit un laboratoire de biologie et que…

— … et qu'un accident avait eu lieu ?

— Oui, c'est ça.

— Je vois que nous avons encore du chemin à parcourir pour restaurer votre confiance en Futurabio… Non, rassurez-vous, vos craintes sont infondées. Ce que nous avons bâti ici est un tout autre genre d'équipement, quelque chose de grandiose et de stupéfiant que seul l'esprit fertile de M. Meyer pouvait imaginer. Je vous garantis que vous n'en croirez pas vos yeux quand vous le découvrirez. Quant à vos questions, je vous promets qu'elles recevront bientôt des réponses.

Leur conversation ennuyait Alice. Elle avait sorti son portable pour essayer de communiquer avec Lauryn, constatant avec bonheur que l'île était couverte par un réseau wi-fi dénué de mot de passe. Un autre point concernant la sécurité qui surprenait Lucas.

— Je peux me permettre une question, madame Kisinski ?

— Appelez-moi, Mirna, je vous en prie. Je vous écoute.

— L'île ne semble pas protégée. Comment vous assurez-vous que personne ne puisse s'introduire ici pour voler vos secrets industriels ?

— Des détecteurs d'ADN capables de repérer une pollution génétique de l'air nous garantissent contre toute intrusion étrangère. Et maintenant, il est temps que vous rencontriez celui grâce auquel tout cela existe. Mais je crois que vous le connaissez déjà.

# - 13 -

## Île de Montecristo.

Posés tel un nid d'aigle sur le sommet de l'île, les appartements de Josia Meyer offraient une vision panoramique sur la mer. L'excentrique directeur avait poussé le luxe jusqu'à se faire installer un ascenseur à partir du hall souterrain. Assis derrière son bureau, Josia Meyer se leva et les reçut avec un sourire charmeur de politicien. En balayant la pièce du regard, Lucas nota que Meyer était un mordu d'histoire. Certaines étagères accueillaient des artefacts archéologiques, tels un casque étincelant de chevalier et un manuscrit du Moyen Âge qui, quoique protégé par une vitre, paraissait près de tomber en poussière. Sur d'autres étaient disposés des silex taillés et quelques fossiles spiralés d'ammonites. Il s'étonnait de ce goût pour le passé chez le magnat de la biotechnologie.

Il faisait plutôt chaud et Meyer portait un simple tee-shirt fantaisie arborant une citation d'Einstein : « Inventer, c'est penser à côté. » Comme Lucas l'avait constaté lors de leur première rencontre, une impression d'éternelle jeunesse émanait de Meyer, comme s'il était le sujet de ses propres expériences. Impression produite en réalité par sa constitution solide et ses traits poupins.

— Monsieur Carvalho, je suis heureux de vous voir. Merci d'avoir accepté de venir. J'espère que vous avez fait bon voyage. Le docteur Gordon m'a parlé de votre ami Kyle. Croyez-moi, je suis sincèrement désolé pour lui. Je lui souhaite un prompt rétablissement, et si je puis être utile, n'hésitez pas. Je connais une clinique privée en Suisse qui se fera un plaisir de l'accueillir à mes frais si vous…

— L'hôpital de San José est parfait, le coupa sèchement Lucas.

Il s'était toujours méfié de la générosité des personnes puissantes. Un jour ou l'autre, elles vous présentaient la note.

Un autre homme, à l'air timide, se tenait dans la pièce. Meyer fit les présentations :

— Le docteur Rajesh Khan est physicien. Il dirige l'ensemble de nos recherches. Plus de cent vingt chercheurs et techniciens sont placés sous ses ordres. Sans son aide, rien de tout ce que vous verrez ici n'aurait pu exister. Les gens comme moi sont des rêveurs, et sans des cerveaux bien faits comme celui du docteur Khan, nos rêves resteraient des mirages inaccessibles.

Le scientifique eut un rictus qui ressemblait à un vague sourire.

— Le docteur Khan n'aime pas les compliments, pourtant, croyez-moi, il les mérite. Grâce à lui, nous avons accompli l'équivalent du projet Manhattan qui a accouché de la bombe atomique. Nous sommes allés chercher les meilleurs spécialistes de tous les domaines pour les mettre sous ses ordres. Saviez-vous, Lucas, que le grand physicien

Lev Landau avait l'habitude de classer ses pairs d'un point de vue intellectuel sur une échelle logarithmique, c'est-à-dire une échelle sur laquelle les membres d'un groupe sont dix fois plus intelligents que ceux du groupe situé à l'échelon immédiatement inférieur ? C'était le seul moyen, selon lui, de représenter le fossé de créativité qui séparait certains de ses collègues. Albert Einstein était le seul occupant du barreau le plus haut. Pour notre programme, il nous fallait la crème de la crème.

Meyer tentait de lui en mettre plein la vue, OK. Mais quelque chose échappait à Lucas : pourquoi embaucher cent vingt chercheurs ? Le chiffre lui paraissait excessif, quelle que soit l'ambition que nourrissait le patron de Futurabio.

— Il nous fallait des biologistes, des physiciens, des chimistes, des historiens… Les meilleurs d'entre eux.

— Des historiens ? s'étonna Lucas.

— Je crois que j'en ai trop dit, répondit Meyer en souriant. Vous comprendrez pourquoi très bientôt. Désolé de vous frustrer.

Meyer se tourna vers Alice.

— Je parle, je parle, mais j'oublie la politesse et mon autre visiteuse. Tu dois être l'Alice dont on m'a beaucoup parlé. J'ai une surprise qui devrait t'amuser.

— Quelle surprise ?

Un bocal renfermait un morceau de roche poli. Josia s'en empara et demanda à la petite fille :

— As-tu une montre ?

— Oui, dit-elle en brandissant son poignet.

Elle possédait une de ces grosses montres japonaises à quartz et affichage digital. Elle marquait 15 h 35.

— Je vais approcher le bocal et tu vas voir quelque chose de plutôt drôle.

Il s'exécuta et Alice n'en crut pas ses yeux.

— Ça alors ! Les secondes défilent à l'envers.

Alice éloigna son poignet et la montre se remit à fonctionner normalement. La rapprochant de nouveau, elle répéta l'expérience plusieurs fois. Chaque fois, le temps semblait comme s'inverser. Lucas, qui s'était approché, n'en revenait pas non plus.

— C'est incroyable ! dit Alice. Vous voulez bien me dire comment vous faites ?

Meyer reposa l'objet en souriant.

— Ce n'est pas un tour de magie, ma chère. Le prodige vient de la pierre. Un fragment de la météorite que nous avons trouvée au fond de l'océan, dans la fosse des Mariannes.

— Monsieur, intervint Khan, nous devions examiner ensemble les données de la clôture génétique et le problème de…

— Plus tard, Rajesh. Pour l'instant, je dois m'occuper de mes hôtes et leur montrer les merveilles technologiques que recèle l'île.

Rajesh Khan parut outré d'être ainsi rembarré. À la stupéfaction de Lucas, il ne protesta pas, sans doute accoutumé à la dureté proverbiale de son patron. Lucas s'attendait à le voir partir, or il demeura avec eux.

Meyer sortit d'un tiroir une grosse boîte qu'il déposa sur le bureau. Il la poussa vers Lucas.

— Qu'est-ce que c'est ?

— Ouvrez.

Lucas souleva le couvercle. Il eut un mouvement de recul : à l'intérieur se trouvait un crâne légèrement plus petit qu'un crâne humain. Et doté d'impressionnants bourrelets sus-orbitaires qui ne laissaient aucun doute sur la nature de son ancien propriétaire. La couleur grise de l'os suggérait qu'il avait séjourné longuement dans la terre avant d'en être exhumé.

— Merci du cadeau, mais qu'est-ce que c'est que ça ? fit Lucas, écœuré.

— Le moyen d'effacer toute trace de l'inversion du temps sur Terre. Et, de façon plus prosaïque, c'est ce qui reste d'un *erectus*…

— C'est ça, vos merveilles technologiques ?

— … un *erectus* ayant vécu au XIVe siècle.

L'effet de Meyer fit mouche.

— Au XIVe siècle ? Impossible.

— Ce crâne a été découvert lors de travaux réalisés dans une abbaye française. Nous sommes partis sur sa trace sur la foi de manuscrits datant de l'époque. Ces textes décrivaient l'arrivée d'un enfant sauvage à l'allure étrange dans l'établissement religieux. Or la description que les moines en font correspond exactement à celle d'un *erectus*. Nous avons daté ce fossile au carbone 14, il n'y a aucune ambiguïté sur son âge : c'est bien celui de l'enfant évoqué dans l'ouvrage.

— Mais comment ça ? Vous voulez dire que…

— Que la régression a déjà frappé dans les temps historiques ? Oui. Ce qui a été complètement inattendu. Sur la base des travaux d'Anna Meunier, nous avons toujours pensé qu'il fallait remonter des dizaines de millions d'années en arrière pour observer les régressions précédentes. Mais non, quelque part en plein Moyen Âge, un être humain s'est transformé en *erectus*.

Alice considérait le crâne trônant sur le bureau.

— Il y a eu un enfant de chair et d'os autour de lui ?

Ce n'était pas vraiment une question, davantage une observation teintée de dégoût. Du moins était-ce ainsi que Lucas l'interpréta. Lui-même frissonna, n'ayant jamais été très à l'aise avec les ossements.

— Quel âge avait-il ? poursuivit-elle.

— Environ 10 ans.

— Mon âge, alors.

Elle avait lâché cette évidence comme si elle renfermait un sens caché. Lucas comprit qu'il s'était trompé. Plutôt que de la répulsion, c'était de l'empathie que la petite fille ressentait pour l'enfant. Elle s'identifiait à lui.

— Le pauvre a dû être rejeté par tout le monde. À l'époque où il vivait seul dans la nature, puis quand il est devenu… différent.

— Dans quelle abbaye était-ce ? demanda Lucas.

— Celle du Mont-Saint-Michel, le célèbre monument.

Pour une raison idiote, Lucas songea que la découverte du crâne dans ces lieux prenait une dimension plus incroyable encore.

— Mais ce n'est pas là où je veux en venir. Voici un manuscrit provenant de l'abbaye où cet enfant a été recueilli. Nous nous le sommes procuré récemment. Lisez, cela risque de vous plaire.

Lucas crut un instant que Meyer allait lui confier le manuscrit original, mais celui-ci devait être l'exemplaire rangé dans la vitrine, à l'abri des outrages de l'humidité ambiante. À la place, Josia lui tendit une tablette où s'afficha une photo de l'ouvrage. Les lignes d'écriture couraient élégamment sur le parchemin. Elles s'enchaînaient sans volonté de former des paragraphes. Nulle enluminure ni ornement d'aucune sorte, juste l'austérité de caractères noirs.

Après un essai, Lucas comprit qu'il lui suffisait de toucher l'écran pour obtenir la traduction en surimpression.

Chronique de l'abbaye du Mont-Saint-Michel. Traduction du latin.

Tel un aigle en vol embrassant d'un regard une vallée, le Tout-Puissant observe du haut des cieux chacune de Ses créations, y compris les âmes égarées et abandonnées à elles-mêmes. L'enfant sauvage qui a échu à l'abbaye, malgré son ignorance du monde matériel et spirituel et son apparence bestiale, continue d'être éclairé, j'en suis persuadé au plus profond de mon être, par la lumière de notre Seigneur. Il nous a été amené par des habitants du village fatigués de voir leurs récoltes diminuer. Il serait faux de croire que capturer l'enfant a été une tâche aisée. Bien au contraire, seule une longue traque a jeté le garçon dans les filets, qui, une fois retirés, ont révélé une créature analphabète et farouche, inapte à prononcer le moindre son articulé et désireuse plus que tout de retourner dans la forêt.

Pourquoi la pauvre créature a-t-elle été confiée à l'abbaye alors que tant de familles endeuillées après la peste auraient accueilli comme une bénédiction divine l'arrivée de bras supplémentaires dans les champs ? Parce que l'impureté coule dans ses veines de façon aussi impétueuse qu'un torrent. Ce sang corrompu a irrigué ses chairs et les a métamorphosées. Dieu a créé des espèces d'animaux séparées par des frontières immobiles. Cet enfant est donc l'œuvre du Diable.

Son apparence repoussante en a effrayé plus d'un ici. À son arrivée, il a été conduit dans la bibliothèque, notre plus grande salle, pour y être montré à la lueur des bougies, afin de rappeler à nos frères toute la puissance du Malin quand elle frappe, tel l'éclair, un seul être. Tous se sont signés en le voyant. Le moine Hariulfe a plissé les yeux, en proie à un profond malaise.

Je demande par avance au lecteur de m'excuser pour l'effroi que pourrait susciter sa description, mais combattre le mal exige de le regarder dans les yeux. L'enfant rachitique au corps débile a le dos courbé et les doigts crochus de Belzébuth. Il doit être âgé d'une dizaine d'années. Son visage emprunte ses traits à certains animaux sans que je puisse dire exactement lesquels. Ce que je peux assurer en revanche, c'est qu'un vent glacé s'est comme levé dans la salle quand sa capuche lui a été retirée. Un vêtement lui avait été imposé de force pour cacher son offensante nudité. L'origine de ce mal est évidente. Dieu n'a pas créé Adam et Ève, nos plus lointains ancêtres, du premier coup. L'homme est une créature si parfaite qu'il Lui a fallu plusieurs essais pour le modeler dans l'argile originelle. Le garçon incarne l'une de ces ébauches. Qu'il soit sur notre terre quatorze siècles après notre bien-aimé Seigneur Jésus-Christ, là est la véritable œuvre du Diable.

La mission de notre ordre a toujours été d'offrir un rempart contre les ténèbres. C'est pourquoi nous avons accueilli l'enfant entre les murs de l'abbaye. Nous avons prié pour son salut et nous nous sommes occupés de lui à tour de rôle. Quand l'enfant sauvage reprenait conscience après avoir été précipité dans l'inconscience par la faim et le froid, l'abbaye était le théâtre d'un mystère qui nous confortait dans l'idée que le Diable agissait à travers cette pauvre créature : les rats sortaient des murs et les corbeaux s'envolaient vers le continent, comme s'ils pressentaient qu'une force démoniaque venait de s'éveiller.

**La route de la guérison a été longue, mais le garçon a fini par expier ses fautes. Les ténèbres ont reculé et l'ont libéré de leur emprise. Par précaution, au nom de la Sainte et Indivisible Trinité, nous avons décidé de le maintenir sous la protection divine et l'avons laissé enchaîné dans la crypte, éclairé par la lumière de l'Esprit-Saint.**

Quand Lucas releva les yeux après avoir tout lu, il était aussi blême que s'il venait d'apprendre que la lune avait dévié de son orbite.

— Alors, qu'en dites-vous ? lui demanda Meyer.

— Il est dit… attendez, je vais retrouver le passage… voilà, c'est ça : « La route de la guérison a été longue, mais le garçon a fini par expier ses fautes. Les ténèbres ont reculé et l'ont libéré de leur emprise. » Faut-il comprendre que l'enfant est redevenu humain ?

Lucas peinait à croire à une telle possibilité.

— C'est ce que le texte sous-entend. La suite de la chronique du moine est catégorique : l'enfant a bel et bien retrouvé son apparence humaine.

— Pourtant le crâne semble indiquer le contraire…

— Sans doute a-t-il rechuté ensuite. Nous ne disposons pas d'informations sur la fin de son existence. Mais concentrez-vous sur l'essentiel : vous vous rendez compte de l'espoir que représente cet enfant sauvage ? C'est le mutant que nous recherchons, un humain à l'ADN exceptionnel. L'antidote à lui seul.

Meyer s'emballait un peu vite. Il misait beaucoup sur un unique vestige. Lucas reconnaissait bien volontiers, en revanche, que l'existence de ce crâne était troublante.

Il porta son attention sur deux lettres gravées sur le front : C N. Elles formaient des sillons légers sur l'os, de sorte qu'on ne les remarquait qu'au second regard.

— Ces traces, de quoi s'agit-il ?

— Celles qui ressemblent à un C et à un N ? Nous l'ignorons. Probablement des sortes de symboles cabalistiques. Nous avons cherché dans les archives, sans rien découvrir.

Une hypothèse sinistre traversa Lucas.

— Ont-elles pu être tracées du vivant de l'enfant ?

— Pour qu'il « expie ses fautes » ? C'est hélas possible, mais nous n'en savons rien.

— Admettons que ce crâne soit bien l'espoir que l'humanité attend depuis dix ans, il faudrait commencer par procéder à des analyses ADN.

— Malheureusement, le crâne a été exhumé d'une tourbière qui a remplacé aujourd'hui un ancien jardin de l'abbaye. Les conditions de conservation ont rendu inexploitable l'ADN qu'il contient.

— Alors je ne vois pas en quoi je peux vous être utile. C'est un historien qu'il vous faut, ou un archéologue, pas moi.

— Il existe un autre moyen pour obtenir cet ADN, répliqua Meyer le plus sérieusement du monde.

# – 14 –

## Île de Montecristo.

Ils étaient tous revenus dans le grand hall circulaire. Josia Meyer leur servait de guide et prenait visiblement plaisir à l'exercice. Fascinée par tout ce qu'elle avait vu depuis leur arrivée sur l'île, Alice ne perdait pas une miette de ses explications. Mirna Kisinski les accompagnait, prête à apporter des précisions quand un détail échappait à son patron.

— La forme de cet espace n'est pas due au hasard. Elle est ronde car vous êtes entourés par un immense accélérateur de particules qui circule sous la montagne.

Qu'est-ce qu'un instrument de physique faisait dans un complexe censé sauver l'humanité ? Son métier avait appris à Lucas que ce type d'appareil servait parfois en biologie pour sonder les propriétés les plus intimes de molécules, mais son instinct lui soufflait qu'il jouait un autre rôle ici. Le voyant plisser le front, Meyer expliqua :

— L'accélérateur est une clé. Pour ouvrir quelle porte ? me demanderez-vous. Une porte jaillie des tréfonds des océans. Vous me voyez venir, n'est-ce pas ?

— Cette porte, c'est la météorite que vous avez repêchée dans la fosse des Mariannes ?

— Exactement. Après que nous avons découvert sa capacité à inverser le temps, une question n'a cessé de me hanter : comment une simple matière, fût-elle de l'espace, peut-elle réaliser un tel prodige ? De toute évidence, nous sortions des théories physiques habituelles. Toutes ? Non, l'une d'entre elles, imaginée par M. Rajesh Khan, que vous venez de rencontrer, prévoyait qu'il existe une matière douée de cette faculté. Cette matière serait l'entrée d'un tunnel dans l'espace-temps.

Meyer s'avança près d'un mur tapissé d'écrans où défilaient des schémas explicatifs. En parfait accord avec la personnalité exubérante de son concepteur, le complexe de Montecristo avait non seulement été pensé pour accueillir des chercheurs et des ingénieurs, mais aussi des visiteurs. Sur le dessin, la météorite y était représentée par une sphère prise dans l'accélérateur, entre deux faisceaux de particules qui se croisaient.

Meyer pressa sur un bouton et un nouveau schéma remplaça le premier. Une autre sphère apparut. Il s'agissait cette fois de la Terre, avec ses océans et ses continents. Une boule, la météorite, arriva de la droite, fonçant sur l'océan Pacifique. L'image illustrait ce qui s'était passé dans la région de la fosse des Mariannes. Jusque-là, rien de neuf. Mais à l'instant où la météorite percuta l'atmosphère, elle se scinda en deux fragments, dont l'un disparut en s'effaçant progressivement. Lucas commençait à saisir où Meyer les amenait. Un voyant rouge « trop beau pour être vrai » s'alluma en lui.

— Si cette matière percute la Terre avec suffisamment d'énergie, poursuivit Meyer, elle éclate en morceaux. Chacun d'entre eux remonte le temps. Nous ignorons quand elle est tombée sur Terre, mais nous savons que l'un des fragments s'est enfoncé dans la fosse des Mariannes il y a dix millions d'années et qu'un second a fini sa chute au Moyen Âge.

— Un instant, comment connaissez-vous ces dates ?

— Pour le fragment tombé dans l'océan, il nous a suffi de dater la couche de sédiments qui l'emprisonnait. Pour l'autre, nous avons calculé toutes les trajectoires possibles. La plus probable donnait l'ouest de la France. Nous avons cherché dans la période historique des récits de météorites tombées dans la région et avons découvert ces rumeurs d'enfant sauvage.

— Vous voulez dire que l'enfant sauvage a été contaminé par la météorite ? demanda Alice, captivée.

— Au départ, oui, sans doute. Par la suite, il a développé une faculté de résilience extraordinaire.

Lucas s'était tu, essayant d'assimiler les informations. Meyer rayonnait, emporté par son enthousiasme.

— J'en arrive au plus merveilleux. Après leur séparation, les fragments conservent un lien indéfectible les uns avec les autres.

— Le tunnel dont vous parliez tout à l'heure ? suggéra Lucas.

— Oui. Nous nous servons de l'accélérateur comme d'une clé pour entrer dans ce tunnel. Vous pouvez vous en rendre compte sur ce schéma. Il montre ce qui se passe quand les particules de l'accélérateur rencontrent la matière des astéroïdes : elles subissent son influence et se mettent à remonter le temps. Elles disparaissent de notre espace-temps pour réapparaître dans celui de l'autre fragment d'astéroïde. Les fragments d'astéroïdes agissent comme des portes : toute particule entrant par l'une ressort par l'autre, et *vice versa*, à condition de posséder une énergie suffisante.

Lucas contemplait, comme hypnotisé, l'écran où des points brillants ressemblant à des balles jouaient au ping-pong entre deux parties d'un graphique matérialisant les époques. En biologie, tout est affaire de cascades moléculaires, de réseaux complexes d'interactions entre molécules. Rien que le système immunitaire comporte des milliers d'acteurs moléculaires. Ici tout paraissait simple et limpide.

— Pouvoir envoyer de la matière dans le passé est magnifique. Mais à quoi cela peut-il bien nous servir ?

Meyer se réjouissait que Lucas pose la question.

— Et s'il s'agissait de matière *vivante*, vous comprendriez mieux l'intérêt de ces équipements ?

Qu'est-ce que Meyer sous-entendait ? Quand même pas que… Lucas regarda avec incrédulité l'écran qui s'animait comme un jeu vidéo. *C'est impossible, ils n'ont pas réussi à…*

— Maintenant, il est temps que vous découvriez Janus, conclut Meyer.

Ils franchirent une porte barrée de l'avertissement : « ATTENTION, TEMPS FLUCTUANT ». De l'autre côté les attendait une immense structure ressemblant au symbole de l'infini. Gigantesque tube reposant sur des piliers et ondulant dans l'espace, elle semblait comme suspendue dans les airs. La salle qui l'hébergeait avait les dimensions d'un hangar d'avion et Lucas se sentit soudain tout petit face à l'étrange mastodonte de métal. On aurait cru un colossal serpent se mordant la queue.

La surface de la machine, d'une blancheur virginale, luisait dans la lumière des néons. Avec ses lignes épurées, c'était autant une œuvre d'art qu'une machine. Produire cet effet avait certainement été dans les intentions de Meyer.

La sobriété de l'ensemble contrastait avec le pupitre de commande, visible derrière une baie vitrée, à la sophistication digne d'un centre de contrôle de la Nasa.

En s'avançant, Lucas remarqua qu'une sphère, de dimension plus modeste, était positionnée au centre de l'enroulement. Reposant sur ses propres piliers, elle paraissait fonctionner indépendamment du reste. Distinguant le contour d'une porte se dessinant sur la coque lisse, Lucas sentit les battements de son cœur s'accélérer. *Si on peut rentrer là-dedans, c'est que…*

— Je vous présente Janus, annonça Meyer. La chapelle Sixtine de l'ingénierie moderne, le summum de ce que l'intelligence humaine peut produire. Quand nous avons réalisé nos premiers tests, nous avons démontré, comme le pensait le docteur Khan, que la brèche temporelle qui s'ouvre emporte non seulement les particules de l'accélérateur, mais aussi celles de l'environnement proche. Autrement dit, toute sorte de matière peut faire partie du voyage. Y compris des êtres vivants. Lucas et Alice, vous avez devant vous le premier vaisseau capable d'emmener des passagers dans le passé ! Et nous l'avons construit en deux exemplaires. Ce genre de projet de recherche est assez cher pour qu'on s'offre une seconde chance en cas d'avarie.

Lucas manifesta son incrédulité :

— Je me rends bien compte que vous avez réuni sur cette île une armée de cerveaux bien faits, tous sortant des meilleurs laboratoires ou écoles, d'après ce que m'a dit Mirna. Pourtant comment voulez-vous que je croie une seconde que vous avez réussi à…

— … à voyager dans le temps ? Vous y croirez tout à l'heure si vous acceptez de vous asseoir dans le cockpit de cette machine. Quelle plus belle démonstration qu'un véritable voyage ?

Lucas blêmit, comme si un vide s'était ouvert subitement sous ses pieds. Il fit un effort pour se reprendre.

— Bon, admettons contre toute logique que cet engin nous emmène au XIVe siècle… Si je comprends bien, vous voulez nous envoyer dans le passé pour ramener cet enfant ?

— Nous avons effectué des voyages d'essai en gardant nos distances avec l'abbaye. Il est urgent de passer à la suite. Nous voulions préparer davantage cette visite, or nous sommes pressés par la situation mondiale. Il nous faut absolument cet enfant, et pas seulement son ADN. Janus est notre seule chance.

Lucas restait sur sa faim sur un point : pourquoi lui ? S'il était vraiment aussi simple de ramener l'enfant, pourquoi Meyer insistait-il tant pour qu'il intègre l'équipe ? Que lui cachait-il ? Il allait poser la question quand il en fut empêché par Alice.

— Lucas, tu ne vas quand même pas monter dans cette machine !

— Je ne sais pas, si elle peut vraiment nous amener à l'enfant, alors…

— Non, mais ça va pas la tête ? Je rêve ! Ça doit être moi, une fille de 10 ans, qui t'énumère les dangers ? Et si un accident arrivait pendant que tu es là-bas ? Et si les particules de ton corps n'étaient pas toutes du voyage ? Une tête de Lucas au Moyen Âge et son corps resté ici ?

Lucas comprenait qu'elle s'oppose à ce qu'il prenne des risques. Elle était déjà privée de ses deux parents, et si lui l'abandonnait…

— Ne t'emporte pas, je ne me suis pas encore décidé. Je verrai tout à l'heure si…

— Et si tu restais bloqué au Moyen Âge ? Je n'ai aucune envie de rentrer seule à Paris. Je veux rentrer avec toi. Tout de suite. La visite de l'île était fantastique, et maintenant elle est terminée. Monsieur Meyer, merci pour tout, mais on va se passer de votre vol expérimental. Je préfère encore sauter d'un avion sans parachute.

Josia Meyer affronta la colère d'Alice avec un sourire.

— Sais-tu quel être vivant a été notre premier voyageur temporel ?

Alice se tut, refusant d'admettre qu'elle mourait d'envie de connaître la réponse.

— C'est une chienne qui s'appelle Laïka.

— Laïka comme…

— Oui, comme… Et je te garantis qu'elle a parfaitement supporté le voyage. Si je te la montre, tu accepterais de laisser partir Lucas ?

Alice se calma un peu.

— Quelle race c'est ?

— Un chien de berger, un border collie. Pourquoi ? Qu'est-ce que ça change ?

— Rien, je demandais ça comme ça. J'ai toujours rêvé d'avoir un chien. Mais plutôt un labrador noir. Pour lui apprendre des tours et en faire un chien superintelligent.

— Tu vois, toi aussi, tu aimes les expériences.

L'enthousiasme d'Alice plaisait à Meyer. Il retrouvait sans doute en elle le gamin curieux de tout qu'il avait été.

— Alors OK pour voir Laïka ?

Alice le dévisagea longuement. Enfin, elle hocha la tête.

Meyer se tourna vers Lucas.

— Nous avons construit Janus avec un objectif : assurer la sécurité de ses passagers. Vous pouvez me faire confiance. Si vous décidez de nous accompagner, ce que j'appelle de tous mes vœux, je vous garantis que vous aurez l'impression de voyager en classe affaires.

Comparaison pour le moins légère. Même lorsque des vies étaient en jeu, le Ripolin marketing n'était pas loin. Typiquement lui.

— Les missions Apollo n'ont pas subi le dixième des mauvais traitements que nous avons infligés à Janus. Stephen Gordon vous le confirmerait s'il était là, mais il vous attend sur place. Au Moyen Âge, je veux dire.

*Voilà pourquoi Gordon s'est absenté : il est déjà dans le passé*. C'était donc ça, la solution ? Traquer un mutant dans le passé ? Janus, le dieu romain à double visage, l'un tourné vers l'avenir, l'autre vers le passé. Un nom parfait pour une machine à voyager dans le temps, si tant était que Janus fonctionnât comme Meyer le prétendait.

Ils retournèrent dans le hall circulaire, puis, passant une porte, ils accédèrent aux quartiers de vie. Les lieux se voulaient chaleureux, compensant l'existence souterraine oppressante par une profusion de végétaux : fougères arborescentes et palmiers hawaïens. Derrière une vitrine baignant dans une lumière naturelle s'affichait un écran à effet 3D reproduisant le bouillonnement d'une cascade. Mirna Kisinski arrêta Lucas quand il voulut suivre Meyer et Alice dans un couloir.

— Vous n'allez pas avec eux, vous êtes attendu.

— Par qui ?

— Vous aussi avez le droit à votre tour de magie. Quelqu'un vous attend impatiemment depuis votre arrivée.

— Ah ! oui ? Si ce n'est pas Stephen Gordon, je ne vois pas qui d'autre peut…

Il tourna la tête. Et *elle* était là.

# - 15 -

## Île de Montecristo.

Plus rayonnante encore que dans ses souvenirs. Son profil gracieux de déesse celtique, auréolé de ses cheveux auburn, rayonnait dans l'éclairage supposé reproduire l'intensité chaude du soleil méditerranéen. Dieu seul savait combien de fois il avait remis à sa place la mèche rebelle qui lui tombait sur les yeux. Elle résumait à elle seule le caractère indomptable de cette femme qui lui avait procuré des frissons à la seconde où il l'avait aperçue pour la première fois, sur des fouilles en Papouasie-Nouvelle-Guinée.

Mirna Kisinski dut dire quelque chose comme : « Les chercheurs de Futurabio ont fait des merveilles », mais il l'entendit à peine. Pendant presque deux ans, il avait consacré ses journées à tenter d'arracher Anna à sa prison biologique, deux années de montagnes russes émotionnelles, alternant entre désespoir et obstination. Il n'avait respiré que pour ce seul objectif et, tandis qu'elle se tenait là, devant lui, l'air lui manquait.

— Anna ? Mais comment…

— Je vous laisse à vos retrouvailles. Nous vous attendons dans deux heures…

Après le départ de Mirna, Lucas et Anna demeurèrent seuls. Lucas osait à peine bouger – en était-il seulement capable ? Une fièvre tropicale l'assaillait, chaleur et froid dans les mêmes frissons. Il fixait son amour, attendant qu'elle prenne les devants. Mais le silence s'étirait à l'infini.

*Anna, es-tu réelle ? C'est vraiment toi ?* Une avalanche d'émotions contradictoires déferlaient en lui. La dernière image vivante d'elle s'imprima sur l'écran de son esprit. Un morceau d'os jaillissant de son crâne, comme dans la vidéo de l'attentat contre le président Kennedy.

Une bile acide lui monta à la gorge. *Anna, tu peux m'expliquer pourquoi je pense à cette scène terrible au lieu de te prendre dans mes bras ?*

— Parmi tous les scénarios que j'avais envisagés, jamais je ne te retrouvais ainsi, sur une île perdue en Méditerranée. Comment tu te sens ? Je veux dire : tu n'as pas mal ? Et ta mémoire ? Est-ce que tu te souviens de ce qui s'est passé ?

Il avait dix mille questions à lui poser. *Vas-y tout doux, tu vas la stresser*, se ressaisit-il. La situation lui paraissait irréelle. Une douce chaleur baignait le complexe et Anna portait un simple tee-shirt. Une pulsion qu'il réprima le poussait à toucher sa peau laiteuse. Il luttait contre l'idée absurde qu'on tentait de l'ensorceler avec un hologramme.

*Anna, ma douce Anna.*

Elle demeurait muette. Ce silence le terrifia : et si elle était seulement *biologiquement* sortie intacte du coma, sans avoir retrouvé ses facultés mentales ? Et si elle n'était plus elle-même ?

Il comprenait maintenant pourquoi il gardait ses distances avec elle, pourquoi il ne la serrait pas contre lui. Il avait peur. Peur de ne pas retrouver l'ancienne Anna. Peur de la brusquer. Peur de la perdre de nouveau.

— Je sais qu'on m'a tiré dessus, dit-elle. Sois rassuré, les scans de mon cerveau sont parfaits. Toutes les lésions sont réparées.

— Tu as été plongée artificiellement dans le coma, dans l'attente d'un traitement.

— Je sais, on m'a tout raconté. Deux ans, c'est long. J'ai perdu deux ans de ma vie. Comme si j'avais hiberné, moi aussi. Je corrige : comme si la personne s'appelant Anna Meunier avait hiberné. Cela va sûrement te paraître absurde, mais j'ai le sentiment de vivre dans la peau d'une autre.

Il est sans doute courant, pour les gens qui sortent du coma, de ressentir ça, pensa-t-il, dans une tentative de banaliser la situation. Il avait envie d'oublier tout le chemin cahoteux qu'il avait emprunté pour en arriver là – l'année à Tahiti, Kyle qui avait pâti d'avoir été missionné au Costa Rica. Il désirait arrêter le temps et profiter d'Anna avant qu'elle ne s'évanouisse tel un mirage.

Il sourit béatement. Anna mit une seconde à l'imiter. Ce bref retard lui serra le cœur. Une relative froideur habitait Anna. Ses émotions étaient nécessairement émoussées. Il le comprenait et l'acceptait.

— Je sais tout ce que tu as fait pour moi, dit-elle d'une voix étrangement contrainte. Je t'en serai éternellement reconnaissante.

— Cela n'a pas servi à grand-chose.

— Peu importe. Tu as quitté l'OMS pour moi, tu as sué sang et eau pour me sortir du coma. Merci, Lucas. De tout mon cœur.

Lucas s'approcha d'elle et enveloppa ses mains dans les siennes.

— Le cauchemar sera bientôt terminé et nous pourrons rentrer chez nous.

Il avait prononcé ce « chez nous » comme s'il correspondait à une réalité et qu'une maison les attendait quelque part.

— Dès qu'on en aura la possibilité, ajouta-t-il, on devra placer nos efforts dans la construction de ce « chez nous », tu ne crois pas ? On en a assez bavé, on a droit à la retraite.

Elle sourit enfin. Un vrai, beau sourire.

— Tu crois que j'arriverais à vivre avec un chasseur de virus inconscient et têtu qui écoute du Paganini à percer les tympans dès 7 heures du matin ?

— Je ne suis plus chasseur de virus. Pour le reste, je plaide coupable.

— J'ai hâte que tu me racontes tout ce que j'ai raté durant ces deux ans. Je n'ai eu droit qu'à la version de Stephen Gordon.

Soudain, un cri d'enfant retentit, où se mêlaient surprise et effroi. Alice venait d'arriver. Elle s'avança, au départ d'un pas timide, avant de finir par se jeter dans les bras d'Anna, qui l'enlaça tout contre elle comme si elles pouvaient fusionner.

— Je savais que tu reviendrais, je le savais, murmura Alice.

Pudiquement, Lucas se tenait en retrait, parfaitement conscient que la joie qui étreignait Anna à cet instant demeurait sans équivalent, dépassant même celle qu'elle avait dû éprouver en le voyant.

Après avoir pris congé de ses hôtes, Josia Meyer regagna son bureau, où il contacta par visioconférence le service de sécurité. Les détecteurs d'intrusion s'étaient manifestés, selon le docteur Khan. Sans doute un dérèglement du matériel. Dans une atmosphère marine, humide à souhait, l'électronique flanchait parfois.

L'épaisse silhouette de Mark Johnson, le responsable de la sécurité, apparut à l'écran.

— Quel est le problème exactement, Mark ?

— Les analyseurs de présence ont décelé une signature ADN étrangère dans l'air. Et aucune panne n'est à signaler.

— Cela pourrait être celle d'un des nouveaux arrivants ?

— Non, nous avions déjà intégré leur profil ADN à la base de données.

— Même celui de la petite Alice ?

— Oui.

Sur sa chaise, Meyer serra les poings, contrarié. Un dysfonctionnement matériel, sans aucun doute. Car qui aurait pu s'introduire sur l'île en secret ? Un journaliste en mal de scoop, peut-être. Ils se trouvaient à trois cents kilomètres de la côte, tout de même… Il avait fait installer ce système complexe de sécurité pour la forme, convaincu qu'il ne servirait jamais.

— Envoyez quelqu'un contrôler les cartes électroniques sur place. Tenez-moi au courant si le problème persiste.

L'intrusion était le fait d'un passager clandestin du *Sea Time*, le navire parti d'Afrique qui venait d'accoster à Montecristo. Il mouillait le long du quai bâti sur la côte nord de l'île, immense jetée s'avançant dans la mer dont la construction avait englouti à elle seule une part non négligeable du coût des infrastructures. Depuis la passerelle de navigation, on dirigeait les opérations de déchargement en veillant à ce que les vents forts ne déstabilisent pas les conteneurs. Celui en bois renfermant la précieuse cargaison se balançait de façon préoccupante au bout du filin, attirant magnétiquement un chariot garé sur le quai dont une roue commençait déjà à se soulever. Le capitaine s'empara du talkie-walkie.

— Marco, va me déplacer cet engin, veux-tu ? Marco ?

Le marin ne répondit pas. Ayant perçu un bruit étrange ressemblant à un grognement en provenance d'un local technique, il avait abandonné son poste pour aller vérifier. Quelques taches de sang maculaient la peinture d'une pompe au bord un peu trop tranchant, suscitant sa perplexité. Ce que l'homme ne vit pas, c'est Wuan, suspendu au plafond, le corps déployé entre deux étagères. Une estafilade saignait sur sa cuisse.

Tout en serrant les dents, Wuan se préparait à l'éventualité d'être découvert. Pure précaution, car l'homme n'allait pas lever les yeux. Il le savait pour avoir sondé son esprit. Quand l'humain disparut, il descendit d'un bond, s'aventura sur le pont entre les rangées de conteneurs et utilisa un cordage d'amarrage pour se laisser glisser jusqu'à terre.

Une brise apportait de l'air chargé d'embruns. Ses pas laissaient des empreintes dans l'*aquak*, l'argile. Wuan suivait à bonne distance le camion transportant la pierre. L'engin prit la route principale de l'île et disparut dans une grotte. Caché derrière un rocher, Wuan fut obligé de marquer le pas. S'il s'aventurait à l'intérieur, en cas de problème, il serait acculé.

Il explora les alentours du massif rocheux sans trouver de passage plus discret. Il revint sur ses pas et, à contrecœur, s'engagea dans le boyau éclairé par des appliques. Le camion s'était arrêté dans un grand hall où résonnaient les bruits du déchargement de la grande caisse. Des hommes la transféraient dans une autre salle à l'entrée en partie voilée par un volet métallique. Il en compta six. L'excitation le gagnait, il touchait au but.

Mais il eut beau s'abîmer les yeux, il ne découvrit aucun moyen d'entrer là-bas sans se faire repérer.

Anna avait insisté pour le voir avant de partir vers le Moyen Âge. Elle désirait le toucher, sentir ses moindres courbes sous la pulpe de ses doigts. Il occupait ses pensées. Pourtant, elle avait mille choses à rattraper, mille questions à poser à Alice. En deux ans, sa fille avait forcément changé. Anna avait hâte de connaître la nouvelle personne qu'elle était devenue, de savoir si elle s'était fait des amis à Tahiti et pourquoi elle avait coupé ses cheveux longs, le genre de détails futiles auxquels s'intéressent les parents. Lucas ne couperait pas non plus à un interrogatoire en bonne et due forme, mais son tour attendrait également. Car pour le moment, elle mourait d'envie de le voir.

Elle pénétra dans le bureau de Josia Meyer et l'aperçut, trônant sur un reposoir.

Le crâne d'un *erectus* ayant vécu à l'époque médiévale. Quelle aubaine ! Ce vestige exerçait sur elle une fascination trouble. Tel un grain de sable, il venait gripper toute la chronologie des événements survenus dix ans auparavant et que Lucas et elle avaient eu un mal fou à établir. Leur enquête avait apporté la preuve que le virus s'était échappé d'un laboratoire P4 en Afrique du Sud appartenant à Futurabio – P4 signifiant que les équipements de sécurité y étaient assez sophistiqués pour qu'on puisse travailler sur des souches virales ou bactériennes extrêmement virulentes. L'évasion du Kruger de cet endroit avait été l'étincelle qui avait embrasé la planète entière. Et voilà qu'elle apprenait qu'il y avait eu des antécédents, que le Kruger – ou une souche proche – avait déjà fait une victime au XIVe siècle. Il y avait de quoi s'interroger.

Anna avait cependant conscience que l'existence des météorites changeait la donne. L'hibernation, les météorites, le manuscrit médiéval… *Eh, vous vous rappelez que j'émerge seulement d'un coma ?* Elle avait l'impression qu'on l'avait réveillée pour, à coups de rasades de whisky, lui infliger une cuite monumentale.

S'emparant du crâne, elle l'inspecta sous toutes les coutures. Avait-il réellement appartenu à un *Homo erectus* ? Quel âge avait l'individu ? Elle savait que d'autres ossements du même squelette avaient été exhumés du jardin de l'abbaye. Ils étaient conservés dans une réserve. Elle avait hâte de se pencher sur eux.

Elle tint l'os d'une main et laissa courir l'autre sur la surface lisse. Elle avait toujours eu un rapport charnel aux choses, y compris dans son travail. Du bout de l'index, elle suivit l'arcade gauche, la droite, puis descendit lentement le long de la tempe, en s'efforçant de ressentir le moindre creux. Son doigt se figea au niveau du maxillaire supérieur. Elle effleurait une rangée de molaires et un détail la rendait perplexe.

— Anna ?

Elle se retourna et vit Lucas dans l'encadrement de l'ascenseur.

— Josia Meyer m'a dit que tu te trouvais là. On va y aller, ajouta-t-il, embarrassé. Prête pour le grand saut ?

— Non, pas plus que toi, j'imagine.

— Il faut toujours une première, non ?

— En vérité, je m'en serais bien passée.

Elle remit le crâne à sa place, tout en repensant à ce qui l'avait dérangée.

— Quelque chose te tracasse ? fit Lucas.

— Oh ! non, rien, allons-y.

Et elle le suivit dans l'ascenseur.

# – II –

# PASSAGERS DU TEMPS

## – 1 –

### Île de Montecristo.

Anna avait pris place dans le vaisseau avec l'impression de grimper dans un manège de fête foraine, l'un de ceux qui tourbillonnaient à une vitesse folle, à vous en décrocher le cœur. Allongé dans un siège incliné rappelant celui d'une voiture de rallye, on se sentait à l'étroit et mieux valait ne pas être claustrophobe. Autour de la console centrale étaient placés en étoile Lucas, Anna et Gloria Cruz, une historienne argentine qui tenait le rôle de commandant en l'absence de Gordon.

Cruz avait les cheveux châtains, la trentaine, des yeux marron et un air altier. Anna avait eu peu de contacts avec elle, assez néanmoins pour se rendre compte qu'on ne pouvait jamais la prendre en défaut sur les sujets qu'elle maîtrisait jusqu'au moindre détail. Elle n'avait pas d'enfant et la convaincre de tenter l'aventure hasardeuse du projet Janus n'avait pas été difficile, selon Kisinski. Anna ignorait si elle pourrait lui faire confiance en cas de coup dur, ce qui était l'unique question qui lui occupait l'esprit à mesure que l'heure fatidique se rapprochait.

*Qu'est-ce que tu fais là, hein, Anna ? Tu ne crois pas que tu ferais mieux de profiter d'Alice et de Lucas, maintenant que vous vous êtes retrouvés ?*

La combinaison étriquée qu'elle avait dû enfiler n'améliorait pas son sentiment de ne pas être à sa place. Le vêtement de protection biologique, de couleur gris clair, était pourvu d'un cercle métallique qui assurait la jonction avec le casque. On avait beau lui avoir certifié que pas un micro-organisme ne se fraierait un chemin par là, elle ne pouvait pas s'ôter de la tête qu'ils fonçaient tout droit dans l'œil du cyclone. *Cela ne suffit pas qu'on joue les chasseurs de virus au Moyen Âge, il faut en plus qu'on fasse les pilotes d'essai pour une machine à voyager dans le temps.*

Ses tympans lui renvoyaient les martèlements de son cœur. Elle aurait aimé prendre la main de Lucas dans la sienne, mais leurs sièges étaient trop éloignés l'un de l'autre. Ils avaient une heure de retard sur le planning. Alice, à l'idée de peut-être ne jamais revoir sa mère, avait été prise de panique. Anna avait dû l'apaiser et la rassurer à grand renfort de mensonges.

— Je ne cours aucun risque, ma puce. Je serai rentrée dans une heure ou deux.

Balivernes. *Bon Dieu, je m'apprête à réaliser le fantasme de tout paléontologue, visiter le passé, et je suis en train de me demander si je ne ferais pas mieux de descendre de cette foutue machine.*

— Monsieur Khan, fit Gloria Cruz, nous sommes prêts.

La voix du physicien leur parvint à travers leurs oreillettes :

— 10… 9…

— Adieu à tous, si on ne se revoit pas, lança Lucas aux autres.

— Ne soyez pas pessimiste, dit Cruz en souriant. Si on se désintègre, on ne sentira rien. Si on a de la chance, on entendra le silence assourdissant du cosmos. Sacrée expérience, non ?

— … 2… 1… 0.

Anna avait grandi dans une famille catholique. Bien qu'elle eût tourné le dos à la foi à l'adolescence, elle eut envie de se signer. À la place, elle conjura la peur en inspirant profondément. Un grondement les enveloppa et des vibrations s'élevèrent du sol. Elles s'amplifièrent et, bientôt, tout l'habitacle se transforma en une cloche d'église frappée par un marteau géant.

Des picotements assaillirent Anna dans le bas du dos. Cruz les avait avertis plus tôt de ne pas s'étonner si l'un d'eux s'évanouissait, une réaction banale. Lucas fut le premier à perdre connaissance, suivi par Cruz. Anna restait la dernière lucide, tandis que des hallucinations lumineuses dansaient devant ses yeux. Elle fixa son attention sur la console centrale qui abritait un aquarium à l'eau bleu foncé. Soudain des panaches d'un bleu plus sombre apparurent et se regroupèrent en une boule au centre. Elle avait l'impression de contempler, projeté à l'envers, le film d'un colorant qui se diluait dans un verre d'eau.

Le temps venait de s'inverser.

Dans la salle de contrôle, le docteur Khan sentit son cou se raidir à l'instant où le zéro bascula sur l'afficheur. De l'autre côté de la vitre, rien ne laissait deviner la vague temporelle qui venait d'emporter Janus. Le vaisseau demeurait immobile, comme endormi, à l'image de ses occupants, dont les visages fermés s'affichaient en mosaïque sur un grand écran, tandis que leurs doubles étaient partis pour le XIVe siècle.

Un voyant rouge s'alluma au milieu des boutons, mais personne, ni Khan ni la dizaine d'ingénieurs qui l'entouraient, ne réagit. La jauge de température, au sein de la météorite, indiquait la valeur critique attendue, qui permettait à la matière de rebrousser le cours du temps.

Khan surveillait la bonne conduite des opérations, empli d'une immense fierté. Qui aurait cru que lui, enfant de Bombay, fils d'intouchables, inventerait pareille merveille ? Depuis que Josia Meyer avait prononcé l'angoissante allusion à une « collision avec un univers parallèle » lors de la conférence de presse, les journalistes avaient exhumé ses théories, encore iconoclastes il y a quelques années, et il avait reçu par mail de nombreuses demandes d'interviews. On l'invitait sur les plateaux de télévision du monde entier, même s'il n'y avait pas la moindre chance qu'il quitte l'île.

Bombay avait payé un lourd tribut aux pandémies. La ville avait été sévèrement atteinte par les deux fléaux régressifs successifs, puis, comme si les familles n'étaient pas assez endeuillées, la moitié de l'agglomération avait sombré dans les bras de Morphée. *Si j'avais continué à mener mes recherches à l'université, moi aussi j'aurais définitivement fermé les paupières.* Il remerciait le ciel d'avoir envoyé Josia Meyer le chercher.

Son désir de revanche sur le destin n'était pas l'unique fragment de son enfance qui avait fait le voyage avec lui jusqu'à Montecristo. Rajesh avait toujours été un fan des films de James Bond. Le voyant rouge était marqué des trois lettres INT. Tout le monde lisait dans cet acronyme les trois premières lettres du mot « intricateur ». En réalité, elles signifiaient *Inferno No Time*, « l'enfer peut attendre ». Une référence directe au film *No Time to Die – Mourir peut attendre*. Il était le seul à le savoir et gardait ce secret comme un trésor.

L'intricateur était le cœur de la machine. La physique autorise la réalisation d'un « faux » parfait, c'est-à-dire la duplication de l'état d'une particule sans que celle-ci soit détruite, exactement comme quand on fabrique la copie d'un sac ou d'un bijou de grande marque. Le processus s'effectuait via un phénomène nommé « intrication quantique ». En termes encore plus simples : Khan avait conçu un photocopieur moléculaire. Qui opérait à la perfection, d'après l'écran rassemblant les paramètres vitaux de la machine.

Même si tout paraissait fonctionner comme sur des roulettes, il faisait tourner son stylo dans sa main, signe de nervosité. « L'enfer peut attendre » était son bébé. Et comme tous les parents, Khan s'inquiétait quand son enfant était de sortie.

Sur le panneau central, le voyant rouge passa au vert.

*Ça y est, ils sont arrivés.*

Un bruit de dépressurisation se fit entendre quand la porte du cockpit bascula vers le haut. Si Lucas gardait une dose de scepticisme quant aux aptitudes de l'engin, elle s'envola dès qu'il posa le pied à l'extérieur. Janus était planté au milieu d'une clairière emplie du bruissement des feuilles. Il faisait nuit et une pâle clarté dessinait les contours des arbres. Perchés sur un replat légèrement en hauteur, tous trois examinaient les environs. Face à eux, la forêt s'étendait sur plusieurs centaines de mètres avant de rejoindre la toile argentée de la mer. En plissant les yeux, on apercevait au loin une colline, cernée par les eaux, surmontée de ce qui paraissait être des bâtiments. Le Mont-Saint-Michel ? Impossible à dire. Une certitude en revanche : ils n'étaient plus sur l'île de Montecristo.

Lucas ignorait s'ils se trouvaient bel et bien au Moyen Âge, pourtant le sentiment vertigineux d'avoir été téléporté en un lieu nouveau le saisit. Lentement, la possibilité qu'ils aient véritablement voyagé dans le temps s'insinua en lui. C'était idiot, mais il s'était attendu à vivre une expérience inédite dès le premier pas accompli à l'extérieur. Or, non, l'air du XIVe siècle n'avait rien de spécial et les gazouillis nocturnes des oiseaux non plus. Un court instant, il fut presque déçu par cette normalité.

— Bienvenue dans le passé. Vous êtes en retard. Il y a eu un problème ?

Stephen Gordon se tenait à quelques mètres sur l'herbe, vêtu de la même combinaison qu'eux. On avait informé Lucas que toute communication entre époques était prohibée. En conséquence, ils devaient fonctionner à l'ancienne et se fixer rendez-vous au préalable pour être sûrs de se retrouver. Gordon ne paraissait pas surpris de leur présence. Lucas croyait savoir qu'il avait effectué un petit tour sur Montecristo une heure auparavant, avant de retourner dans le passé préparer leur arrivée avec le double de Janus.

— Non, aucun, répondit Cruz, rassurez-vous.

Gordon ne perdit pas de temps.

— Lucas et Anna, comme on vous en a informés, nous n'avons pas le choix de l'époque de transfert. Ce sont les météorites qui ouvrent le passage et imposent le lieu et le temps de la destination. Le temps s'écoule de la même manière ici et là d'où nous venons.

Il consulta sa montre.

— Il est 23 h 30, heure locale. Je m'en suis assuré : le chemin vers l'abbaye est dégagé.

— Quel jour sommes-nous ?

— Environ six mois après l'admission de l'enfant sauvage. Nous sommes au sud de l'abbaye, à deux cents mètres de la baie où s'élève le Mont-Saint-Michel. Prêts pour un voyage dans août 1348 ?

Ils hochèrent tous la tête, mais il était clair que l'angoisse les rongeait. Seul Lucas manifesta ouvertement de l'inquiétude.

— 1348 ? répéta-t-il en plissant le front.

Gordon se tourna vers Cruz.

— Quoi ! Vous ne leur avez rien dit ?

— Qu'est-ce qu'elle ne nous a pas dit ? s'enquit Anna.

— Il n'est pas normal qu'on découvre ça maintenant ! rugit Lucas. Vous aviez peur qu'on décline votre proposition, hein ?

Cruz se tut, acculée. Anna haussa le ton :

— Mince, à la fin, vous m'expliquez ?

Les yeux de Lucas continuaient de lancer des éclairs.

— 1348, c'est en pleine peste noire.

— Vous m'avez réveillée pour m'envoyer au cœur d'une autre pandémie ? s'indigna Anna.

— Du moment que vous conservez vos combinaisons, il n'y a aucun risque de contamination, fit Gordon. Je suis désolé que tu l'apprennes maintenant, Lucas. Mais toi comme moi, on a déjà fait face à la peste à Madagascar, pas vrai ? Donc nous sommes préparés à cette situation. Et puis venir en cette période possède un autre avantage :

nous ressemblons aux docteurs de la peste et nous pourrons nous déplacer sans crainte d'être remarqués.

— Pas de risques, ah oui ? Et s'il arrivait que la combinaison soit déchirée, au hasard par un enfant transformé en *erectus* ?

Cruz intervint :

— Lucas, Anna, si l'un de vous ne veut pas s'exposer, libre à lui de rester dans le vaisseau.

Personne ne moufta.

— OK, alors allons-y, dit-elle.

Gordon s'absenta un instant dans un module affublé d'antennes en forme de coupoles – probablement des radars protecteurs. Il en ressortit avec une mallette qu'il tendit à Lucas.

— Le kit de prélèvement sanguin. Attention à ne rien laisser tomber, cela ferait désordre qu'on découvre dans sept cents ans une seringue dans les jardins de l'abbaye.

Lucas hocha la tête en s'emparant de l'objet, toujours en colère contre son ancien chef.

— Et si quelqu'un tombe sur Janus pendant notre absence ? demanda Anna.

Cruz lui répondit. Une force tranquille émanait d'elle, rassurante et contagieuse.

— Pas de danger, retournez-vous.

Anna s'exécuta et eut la désagréable surprise de voir un parterre herbeux là où la machine se tenait. La lune jetait des reflets métalliques sur le tapis végétal.

— Comment allons-nous rentrer si…

— Il est toujours là, rassurez-vous. Il possède un camouflage, fait d'une peau d'écrans qui renvoient des images de l'environnement.

Pour prouver ses dires, Cruz ramassa un bâton qu'elle envoya vers le vide. Le bout de bois percuta une paroi invisible et tomba au sol.

— Rassurée ?

— Attendez, nous n'étions pas supposés arriver à l'endroit où une météorite avait chuté ? demanda Lucas en pivotant sur lui-même pour observer autour de lui.

— Elle est à une cinquantaine de mètres au sud d'ici, en partie immergée dans un étang, répondit Gordon. Le plan d'eau a servi de bouillon de culture pour le développement d'un variant du virus Kruger. L'enfant sauvage buvait régulièrement à cette source, ce qui a causé sa contamination. Enfin, c'est le scénario que nous imaginons. Il faut y aller, maintenant.

Sans attendre d'éventuelles demandes de précisions, Gordon s'enfonça dans les bois. Droit vers l'abbaye du Mont-Saint-Michel.

# – 2 –

## Normandie, 1348.

L'édifice qui se dessinait dans la nuit claire par touches impressionnistes leur apparaissait presque identique à la ville-forteresse qu'ils connaissaient tous. Ne lui manquaient que le liséré du rempart inférieur et une poignée d'habitations pour ressembler au monument des cartes postales.

Le groupe progressait sur une langue de terre lévitant au-dessus de l'étendue infinie de sable qui encerclait le mont. À cause de leur retard, ils ne disposaient que d'une heure avant que la marée ne recouvre la baie, submergeant le passage.

Tout en marchant à pas forcés, Lucas frissonna en pensant que ces murs abritaient peut-être le remède au fléau qui frappait l'espèce humaine. Qu'il s'agisse d'un lieu religieux revêtait une ironie qui ne lui échappait pas. Comme si un ordre divin présidait à cette longue histoire, démarrée dix ans plus tôt dans les profondeurs du Pacifique ; comme s'ils gravissaient le mont Olympe pour arracher des mains de Zeus le feu interdit.

Parvenus au pied de la colline, ils empruntèrent un sentier boisé qui montait en spirale autour de l'escarpement. Ils traversèrent une forêt de magnolias dont les fleurs miroitaient dans la clarté argentée, une essence complètement incongrue à ces latitudes.

*La régression. Elle est là.*

Lucas sentait sa présence maléfique, éprouvant un vif sentiment de déjà-vu.

Ils quittèrent le sentier pour s'immiscer dans le village qui flanquait le soubassement de l'abbaye. Des croix blanches peintes à la chaux sur les portes signalaient le territoire de la peste. Ils passèrent sous une arcade en pierre, l'entrée de l'abbaye proprement dite, et suivirent une rue empierrée surplombée d'impressionnants contreforts qui épaulaient l'église et les bâtiments où les moines vivaient et travaillaient.

— Selon le manuscrit, l'enfant sauvage a été emprisonné dans une des cryptes, les informa Gordon. Une règle issue du droit romain énonçait que les fous et assimilés étaient punis par leur propre folie. Et stipulait que seules la piété et la proximité de Dieu pouvaient les sauver.

Gordon avait conservé ses réflexes. Comme quand il traquait les virus en Afrique, il avait appris ses leçons et connaissait sur le bout des doigts la culture de l'endroit où il se rendait, quand bien même il s'agissait du Moyen Âge. Car les pratiques funéraires et le rapport à la mort pouvaient influer sur la propagation d'une épidémie.

— À une époque moins tourmentée, l'église hébergeait des reliques qui sanctifiaient le lieu et attiraient les pèlerins comme un aimant. Mais toute la puissance de Dieu n'a pas suffi à repousser le fléau invisible.

Lucas regarda vers le haut de l'édifice. Une brise légère faisait vaciller le drapeau flottant au sommet du portail. Lui aussi frappé d'une croix blanche, il envoyait un message : « Passez votre chemin. »

*Sinistre.*

Ils s'engagèrent dans un escalier en colimaçon étroit, maçonné et sombre, et traversèrent plusieurs salles désertes où résonnaient leurs pas. Deux étages plus haut, ils débouchèrent sur le cloître. Ils furent accueillis par des lamentations lugubres, bande sonore d'un spectacle affligeant.

Anna se crispa en voyant les pauvres hères qui s'entassaient dans les travées percées d'arcades. Les capuches de leurs bures ne laissaient voir de leur visage que d'immondes bubons rougeâtres, gros comme des balles de golf. Un fluide incolore suintait de leur peau noirâtre. Son estomac se souleva et elle réprima une forte envie de vomir.

Abrutis par la maladie, ils ne réagirent pas à leur présence.

Une dépouille gisait sur la pelouse centrale. D'étranges volatiles, issus d'un croisement entre oiseaux et chauves-souris, se disputaient la charogne. Leur corps associait les plumes de l'un et la membrane alaire de l'autre. L'étonnant tableau frappa l'imagination d'Anna, car elle n'avait jamais rencontré une telle espèce régressive. Du bout du bec, l'un arracha un morceau de chair du visage, qu'un de ses congénères s'empressa de lui chiper.

— Anna, vous confirmez le diagnostic ? demanda Gordon.

Toujours épouvantée, elle hocha lentement la tête. Oui, même si le mal compliquait l'analyse, tous les pestiférés avaient régressé au stade *erectus*, sans doute contaminés par l'enfant qui avait fait entrer le loup dans la bergerie.

S'agissait-il d'hommes ou de femmes ? Impossible à dire tant la peste les avait ravagés.

— Lucas, effectue des prélèvements sanguins. Pendant ce temps, Anna et moi cherchons l'enfant.

Anna s'attendait à ce que Lucas s'oppose à l'ordre de Gordon. Piquer un *erectus* pestiféré ? Autant jouer à la roulette russe. Or, étonnamment, il obtempéra sans rechigner. Il est vrai que les occupants des lieux paraissaient incapables de lever ne serait-ce que le petit doigt. Et qu'eux-mêmes portaient des combinaisons à toute épreuve, qui résistaient autant aux micro-organismes qu'aux déchirures.

*Enfin, en théorie.*

Lucas ouvrit une mallette contenant des flacons et des seringues. Il en planta une délicatement dans le bras d'un préhistorique, enfonçant l'aiguille dans la peau. L'*erectus* tressauta, s'éveillant doucement de sa torpeur. Il cligna des paupières et deux yeux vitreux se posèrent sur Lucas, qui faisait son possible pour ne pas prendre ses jambes à son cou.

Les lèvres de l'*erectus* remuèrent, pour aspirer davantage d'air, semblait-il. Il demeura la bouche grande ouverte, puis un long et lugubre hululement s'en échappa, à en faire des cauchemars. Anna sentit tous ses muscles se tendre. Cruz jetait des regards inquiets vers les galeries du cloître.

— Rassurez-moi : ça ne va pas réveiller ses copains, hein ?

— Anna, fit Gordon, ignorant leur détresse. Il est temps d'y aller.

— OK, dit-elle, se faisant violence.

Laissant Lucas avec Cruz, Anna et Gordon se dirigèrent vers une entrée latérale de l'église. La Faucheuse les attendait à l'intérieur : au sol, des dizaines de corps remuaient faiblement dans la lumière tamisée par les vitraux. Pareils à des prières, des murmures étouffés montaient des formes allongées, comme si elles espéraient encore que le Seigneur les délivrerait de leurs maux. Près de la croisée du transept, quelques marches permettaient d'accéder à une crypte éclairée faiblement par de fines meurtrières.

L'enfant était là.

Fidèle en cela au récit du manuscrit, il était redevenu humain. Anna fut prise d'un vertige en songeant que, la veille encore, elle contemplait les ossements de ce garçon. Immédiatement après, un sentiment de compassion la submergea : agenouillé au pied d'un pilier, l'enfant endurait un atroce supplice. Une ceinture hérissée de pointes lui embrassait le torse, l'empêchant de s'abandonner à la fatigue – cruelle manière de le contraindre nuit et jour à faire pénitence.

Tout à coup, Anna voulut faire demi-tour. Il y avait quelque chose d'obscène à débarquer dans cette époque soumise à des règles absurdes et... moyenâgeuses. L'enfant avait les mains entravées par des chaînes, elles-mêmes attachées à une croix richement décorée d'incrustations de pierres plantée face à lui.

À l'observer de plus près, et malgré ce qu'exigeait la posture, il avait bizarrement l'air de tenir bon.

Une crasse noire masquait ses traits. Tandis que Gordon sortait d'une mallette similaire à celle de Lucas le nécessaire pour échantillonner son sang, Anna entreprit de le nettoyer. Il y avait une écuelle à demi remplie et un vieux chiffon près de l'enfant. Elle s'en servit pour le débarbouiller. Un nez en trompette et des joues rondes apparurent. Il avait les yeux noisette, comme cerclés de khôl par la saleté. En écartant ses cheveux, elle remarqua deux cicatrices.

— Regardez, Stephen, le pauvre a les deux lettres déjà gravées sur le front : le C et le N que nous avons observés sur le crâne. Quelle souffrance il a dû endurer… Une épreuve ajoutée à l'épreuve. Que signifie cette inscription, à votre avis ?

Pour toute réponse, Gordon montra le sol. La réponse à sa question se trouvait aux pieds de l'enfant, dans un cercle tracé au fusain. On y avait inscrit en lettres capitales : CYGNUS NIGER. Au milieu, un dessin reprenait la première lettre.

Gordon traduisit l'expression :

— Cygne noir.

— Pourquoi ces mots ?

— Je ne sais pas, je n'ai jamais rien lu là-dessus. Une sorte de formule de protection, probablement.

Anna avisa les clés des chaînes, suspendues à un crochet dans le mur.

— Ôtez cette idée de votre tête, déclara Gordon. L'enfant reste au Moyen Âge.

— On doit le ramener avec nous. Meyer a été très clair là-dessus : son ADN ne suffira pas.

— S'il y a un spécialiste en génétique ici, c'est moi. Et je vous l'affirme : son ADN suffira.

— Stephen, je vous préviens, objecta Anna avec fermeté : je ne partirai pas d'ici sans lui.

— Vous déraillez !

— Il a besoin de soins. Il souffre de malnutrition. Il mourra rapidement si nous n'agissons pas. Vous êtes médecin, non ?

— Je suis désolé pour lui, mais nous sommes venus pour une seule et unique raison : son sang. Allez, ne soyez pas idiote, venez.

Anna fit barrage de son corps.

— Le Gordon que j'ai connu ne l'aurait pas abandonné.

— Ce Gordon n'existe plus. Il est resté dans une réserve en Afrique. Il y a une centaine de malades ici, vous voulez tous les sauver ?

— Écoutez, je ne vous ai pas tout dit. Le crâne découvert dans les ruines de l'abbaye… Son attribution n'est pas aussi claire que vous et Meyer l'avez cru.

Ses propos déstabilisèrent Gordon.

— Qu'est-ce que vous entendez par là ?

— Il se pourrait que le garçon, au stade régressif, ait arboré des traits encore plus archaïques que les *erectus*. Ce ne sont pas des molaires d'*erectus* que j'ai trouvées sur le crâne. L'enfant sauvage n'est peut-être pas un préhistorique comme nous les connaissons. Il n'est définitivement pas comme les autres.

— Vraiment ? ironisa Gordon.

— Ne jouez pas au plus fin avec moi, Gordon. Ce que je suis en train de vous expliquer, c'est que ce garçon est plus qu'un antidote. Nous devons l'emmener pour tirer ça au clair. Par ailleurs, le fait qu'il n'ait pas contracté la peste ne vous étonne pas ?

— Si, mais il existe plusieurs explications possibles. Et surtout, le sort de ce gosse m'est indifférent, j'ai d'autres chats à fouetter, comme éviter la fin du monde, par exemple. Par ailleurs, tous les habitants de l'Europe médiévale n'ont pas contracté la peste. Et tous les malades n'en sont pas morts. Au stade précoce de la maladie, si on perce les bubons, il y a un espoir que…

Arrivant sur ces entrefaites avec Cruz, Lucas le coupa :

— Nous devons partir, je n'ai aucune envie de servir de repas à des préhistoriques affamés.

Gordon regarda Anna, l'air de dire : « La discussion est close. » Puis il piqua le petit prisonnier à l'épaule. L'enfant ne cilla pas quand l'aiguille s'enfonça dans sa chair.

# – 3 –

## Normandie, 1348.

Ils firent demi-tour avec d'autant plus d'empressement que la lamentation du préhistorique avait stimulé la horde pestiférée d'*erectus*. Des grognements et un bruit d'agitation s'élevaient du cloître. De retour à l'escalier en colimaçon, Lucas remarqua l'absence d'Anna sur ses talons. Il revint sur ses pas. Il la retrouva à l'entrée de l'église, portant le garçon dans ses bras.

Il n'avait pas le temps de protester. Descendant aussi vite que possible, ils reprirent le chemin de la sortie. À leur grande surprise, Gordon et Cruz les attendaient un étage plus bas, devant le scriptorium qu'ils avaient traversé à toute vitesse à l'aller. Si Gordon éprouva du mécontentement en voyant l'enfant, il leur épargna ses sarcasmes.

— Arrêtez-vous, murmura Cruz. Regardez, là.

Vaste pièce quadrillée par des pupitres de copistes disposés avec une régularité géométrique, le scriptorium était meublé de plusieurs bibliothèques accolées aux fenêtres pourvues de vitraux. Sur la tablette d'une cheminée en granit, la flamme d'une chandelle dansait au-dessus d'un gros amas de cire fondue.

*Qui l'a allumée dans cette abbaye en proie à la peste ?* La question traversa l'esprit de Lucas au moment où il décela un mouvement entre deux étagères.

Une étrange silhouette vêtue d'une bure parcourait un livre. Ses épaules abaissées, sa corpulence modeste, ses mains velues : aucun doute possible, il s'agissait d'une créature primitive épargnée par le fléau. Elle les ignorait, continuant de s'intéresser à un ouvrage ouvert. Elle déchirait les pages, les chiffonnait, avant de les engloutir, tenaillée par la faim. Lucas eut pitié d'elle.

— Pourquoi ne nous a-t-elle pas entendus ? demanda Anna.

Personne ne lui répondit.

— Quelqu'un l'a vue tout à l'heure ? questionna Gordon.

Tous secouèrent la tête.

— Elle devrait percevoir notre présence grâce à ses sens affûtés, déclara Anna. Celle-là en semble incapable.

— À moins qu'elle ne nous le montre pas, objecta Cruz.

— Pourquoi ferait-elle ça ? dit Gordon.

— Pour nous appâter. Et nous obliger à nous arrêter.

Il y eut un moment de flottement où on n'entendit plus que les lamentations du vent qui s'engouffrait sous les arcades. Puis la flamme s'éteignit et ils furent plongés dans l'obscurité. Par réflexe, Anna porta la main à sa lampe frontale. Lucas la vit et cria :

— Non !

Trop tard, le halo lumineux éclaboussa le scriptorium, allongeant les ombres. Le déluge de lumière alerta l'animal. Il tourna la tête vers eux, eut un soubresaut, puis, la surprise passée, il ouvrit de grands yeux emplis de fureur.

— Au vaisseau ! s'écria Meyer. Dépêchez-vous !

Anna resta un instant clouée sur place, comme hypnotisée par l'apparence de la créature. Ce n'était pas un *erectus*. Le visage était moins humain, plus simiesque, presque dépourvu de narines saillantes. Un collier dru de poils encerclait sa face, tandis que sa bouche se projetait en avant tel un museau. Elle était pourvue de bras si longs que les extrémités de ses doigts effleuraient les genoux. Baisser les yeux sur ses pieds, c'était regarder des millions d'années en arrière, à l'époque où des pouces opposables permettaient aux ancêtres de l'homme d'agripper des branches avec leurs orteils.

À six mètres de distance, la créature manifestait la même curiosité pour elle. Elle s'avança en se dandinant dans sa direction. Anna aurait aimé voir son corps, recouvert par la robe. L'enfant dans les bras, elle ne bougeait toujours pas, fascinée par la proximité, en un même lieu, de ces deux créations de l'évolution séparées par plusieurs millions d'années.

Gordon et Meyer étaient déjà loin. Lucas la rappela à l'ordre :

— Anna !

Presque à regret, elle considéra une ultime fois son interlocuteur velu, puis se décida à partir. *Notre accoutrement joue en notre faveur. Avec nos combinaisons, peu de chances qu'elle nous prenne pour des tranches de rosbif.*

Tout à coup, elle se sentit tirée fortement en arrière. La bête s'était rapprochée d'elle d'un bond et avait empoigné sa combinaison. Dans ses yeux brillait une farouche détermination. Elle n'était pas près de lâcher sa proie.

Lucas appliqua alors l'onde électrique d'un taser sur sa main. Un hurlement guttural s'échappa de sa gorge et elle s'écroula sur le sol en tenant son membre endolori.

Puisant dans une réserve d'énergie intérieure, la créature se redressa. La douleur irradiait à chaque mouvement de sa main. Elle balaya le scriptorium du regard, à la recherche de ses agresseurs. Handicapée des sens, elle n'entendait ni ne sentait et ne pouvait se fier qu'à sa vue.

L'escalier : c'était par là que les « êtres » avaient disparu ! Elle le dévala avant de stopper net devant une lourde porte de bois fermée à clé. Elle agrippa la poignée, tira en vain dessus. Pas grave : elle savait où devaient passer les « êtres » pour quitter l'abbaye.

Faisant demi-tour, elle gagna le toit. Elle se déplaçait sur quatre pattes quand elle voulait courir, un moyen de locomotion bien plus efficace que la bipédie qu'elle pratiquait occasionnellement. Dès qu'elle le pouvait, elle s'accrochait en hauteur, au rebord d'une corniche, se propulsant à travers l'abbaye avec grâce et vitesse. Elle n'avait aucune intention de laisser échapper ses proies.

Elle était la dernière vivante. Les siens avaient basculé dans un autre monde d'où ils ne pouvaient plus communiquer avec elle. Depuis que le dernier avait rejoint cet ailleurs, elle expérimentait une profonde et angoissante solitude.

Elle caracola jusqu'au faîte du toit, le longea et se laissa glisser sur une pente en ardoises jusqu'à une esplanade accueillant un jardin. De là, un bond prodigieux la projeta dans le bois qui dévalait le mont.

Grâce à sa vision nocturne, elle entrevoyait quatre formes qui couraient à mi-pente.

Lucas avait pris l'enfant dans ses bras pour soulager Anna. Tous manquèrent plusieurs fois de tomber en trébuchant sur des racines aériennes. Ils avaient à leurs trousses une créature à l'agilité d'un singe. Anna s'était retournée et l'avait brièvement aperçue dans les branchages. Des bruits discrets lui parvenaient, des craquements et des bruissements, traces sonores d'une bête qui sautait d'un arbre à l'autre. Une étrange intuition lui soufflait qu'une forme du vivant complètement inédite, plus redoutable encore que les *erectus*, avait fait son apparition.

Des chauves-souris régressives désertèrent la cime d'un grand chêne voisin, signe que l'animal se rapprochait.

Ils arrivèrent enfin à la mer, dont le niveau avait monté. La langue de terre, sur le point d'être submergée, dessinait un étroit corridor sinuant vers le continent, tel un serpent de mer. Anna songea qu'ils étaient condamnés : à terrain découvert, la bête fondrait sur eux tel un lion sur une gazelle.

Pourtant, elle se trompait. Le préhistorique s'immobilisa brusquement à la vue des vagues, l'air inquiet. La peur de l'élément liquide le tétanisait.

*Il craint l'eau, comme les chimpanzés*, pensa Anna.

De la salive s'écoulait de la bouche de la créature. Comprenant que ses proies allaient lui échapper, elle effectuait des allers-retours sur place et, d'un geste furieux, ramassait du sable qu'elle jetait vers eux.

Anna lui jeta un ultime regard, puis reprit sa course. De retour dans la clairière, elle avala les derniers mètres avec la visière couverte de buée. Les autres l'avaient devancée et avaient déjà pris place dans Janus. Gordon dans son double.

Elle se jeta sur son siège. Cruz appuya sur un bouton. La verrière de l'habitacle se referma aussitôt.

Ils étaient tous tendus comme des ressorts. Dans la précipitation, pas un n'avait songé à retirer son casque. Cruz annonça d'une voix quasi robotique :

— 10… 9… 8…

À zéro, les picotements dans le bas du dos recommencèrent. Ils quittaient le Moyen Âge.

## – 4 –

### Île de Montecristo.

— Je suis désolé, mais le sang de ce gosse est on ne peut plus banal.

Gordon avait énoncé le verdict des analyses biologiques d'une voix monocorde. Au-delà de la mauvaise nouvelle qu'il leur annonçait, il savait comment les autres, et surtout Lucas, allaient interpréter sa froideur : *Tu n'es plus le même, Stephen, tu es devenu un être insensible, calculateur et inhumain. Ton passage dans l'autre monde a ouvert des plaies béantes dans ton psychisme.*

Sans doute ces reproches étaient-ils justifiés. Et alors ? Son équilibre mental, les verres de vin qu'il engloutissait le soir seul dans sa chambre, tout cela n'avait pas d'importance. Seule comptait la quête du mutant capable de jouer le rôle de *messie* (il se garderait bien d'employer ce terme devant les autres).

Un magnifique soleil miroitant sur la Méditerranée pénétrait par la baie vitrée de la salle de réunion et illuminait les visages déçus. Assis à la place diamétralement opposée de la table, Josia Meyer leva une main en l'air, tel un avocat de la défense.

— Une seconde, Stephen, vous ne pouvez pas être affirmatif aussi vite. Êtes-vous sûr d'avoir réalisé tous les tests possibles ?

— Je peux vous détailler tous ceux que nous avons entrepris sur les échantillons sanguins, mais je pense que vous vous serez endormis avant que j'arrive au bout. Pour résumer, l'analyse de son ADN a révélé quelques séquences spécifiques. Aucune d'entre elles, cependant, n'a d'impact connu sur le système immunitaire ou tout autre fonction biologique répertoriée. En fait, j'ignore même si ces séquences sont vraiment signifiantes. N'oubliez pas que tous les humains partagent 98 % de leur ADN, mais que chacun d'entre nous possède des particularismes sans être pour autant un surhomme.

— Cet enfant ne nous est d'aucune utilité, c'est ce que vous êtes en train de nous apprendre ?

— Je pensais que vous n'aimiez pas les esprits lents…

— Je prends votre réponse pour un oui, dit Meyer sans se vexer de la pique.

— Il reste quelques tests à réaliser, je vais m'en occuper, glissa Mirna Kisinski.

— Inutile, la rembarra Gordon.

— Pourtant, les faits sont là, dans le manuscrit, objecta Meyer. Cet enfant a introduit le virus dans l'abbaye, puis a été guéri au bout de quelques semaines. Vous ne réfutez pas l'interprétation des textes ?

— Je suis médecin, avec un solide bagage en génétique. Je laisse le décodage des textes aux historiens que vous avez embauchés. S'ils assurent que les récits médiévaux ont le goût de la vérité, qu'ils sont crédibles et cohérents avec ce que l'on sait de l'époque, je n'ai aucune raison de remettre en question leurs conclusions.

— Alors ?

— Alors quoi ?

— Comment expliquez-vous que l'enfant ait été guéri du Kruger ?

Gordon considéra les autres. Tous attendaient fébrilement qu'il parle. Lucas lui lançait des regards noirs qui semblaient dire : « Tu m'as embarqué dans cette galère, y a intérêt à ce que t'assures, maintenant, et que tu aies des réponses, parce que je n'ai pas abandonné Lauryn et Kyle pour une visite de musée, aussi originale et passionnante soit-elle. »

— À mon avis, ce môme n'est pas celui que nous cherchons. Je ne sais pas ce qui s'est passé à l'abbaye, notre sujet a dû être remplacé par un autre.

— Je rêve ! s'exclama Lucas en fusillant du regard celui qui avait été son patron. On a pris tous ces risques pour rien ?

— Pas pour rien, on devait tenter notre chance. On a joué et on a perdu.

Meyer, peu enclin à baisser les bras si facilement, prit la parole.

— Je suis sûr qu'il y a un moyen de trancher et de savoir si cet enfant est le bon. Anna, vous êtes la spécialiste en ossements. Ce crâne au milieu de la table, est-il possible de savoir si c'est le sien, s'il lui correspond ?

La portion de crâne exhumé des ruines de l'abbaye trônait devant eux. Il était extrêmement perturbant pour Gordon de savoir que le propriétaire bel et bien vivant de ce reste se trouvait peut-être à deux pas d'ici, même s'il croyait de moins en moins à cette hypothèse.

En entendant Meyer, Anna manqua de s'étrangler.

— Vous me demandez d'établir une correspondance entre les versions humaine et régressée d'un individu, ou je rêve ?

— Ma question est tout à fait sérieuse : existe-t-il des spécificités anatomiques qui se conserveraient lorsqu'un individu se transforme en *erectus* et qui permettraient de l'identifier sans conteste ? Je ne sais pas, comme des bosses, des creux, des marques précises.

— J'en doute. Le crâne d'un individu dans son état humain diffère singulièrement de celui qu'il a après s'être transformé en *erectus*. Même si vous faisiez passer une IRM à l'enfant, je serais étonnée que vous trouviez quoi que ce soit qui pourrait nous aider, si c'est ce que vous avez en tête. Évidemment, les choses seraient différentes s'il arborait les stigmates d'un accident ou d'une déformation congénitale. Quand je dirigeais la réserve d'*erectus* en Afrique, on a eu le cas d'un cadavre qui avait été à moitié dévoré par les hyènes. Grâce à son numéro d'identification tatoué à la cheville, on a pu l'identifier pour que sa famille puisse le récupérer et lui adresser un dernier adieu. En consultant son dossier, on s'est aperçu que, dans sa vie humaine, l'homme avait contracté le virus après avoir été mordu au visage par un chien régressif. Sa dépouille arborait toujours au niveau du visage les traces laissées par les crocs sur l'os. Donc, oui, j'imagine qu'on pourrait relier l'enfant et le crâne si de telles marques existaient. Malheureusement, nous n'avons que les lettres gravées, et rien ne nous permet de certifier que ce sont les mêmes. On peut le supposer sans en être 100 % certains.

— OK, je remballe mon idée. Quelqu'un d'autre a une suggestion ?

Mirna Kisinski haussa les épaules, imitée par Gloria Cruz et les autres. Le désarroi frappa le patron de Futurabio.

— Donc on n'a aucun moyen de savoir sans doute possible si on a mis ou pas la main sur un gamin comme les autres ?

— Vous croyiez quoi ? déclara Gordon. Qu'il suffisait de vous pointer avec votre technologie, votre énergie et votre indécrottable optimisme pour venir à bout d'une force qui dépasse tout ce que l'humanité a connu jusqu'ici ? Vous feriez bien de sortir de votre bureau, parfois, ça vous ferait du bien. Pour construire des machines ou des molécules, vous avez peut-être un talent inégalable, mais ce qu'on affronte est une machine autrement plus puissante et plus complexe que vos joujoux, aussi impressionnants soient-ils. Je parle d'un laboratoire qui fonctionne depuis trois milliards et demi d'années et qui s'appelle la vie ; trois milliards et demi d'années de recherche et développement. Croyez-moi, elle a eu le temps d'en réaliser, des merveilles.

L'opposition entre lui et Meyer éclatait au grand jour. Elle avait toujours été là, souterraine et discrète, et, tel un volcan dont la pression montait irrémédiablement dans la chambre magmatique, elle avait besoin de s'épancher par moments pour éviter l'explosion. D'un côté, Gordon le médecin, qui faisait son possible pour protéger l'humanité des bombes biologiques venues du monde animal. De l'autre, Meyer l'ingénieur, qui pliait le monde naturel à sa volonté, ou du moins qui tentait de le faire. L'air se chargeait en électricité dès qu'ils se tenaient dans la même pièce.

— Et l'inscription à ses pieds ? demanda Mirna Kisinski tout en jouant nerveusement avec son stylo. Elle ne pourrait pas nous aider ?

— « Cygne noir », souffla Gloria Cruz. On frissonne rien qu'en prononçant ces deux mots.

— Une idée de ce qu'ils pourraient signifier ?

— J'ai interrogé Olivier Dustaing, de l'université de la Sorbonne, répondit l'historienne. Il est l'un des spécialistes mondiaux du Moyen Âge, il a déjà travaillé pour nous à la préparation de cette mission. Selon lui, l'expression renvoie à l'Inquisition catholique. Au sein de l'institution, un ordre aurait été créé, avec pour mission de traquer les individus hors norme, doués de qualités prodigieuses. L'Inquisition les considérait comme des Antéchrist.

— Les Cygnes noirs…

— Oui.

— Des mutants ? suggéra Lucas.

— De notre point de vue moderne, oui. Il s'agissait probablement de personnes biologiquement hors norme, or l'Église voyait en elles des hérétiques qui, pour simplifier, faisaient concurrence au Christ et à ses miracles. Toutefois, Olivier Dustaing a insisté sur le fait que l'existence de cet ordre est légendaire. Lui-même a eu le privilège d'accéder aux archives du Vatican pour ses recherches. Il en a profité pour enquêter sur les Cygnes noirs, et il a échoué. Il soupçonne qu'on ne lui a pas montré tous les documents, sans avoir jamais pu le prouver.

Un détail chiffonnait Anna.

— Pourquoi le Vatican n'aimerait-il pas divulguer des informations au sujet d'un ordre qui n'a probablement pas existé et qui remonterait à plusieurs siècles ?

Comme personne n'avait de réponse, Lucas poursuivit son rôle de contradicteur.

— Gloria, comment l'historien a-t-il réagi quand vous lui avez parlé de l'enfant et de l'inscription ?

— Je me suis bien gardée de lui en parler. Officiellement, je suis une historienne qui tente de comprendre comment la peste noire s'est propagée au Moyen Âge. J'ai prétendu que j'effectuais des travaux comparatifs avec les deux pandémies régressives.

— Il aurait pourtant été ravi d'apprendre que cet ordre a bel et bien existé, objecta Kisinski.

— Peut-être, en effet, le Vatican, apprenant l'existence de l'enfant sauvage, a-t-il envoyé un émissaire à l'abbaye. Ou les moines, croyant à l'existence de cet ordre, ont-ils de leur propre chef gravé ces initiales, comme pour conjurer le mal. Pourtant, cela m'étonnerait.

— Pourquoi ? demanda Lucas.

Cruz leur raconta qu'Olivier Dustaing avait été affirmatif : il aurait remonté la piste de ces Cygnes noirs si une quelconque trace écrite existait. La bibliothèque du Vatican avait la réputation sulfureuse d'être un lieu chargé de mystères, où dormaient sur des étagères poussiéreuses des secrets jalousement gardés depuis des siècles. La réalité était un peu plus prosaïque. La majorité des sources bibliographiques avaient été numérisées et l'ensemble du corpus demeurait à la disposition des chercheurs. Les rares manuscrits retirés de la consultation ne l'étaient que pour des raisons de pure conservation, leur état n'autorisant pas leur manipulation. À en croire Olivier Dustaing, le Vatican n'était pas impliqué dans cet ordre.

Mais si ce n'était pas l'Église qui avait gravé « C N » sur le front du garçon, qui était-ce, et pour quelle raison ?

— Quoi qu'il en soit, dit Gordon, je ne vois pas en quoi ce cours d'histoire médiévale pourrait nous être utile. Autre chose ?

Lucas leva la main.

— La peste ne s'était pas propagée à l'abbaye du Mont-Saint-Michel. J'ai analysé les échantillons sanguins et je peux vous affirmer avec certitude qu'il n'y avait pas de malades de la peste là-bas.

— Tu as bien vu les symptômes, comme nous, non ?

— Je sais, pourtant ce n'était pas la peste. Pour moi, un autre mal mystérieux est venu faire son nid dans l'abbaye.

— Tu as peut-être raison, mais nous ne sommes pas allés là-bas pour jouer à l'OMS. Alors le mystère restera non résolu.

La réunion s'acheva sur ses paroles. Gordon resta assis pendant que les autres se levaient, perdu dans ses réflexions. En réalité, il n'avait pas livré complètement le fond de ses pensées. Pensait-il vraiment que leurs informations n'étaient d'aucune utilité ? Pas si sûr…

*Cygne noir.*

Ce n'était pas la première fois qu'il rencontrait ces deux mots.

À la fin de la réunion, Anna vint le voir, l'air embarrassé. Il était toujours tendu par sa passe d'armes avec Meyer et il dut faire un effort pour lui accorder sa pleine attention.

— Je… je voulais juste vous dire que j'étais désolée de vous avoir forcé la main sur l'enfant.

— Pas de problème, Anna. En fait, je crois que vous avez eu raison.

— Ah oui ? Mais si ce n'est pas lui qui…

— Peut-être avons-nous misé sur le mauvais cheval. Néanmoins, nous devons tirer cette affaire au clair. Et sans l'enfant présent physiquement avec nous, je vois mal comment nous pourrions y parvenir. Donc c'est à moi de vous présenter des excuses. Je regrette le temps où nous travaillions ensemble main dans la main, en harmonie.

Anna écarquilla les yeux, surprise qu'il fasse amende honorable si vite.

— OK, excuses acceptées. Entre ressuscités, on est faits pour s'entendre.

Il comprit l'allusion et hocha la tête. Elle le rappela alors qu'il tournait les talons.

— Si ça ne vous dérange pas, j'aimerais examiner plus en détail l'ensemble du squelette exhumé de l'abbaye. J'aimerais être sûre qu'il s'agisse de celui du petit.

— Faites à votre guise.

— Une dernière chose. Puis-je me permettre une remarque plus personnelle ?

Elle ne lui laissa pas le temps de répondre.

— Lucas m'a dit que vous aviez refusé de parler à Lauryn. Vous avez vos raisons et loin de moi l'idée de m'immiscer dans votre intimité. Mais moi aussi j'ai une fille, et je sais que je lui ai manqué terriblement pendant mon absence. Je remercie le ciel que Lucas ait été là. Sinon, je ne sais pas comment Alice aurait tenu le choc. Je pense que c'est une erreur de tourner le dos à Lauryn. Vous devriez lui parler.

— J'y réfléchirai, Anna. Merci du conseil.

## – 5 –

### Île de Montecristo.

Le petit garçon avait été mis en quarantaine dans une pièce aveugle, pourvue d'une vitre sans tain. Il adorait visiblement ce mur qui renvoyait sa propre image et se pâmait devant en grimaçant, délaissant la nourriture qui l'attendait sur un plateau. Il avait troqué ses haillons pour un pyjama bleu clair qu'il avait accepté de porter sans se rebeller. Il capturait toute l'attention d'Alice, qui avait les mains collées à la vitre. Il suscitait chez elle la même curiosité qu'un cryptozoologue face au yéti.

— Tu penses qu'il va s'en sortir ? demanda Anna.

— Difficile à dire, répondit Lucas. Même si quelques cachets et un peu de nourriture l'ont ramené d'entre les morts, son taux de déshydratation est élevé ; au contraire, son taux de globules blancs sanguins est vraiment faible et il manifeste une immunodépression aiguë. On ne dirait pas qu'il est entré en contact avec la peste ou une autre maladie dont il aurait guéri. En réalité, c'est un mystère qu'il soit encore vivant.

— Pourquoi n'a-t-il pas régressé comme les autres, tu penses ?

Mirna Kisinski arriva sur ces entrefaites, affichant un air sombre.

— Rien de neuf, les tests montrent en effet quelques séquences spécifiques, mais aucune n'a d'impact connu sur le système immunitaire.

— Vous êtes en train de corroborer les découvertes de Gordon. L'enfant ne nous sera d'aucune aide ?

— Je n'en sais rien, Anna, voilà la regrettable vérité. Une chose est sûre : il nous faut explorer une autre piste. Peut-être en saurons-nous plus dans les heures qui viennent. Durant son sommeil, nous lui avons greffé dans le crâne une puce électronique plus petite qu'une tête d'épingle. Cette merveille de technologie agit comme un mini-labo capable de mesurer *in vivo* tous les paramètres vitaux et de nous envoyer les informations. Il peut larguer à la demande des molécules de calmant si le besoin s'en fait sentir.

Anna s'approcha de la paroi vitrée et tenta de lire dans les yeux sombres. *Qui es-tu vraiment ? Pourquoi étais-tu attaché dans la crypte ?*

Soudain, alors que l'enfant jetait un regard noir vers la vitre sans tain, les lumières s'éteignirent, les plongeant dans les ténèbres pendant un bref instant. Quand les plafonniers se rallumèrent les uns après les autres, l'enfant, tourné vers eux, semblait les défier. L'idée absurde qu'il avait causé la panne par sa seule volonté traversa Anna. Conservant ses pensées pour elle, elle se limita à soupirer :

— Et dire qu'on ne connaît même pas son nom.

Alice observait le petit garçon intensément depuis un bon moment. Maintenant qu'il avait été lavé et nourri, il ne ressemblait plus à un mort-vivant. Les traits fins, presque féminins, il ressemblait à n'importe quel enfant de son âge. Soudain elle annonça, sans le quitter des yeux :

— Il n'en a pas. Il a vécu… Il a vécu toute sa vie dans la forêt avant d'être enfermé dans la crypte.

— Comment peux-tu le savoir ?

Sans répondre, Alice sortit dans le couloir, s'avança vers la porte de la pièce vitrée où était retenu l'enfant et posa une main sur la poignée.

— Hé, on n'entre pas là ! s'écria Mirna.

Alice ignora l'ordre, mais se heurta au code de fermeture.

— Mirna, je peux vous parler une minute ? dit Lucas.

L'air mécontent, Kisinski hocha la tête et ils s'écartèrent. Lucas abordait un sujet délicat.

— Mirna, comment dire ? Alice n'est pas une petite fille comme les autres… Sa mère a été infectée par le Kruger quand elle était enceinte. En grandissant, Alice a commencé à manifester certaines compétences des *erectus*… Leur extrême intuition, par exemple. Je pense que vous devriez la laisser faire un essai.

La biologiste ne sembla pas surprise, comme si elle connaissait déjà les talents extraordinaires d'Alice. Kisinski interrogea Anna du regard pour savoir si elle était d'accord. Comme la paléontologue hochait la tête, elle baissa la garde.

— Vous serez responsable si les choses tournent mal.

Elle s'approcha de la porte et ses doigts composèrent le code de déverrouillage.

— Sois prudente, OK ?

Alice respira un grand coup, puis fit un pas en avant avec la même appréhension que si elle pénétrait dans la cage d'un gorille. L'enfant lui fit face ; une aura incandescente irradiait de lui. Effrayée, elle tenta de contenir les tremblements de ses mains.

— Je m'appelle Alice, dit-elle d'une voix douce.

Elle s'assit devant un jeu de construction posé sur une table basse.

— Est-ce que tu veux jouer avec moi ?

Le cube qu'elle tendit suscita la curiosité de l'enfant. Il le prit entre ses doigts aux ongles sales et le posa sur un autre, comme pour commencer une tour.

— OK, c'est bon signe. Tu veux un autre cube ?

Cette fois, il acquiesça lentement. Tout en continuant ce petit jeu, Alice se plongea dans son monde intérieur, là où les fourmis la visitaient. Quand elle se projetait dans la tête d'autrui, des scènes avec des insectes surgissaient dans son esprit. Elle ne captait jamais directement les pensées, seulement des images qui les reflétaient, des métaphores. Mais malgré ses efforts, ce monde demeurait aujourd'hui désert. Le garçon était rétif à sa sonde mentale.

Le petit ne tarda pas à ignorer les cubes d'Alice pour piocher lui-même dans le tas. Il poursuivait la construction qu'il avait entamée à une vitesse folle. Il disposait les briques avec une dextérité inouïe. La merveille architecturale atteignit bientôt quarante centimètres de hauteur : il avait recréé une maquette grossière de l'abbaye du Mont-Saint-Michel.

De l'autre côté du miroir, Anna et Lucas en restaient pantois. Lucas secouait la tête, sans y croire. Alice lança un coup d'œil insistant dans leur direction pour témoigner de sa propre sidération.

— Je rêve ou ce gosse a reproduit l'abbaye en cinq minutes ? J'ai comme l'impression qu'il est un peu plus intelligent qu'il n'en a l'air.

La porte s'ouvrit et Alice, tout excitée, les rejoignit.

— Vous avez vu ça ?

— Oui. C'est incroyable. Qu'est-ce que tu as senti en lui ? demanda Anna.

— De la peur et…

— Oui ?

— J'ai eu l'impression qu'il essayait de cacher quelque chose. Quelque chose qui lui donne de la valeur aux yeux des gens.

— Qu'est-ce que tu entends par là ? intervint Lucas.

— Je ne sais pas… Ça a été flou et rapide. Je crois qu'il sait qu'il possède quelque chose d'unique et qu'il redoute qu'on lui fasse du mal pour ça.

Alice les regarda.

— C'est celui que vous cherchez, j'en suis certaine.

Alice reporta son attention vers l'enfant sauvage. Par gestes, il essayait de signifier qu'il désirait son retour. Alice sentait son cœur se serrer. Ils l'avaient libéré d'une prison pour le jeter dans une autre. Il s'approcha du miroir sans tain et mit ses mains en visière contre la vitre. *Il nous voit*, songea Anna, qui se sentait mise à nue. *Comment a-t-il compris que le miroir dissimulait un espace ? L'a-t-il tout simplement déduit du regard d'Alice ?*

L'enfant alla chercher une pièce en bois sur la table et revint la montrer. Il en voulait d'autres. Il voulait qu'ils jouent ensemble. Il se recolla au miroir pour voir la réaction d'Alice. Elle secoua la tête. *Je ne peux pas…*

La colère embrasa l'enfant en un éclair. De la main, il fit voler en éclats sa construction et les briques de bois volèrent dans la pièce. En une fraction de seconde, il se mua en une boule d'énergie indomptable, le cœur d'un réacteur nucléaire. Comme possédé par un démon. L'agitation le projeta au sol. Il demeura couché, replié sur lui-même en position fœtale, secoué de spasmes. Alice l'observait, plongée dans une immobilité silencieuse, plus impressionnée par l'abîme de douleur dont elle était témoin que par les gesticulations du garçon.

De la bave s'écoulait de ses lèvres, comme chez un épileptique. Il enfouissait sa tête entre ses bras. *Pour se cacher*, comprit Alice, qui éprouvait de la peine pour lui. *Il a conscience de son état et en a honte.* Avec des gestes maladroits, il rampa derrière la table basse, afin de disparaître complètement de leur vue.

*Qui es-tu vraiment, toi ? Et quels mystères caches-tu ?*

# – 6 –

## Saint-Cloud, banlieue de Paris.

Ce qui se passait réellement au Costa Rica et qui avait suscité l'émoi de Lauryn et de toute la population, seuls les ingénieurs de l'organisme français du BIPM avaient les moyens d'en avoir un aperçu à cet instant précis.

Le Bureau international des poids et mesures était le cœur palpitant de la planète. Il égrenait l'UTC, le temps universel coordonné, autrement dit la référence temporelle. Pour le dire rapidement, l'UTC servait à régler l'heure des montres et des horloges du monde entier. Ce que les gens ignoraient, mais que ne manquait pas de savoir Charles Balibar, l'ingénieur responsable du site cette semaine-là, c'est que l'UTC donnait aussi le tic-tac des appareils GPS ou des marchés boursiers qui géraient des millions d'ordres par seconde. Le BIPM veillait sur la seconde comme sur un feu qui ne doit jamais s'éteindre.

Charles, un grand échalas aux épaules voûtées, occupait ses nuits à rejouer sur ordinateur de grandes batailles historiques, Napoléon *versus* les troupes russo-hongroises ou Hannibal contre les Romains. Comme dans ses simulations,

Charles se trouvait au BIPM à la tête d'une armée : un bataillon d'horloges atomiques réparties dans le monde entier et qui comptaient les secondes en mesurant un certain nombre d'oscillations de la lumière émise par des atomes de césium. Précisément, une seconde représentait 9 192 631 770 de ces oscillations.

Une nuit pure et étoilée enveloppait la bâtisse à belvédère qui hébergeait le BIPM. Les escadrons russes avançaient vaillamment vers les fantassins bonapartistes à Austerlitz. Charles allait renverser l'issue historique du combat quand l'alarme signalant un dysfonctionnement se manifesta sur son ordinateur. Il était alors 22 h 36 minutes et 37 secondes. Un horaire approximatif, dans la mesure où le panneau d'affichage placardé au mur de la salle de contrôle comptabilisait jusqu'aux nanosecondes. Le décompte s'était arrêté un bref instant et avait repris à l'envers, comme si l'ordinateur qui calculait la moyenne des mesures venant des laboratoires satellites était devenu fou.

22 h 36 et 36 secondes…

22 h 36 et 35 secondes…

22 h 36 et 34 secondes…

Charles crut d'abord à une simple panne d'affichage du panneau, mais écarta cette hypothèse après quelques vérifications : le problème venait bel et bien du cœur du système.

Charles était d'une nature placide. Mais, à ce moment-là, il fut saisi d'un vertige en prenant pleinement conscience de la catastrophe en cours : tous leurs clients, privés comme publics, recevaient en ce moment même l'heure figurant sur l'affichage numérique.

*Toutes les horloges, tous les GPS du monde. Et merde… Ça va bientôt être le chaos partout.*

En particulier, quasiment tous les satellites se fondaient sur des signaux GPS pour se guider. Sans information temporelle correcte, leur trajectoire deviendrait imprécise et ils finiraient au mieux par dériver, au pire par provoquer un carambolage spatial.

En proie à un début de panique, Charles fit le tour du couloir à la recherche d'ingénieurs restés travailler tardivement. Il en trouva deux, et ensemble ils s'efforcèrent de débusquer le bug informatique à l'origine de la panne. À aucun moment l'idée ne les effleura que le système informatique fonctionnait à la perfection. Comme Napoléon n'avait pas vu venir le coup de Trafalgar, le cerveau de Charles, parfaitement cartésien, ne pouvait envisager une telle aberration.

Entre-temps, un message d'alerte avait été diffusé : il encourageait les entreprises et les administrations à considérer comme faux le temps délivré par le BIPM, jusqu'à nouvel ordre. Charles tempêtait en son for intérieur. Cette affaire entacherait la réputation du bureau.

À 21 h 13 de la nouvelle heure, il reçut un coup de fil de son homologue du laboratoire de métrologie de Varsovie, affolé. Étant donné que c'était la nuit, il lui avait fallu du temps pour se rendre compte de l'anomalie.

— Quelle anomalie ?

— Le problème ne vient pas de chez vous : notre horloge aussi tourne à contresens.

Sidéré, Charles raccrocha et appela aussitôt l'ensemble des labos satellites. Partout, il fut confronté à la même consternation et reçut en substance la même réponse : « Nous avons vérifié et revérifié nos instruments : ils ne souffrent d'aucune panne. »

À 19 h 43 de la nouvelle heure, le BIPM publia un communiqué de presse aussi vertigineux que lapidaire :

> **Le 15 avril, à précisément 22 heures, 36 minutes, 37 secondes, 752 millisecondes, 105 nanosecondes, le temps s'est inversé.**

Le téléphone collé à l'oreille, dans l'attente qu'on lui passe la direction du ministère de la Recherche, Charles repensait à la conférence de presse que l'excentrique Josia Meyer avait donnée et qui avait été diffusée sur toutes les chaînes. « Nous pensons que la Terre est en train de percuter un univers parallèle où le temps s'écoule à l'envers. » Il avait écouté ces propos avec un air amusé. Comment y attacher de la valeur, ne serait-ce qu'une seconde ? Or cette mise en garde prenait à présent une tout autre dimension.

D'autres mots du magnat de la tech lui revenaient en mémoire. « Il y a 380 millions d'années, l'explosion d'une supernova a causé une extinction de masse. Aujourd'hui, un autre phénomène cosmique va bouleverser la vie sur Terre. » Se sentant tout à coup nauséeux, Charles raccrocha. Changeant son fusil d'épaule, il décida d'appeler plutôt le cabinet du Premier ministre.

## Vidéos les plus diffusées ce jour-là sur les réseaux sociaux

#5 Compilation des effets de l'inversion
du temps sur les pendules murales de cuisine,
horloges comtoises, coucous, montres...
donnant le tempo à nos vies. Pour chacun,
le temps suspend son vol, puis l'aiguille
ou l'affichage numérique repart en sens inverse.
La banalité de ces images exprime le sentiment partagé
par tous que la vie ne sera bientôt plus la même.

#4 Séquence montrant le vénérable Big Ben sous
un orage épouvantable, à Londres. Au moment où les
aiguilles associées à la grande cloche passent l'heure
fatidique, un éclair lézarde l'obscurité, puis rebrousse
chemin pour remonter dans le ciel. Le film donne
l'impression d'avoir été diffusé à rebours.

#3 Une enfilade d'éoliennes sur une ligne de crête.
Soudain, alors que les pales tournent avec la régularité
d'un métronome dans le sens des aiguilles d'une montre,
elles ralentissent à l'unisson leur course, l'inversent et
reprennent leur giration à la même vitesse et avec la
même constance que vingt secondes plus tôt.

#2 Station spatiale internationale. Un spationaute filme un magnifique cyclone étendant ses bras spiralés dans le sud du Pacifique. Il est aux premières loges pour observer l'inversion de la rotation de l'ogre nuageux. L'instant t est immortalisé sur la paroi vitrée du hublot sous la forme du reflet de la montre qu'il porte au poignet.

#1 Des images de Genève résument le mieux la situation calamiteuse que l'humanité va devoir affronter. L'une des attractions de la ville est sa célèbre horloge fleurie. L'instrument possède une aiguille longue de 2,5 mètres qui tourne au-dessus de parterres de fleurs dessinant les chiffres. Grâce à des projecteurs, l'heure est visible de nuit. À partir de 23 h 36, heure locale, tandis que l'aiguille tourne à contresens horaire, un frémissement s'empare des fleurs. Elles entament alors leur transformation en magnolias bleus, l'ancêtre de toutes les fleurs, devenu au fil des ans l'un des symboles de la régression des espèces.
L'horloge fleurie régresse.

## Réactions à la vidéo de Genève sur un forum

Glaçant, le truc, ça rappelle de douloureux souvenirs...
***Savetheplanet***

Yep, la deuxième pandémie et la vitesse folle avec laquelle le virus métamorphosait les organismes.
***Gomphotherium***

Sauf que, là, la vidéo est diffusée en accéléré. En réalité, ça a pris cinq heures. C'est tout le contraire

d'avant. Le virus était une Ferrari. Ce qui arrive
aujourd'hui, c'est plutôt du genre vieille 2CV qui se
traîne (pour ceux qui connaissent).
***misspandemia***

Peut-être, mais ça fait flipper quand même.
Je vous préviens : si on se retape
une troisième pandémie, j'émigre sur Mars.
***Savetheplanet***

Et ça s'appelle Savetheplanet...
***Gomphotherium***

Je suis sérieux, il faut peut-être se préparer à ça si
les régressions s'enchaînent comme des vagues.
***Savetheplanet***

Tu préfères une place côté hublot ou couloir ?...
Arrête ton char, Save, ce qui arrive
n'a rien à voir avec les pandémies.
***Gomphotherium***

Ah oui ? Et comment tu appelles
ce qui se passe depuis hier ?
***Savetheplanet***

Un phénomène inexpliqué par moi,
mais certainement compréhensible par un physicien.
Il y a un physicien par ici qui pourrait
nous éclairer de ses lumières ?
***Gomphotherium***

Personne ?
***Gomphotherium***

Vraiment, personne n'a d'hypothèse ?
***Gomphotherium***

Mon hypothèse : tout ça est parfaitement relié
à la régression. Quelques liens pour le prouver :
https://au_costarica_découverte_d_une_espèce_de_
serpents_a_pattes
https://australie_les_kangourous_remontent_dans_
les_arbres_un
_million_d_années_après_en_être_descendus
https://a_madagascar_un_adolescent_trouve_un_phasme
_préhistorique_dans_la_jungle_et_devient_une_star_
des_réseaux
***Winteriscoming***

Ce sont des résurgences locales du Kruger,
sombre idiot(e).
***Gomphotherium***

Si tu avais ouvert le dernier article, tu aurais lu
la citation surlignée d'un biologiste que le journaliste
a interviewé : « Malgré nos efforts, nous n'avons pu
identifier sur l'animal ni dans son environnement
aucun virus régressif, aucun variant du Kruger.
C'est un vrai mystère. »
***Winteriscoming***

Hé, les gars ! À quel moment l'un de vous va citer
Tahiti ? Environ cinq cents personnes qui ont sombré
d'un coup dans le coma. Vous avez oublié ?
On parle d'hibernation.
***ApocalypTIC***

Bien vu, le pseudo. De circonstance.
***misspandemia***

D'hibernation ? Tu as trop vu de documentaires
animaliers. Depuis quand l'homme
est capable d'hiberner ?
***Savetheplanet***

Depuis les périodes glaciaires.
***ApocalypTIC***

On n'est pas dans *L'Âge de glace*. Ici, on parle de vérité scientifique. Les amateurs de dessins animés sont priés d'aller sur les forums dédiés.
***Winteriscoming***

Les hommes auraient traversé les hivers superrudes des époques glaciaires en hibernant.
***ApocalypTIC***

C'est juste une hypothèse ! Ça n'a jamais été démontré.
***Savetheplanet***

Tahiti est justement la démonstration que les scientifiques attendaient. Pour info, les agences spatiales pensent très sérieusement à utiliser l'hibernation pour faciliter les longs voyages. L'Agence spatiale européenne espère un jour pouvoir provoquer artificiellement un véritable état d'hibernation chez des humains. « Il n'y a pas de contre-indication pour induire un état d'hibernation chez l'homme », a déclaré un scientifique qui travaille sur ces recherches.
***ApocalypTIC***

C'est vrai. J'ai lu que la Nasa travaillait déjà avec une société pour mettre au point des capsules qui abaisseraient de plusieurs degrés la température corporelle des astronautes. C'est une technique déjà utilisée dans les hôpitaux pour limiter les effets d'un arrêt cardiaque.
***Gomphotherium***

Et les *erectus* ? Qu'est-ce qui va leur arriver ? Vous pensez qu'ils peuvent subir le même phénomène qu'à Tahiti ?

S'ils se mettent à hiberner, ce n'est pas moi qui vais m'en plaindre. Réveil de gènes ancestraux = régression pour tous, y compris *erectus*.
***Savetheplanet***

*Bullshit*. Les *Homo erectus* n'ont pas connu les périodes glaciaires. Ils n'ont rien à craindre. Là, tu ne pourras pas me contredire, Save.
***Winteriscoming***

Tu ne réponds pas, Save ?
Tu te prosternes devant la vérité, c'est bien.
***Winteriscoming***

Save ?
***Winteriscoming***

*Savetheplanet* se nommait en réalité Franck Juglar et habitait une bourgade située près de Bordeaux. Plus amateur de fossiles que de vin, il avait traversé les pandémies en collectionnant les articles de presse sur les espèces régressives qu'il conservait dans des grands classeurs alignés sur une étagère. Des copies d'ossements d'espèces régressives qu'il avait dégottés sur eBay encadraient la rangée.

Franck ne répondait pas aux sollicitations en ligne alors même qu'il se trouvait près de son ordinateur. Très près. Au point que sa tête effleurait le clavier, car il s'était avachi sur son bureau. Il avait rejoint les bras de Morphée pour une très longue embrassade. Le processus génétique d'hibernation qu'il avait contesté venait de s'enclencher en lui.

# – 7 –

## Costa Rica, hôpital de San José.

Dans le cabinet de radiologie, Lauryn examinait, consternée, les clichés en noir et blanc du squelette déformé de Kyle. C'était Anna qui lui avait conseillé de demander à un médecin de pratiquer cet examen. « Quelle utilité ? Il est juste endormi, non ? avait-elle objecté. – Oh ! juste une intuition », avait répliqué Anna, mystérieuse. Et Anna avait eu raison de se fier à son instinct. Là, à la base de la première vertèbre, cette forme allongée : c'était le début d'une queue de singe que Lauryn avait le triste privilège d'être la première à contempler sur un « hibernant ».

— Et merde de merde !

Le juron lui échappa devant le docteur Jiménez.

— Désolée, dit-elle.

Le médecin plongea les mains dans sa blouse, tout aussi incrédule face aux radios.

— C'est à moi d'être désolé pour votre ami. Pensez-vous prévenir sa mère ou voulez-vous que je m'en charge ?

— Je vais m'en charger, merci.

Le médecin estima superflu d'expliquer les conséquences de cette excroissance visible sur les radios. Les images parlaient d'elles-mêmes. Elles fendaient le cœur de Lauryn. Des années plus tard, elle se retrouvait dans la situation d'Anna : l'homme qu'elle aimait partait pour un voyage sans retour. Percevant son trouble, le docteur posa une main amicale sur son épaule.

— J'ai remarqué d'autres signes de régression sur Kyle, mais vous savez quoi ? On en parlera plus tard.

— Non, je veux affronter la vérité maintenant.

— Je vous parle en tant que médecin. Ce qui se passe en ce moment nous accable tous. Nous avons besoin de nous économiser et de nous ressourcer si nous espérons traverser cette crise. Allez prendre un café et on reprendra ensuite cette conversation. OK ?

Lauryn, pour une fois, musela la voix intérieure qui l'encourageait à traiter les problèmes dès qu'ils se présentaient à elle. Obéissant à la recommandation du docteur Jiménez, elle alla s'acheter un Coca zero dans la salle d'attente, puis regagna la chambre de Kyle. Un rideau séparant l'espace en deux avait permis d'accueillir un autre patient. Des éclats de voix perçaient à travers le tissu.

Possédant suffisamment l'espagnol, Lauryn saisissait des bribes de la malheureuse histoire. Une femme nommée Maria avait sombré dans la torpeur alors qu'elle était enceinte de huit mois. Son mari s'acharnait à convaincre le personnel médical de faire naître son enfant par césarienne. Il ne cessait de répéter :

— *¡El niño es normal, y está vivo !*

« L'enfant est normal, et il est vivant ! »

Heureusement, une lueur brillait au milieu des ténèbres : la guérison d'Anna. La savoir miraculeusement sortie d'affaire soulageait un peu la peine de Lauryn. Le traitement surprise dont elle avait bénéficié avait fonctionné à merveille sur elle. Lauryn ignorait les détails, elle savait juste qu'il était l'œuvre de Futurabio, l'entreprise qu'elle avait tant détestée. Évidemment, cet acte d'altruisme soulevait des questions ; elle soupçonnait qu'il cachait un douteux échange de bons procédés. Une société capitaliste offrant gracieusement ses services ? Ben voyons… On peut toujours rêver.

Quoi qu'il en soit, Anna resplendissait. Ce constat réjouissait Lauryn, en même temps qu'il l'irritait : pourquoi l'entreprise, qui disposait d'une telle réserve de fonds et d'une si importante puissance de frappe en matière de recherche, ne mettait-elle pas ses ressources au service du développement d'un antidote ? Anna lui avait assuré qu'ils y travaillaient, mais avait bizarrement noyé le poisson quand Lauryn avait voulu approfondir le sujet. Celle-ci sentait qu'il se passait des choses bizarres là-bas, sur cette île de Méditerranée où Lucas et Alice s'étaient réfugiés. Ils la tenaient à l'écart et, sans vouloir l'admettre, elle en était vexée.

Sur son lit d'hôpital, Kyle présentait encore des traits humains, mais elle savait que le processus irréversible était lancé. Comme prévu, Lauryn installa son téléphone sur la tablette servant aux repas et lança un FaceTime avec Anna. Quand l'image de la paléontologue apparut, elle lui annonça tout de go :

— Tu avais raison, le squelette de Kyle est en train de changer.

Elle lui fit une rapide description des radios, tout en précisant que le docteur Jiménez avait réalisé d'autres découvertes qu'il ne tarderait pas à lui révéler.

— Une idée de ce qu'il pourrait avoir en tête, Anna ?

— Je ne sais pas si c'est le moment que tu te préoccupes de ça.

— Ça, c'est mon problème ! Je t'écoute.

— Eh bien, plusieurs indices ont pu le guider. S'il ne faut en citer qu'un, je dirais le muscle long palmaire.

— Le quoi ?

— Prends l'une des mains de Kyle, veux-tu ?

Lauryn déplaça la caméra pour embrasser le haut du corps du jeune homme.

— Ça y est.

— OK. Mets-la maintenant à plat, paume vers le haut, oui, comme ça, très bien. Et plie son pouce et son auriculaire pour qu'ils se touchent, comme les gens qui pratiquent la méditation. À présent, regarde son poignet. Est-ce que tu vois un muscle se tendre ?

— Oui, une grosse boursouflure enfle dans la longueur du bras. Et alors ?

— La boursouflure en question aidait nos ancêtres arboricoles à se mouvoir dans les arbres. En fait, ce que tu vois est un tendon qui sert d'accroche à un muscle. C'est un vestige de notre ancienne vie de primate. Environ 85 % de la population humaine le possède encore, même s'il n'est plus d'aucune utilité. Il ne sert tellement à rien qu'on le prélève pour procéder à de la chirurgie réparatrice, afin de soigner des grands brûlés par exemple. Je me rappelle avoir demandé à Kyle de faire ce geste, il y a longtemps, pour une expérience.

— Et le résultat ?

— Rien. Kyle faisait partie des 15 % de gens qui ne possèdent pas de muscle long palmaire.

— Donc s'il l'a aujourd'hui, c'est que…

— J'en ai bien peur.

Le silence s'éternisa, rompu par Lauryn :

— Comment as-tu deviné, pour Kyle ?

— Je ne peux pas tout te dire, simplement j'ai eu récemment l'occasion d'observer les effets de l'inversion temporelle sur un individu. Et j'avais devant moi une…

Anna hésita.

— … forme humaine très primitive.

— Simiesque ?

— Oui. Je crains que l'inversion du temps soit en train de s'accélérer et de contredire toutes nos prévisions. Nous nous attendions à ce que les victimes de l'hibernation forcée subissent d'autres dégâts génétiques, mais pas si vite.

— Donc Kyle va se transformer en singe ?

— Pas en singe.

— C'est pareil.

— Je ne vais pas te mentir, dit Anna, l'air grave. Je pense effectivement qu'il prend cette voie.

— Quelle espèce ?

— Quelle différence ça fait ?

— Quelle espèce ? répéta Lauryn fermement.

— Écoute, je suis passée par la même étape que toi. Quoi que je dise, rien n'atténuera ta douleur. Je suis désolée.

— Tu es la deuxième personne à être désolée pour moi aujourd'hui, mais vous savez quoi ? Je n'en ai rien à foutre, de votre compassion !

À peine ces mots étaient-ils sortis de sa bouche que Lauryn baissa la tête, les larmes aux yeux. *Pourquoi ça m'arrive à moi ? Je ne suis pas taillée pour ça !* Elle se sentait oppressée, comme si les murs de la pièce se rapprochaient.

Nous avons peut-être une solution.

Repliée sur son monde intérieur, Lauryn n'était pas sûre d'avoir bien entendu.

— Tu peux répéter, s'il te plaît ?

— Je n'ai rien dit, répliqua Anna.

C'est moi qui ai parlé.

Un SMS venant d'un destinataire inconnu s'était affiché sur l'écran. Intriguée, Lauryn dit à Anna qu'elle la rappellerait et relut le message.

C'est moi qui ai parlé.

Incohérent, mais coïncidence amusante, comme si on avait répondu à sa question. Elle pianota sur le clavier :

Erreur destinataire.

Immédiatement l'appareil vibra.

Pas d'erreur, Lauryn.

C ki ?

La réponse fut plus longue à venir.

Celui qui changeait les chaînes qd tu te passionnais pour les reportages sur les premières espèces régressives.

Lauryn traversait une grave dépression à l'époque. Elle hibernait à sa façon : elle passait ses journées dans le canapé à regarder la télé, l'encéphalogramme plat, sans désir ni futur.

En dehors de mon père et de ma nounou, je vois pas. Et à part ça ?

Qq qui est fier et ému de voir sa fille prendre soin des autres.

Pas lol, oublie mon père, OK ? Sinon je te mute. Pour de vrai, c ki ? Ça commence à m'agacer.

Tourne-toi vers la porte.

Quand elle aperçut son père sur le seuil, elle eut l'impression que son cœur cessait de battre.

— Bonjour, Lauryn.

Elle crut défaillir. Elle resta bouche bée, avec l'impression de rêver.

— Il y a des choses que je dois t'expliquer. Tu n'as pas à t'inquiéter pour Kyle, nous avons une solution.

Déclaration de pathologie du docteur Jiménez, hôpital Guápiles de San José, Costa Rica.
Destinataire : OMS.
Objet de la note : observation d'une superrégression.

Le patient dénommé Kyle Abiker, de nationalité sud-africaine, a été reçu dans mon service il y a deux jours. Il a été hospitalisé pour perte de conscience sans réveil. Après examens divers, il s'est avéré que le jeune homme, âgé de 23 ans, est l'une des premières victimes de la nouvelle épidémie qui frappe le monde, appelée par certains « maladie d'hibernation ».
Bien que ses symptômes ne diffèrent pas de ceux de tous les autres du même type que nous avons collectés depuis, notre attention s'est portée sur ce patient, car son état peut révéler l'évolution future des autres malades. Nous lui avons fait passer une batterie de tests. Si la plupart n'ont apporté aucune nouvelle information, la radiographie de son dos montre cependant une anomalie : la colonne vertébrale se termine par un coccyx anormalement allongé de plus de deux centimètres.
Comme vous le savez, le coccyx est un vestige de notre vie arboricole. C'est simplement la trace de la queue que nos ancêtres possédaient il y a des millions d'années. Nous partageons ce détail anatomique avec les primates de l'ancien monde : gorilles, chimpanzés, gibbons. Il y a plusieurs millions d'années, l'ADN de l'un de

nos ancêtres a muté, et il a perdu ce détail anatomique. Il semble que nous fassions à présent machine arrière. À nos yeux, la découverte de ce coccyx allongé chez ce patient est un signe clair que la régression a redémarré. Cette excroissance n'est pas l'unique trait anatomique qui renvoie à notre passé en tant qu'espèce. Nous avons également décelé un gonflement de ce qui est couramment appelé la troisième paupière, autrement dit le tissu rose que nous possédons tous au coin des yeux. Ce tissu est le reliquat d'une membrane nommée « membrane nictitante » dans le jargon médical. Elle est équivalente à celle qui se déplace horizontalement chez les chats ou les aigles, chez lesquels elle sert à protéger le globe oculaire en agissant comme un essuie-glace. On ignore à quoi elle servait véritablement chez nos lointains ancêtres primates. Chez notre patient, on constate clairement une réapparition de cette caractéristique.
Nous devons nous attendre à ce que toutes les personnes « hibernantes » suivent, hélas ! ce chemin. À ce qu'elles empruntent la voie d'une régression encore plus prononcée que lors des deux premières pandémies.
En un mot, une SUPERRÉGRESSION.
Il semble que le phénomène physique exerçant son influence sur la biologie humaine ait subi un coup d'accélérateur.
À présent, la question est : après avoir frôlé le retour au stade *Homo erectus*, jusqu'où, d'un point de vue évolutif, l'humanité va-t-elle descendre ? Nous ne le savons pas. En revanche, une chose est certaine : l'espèce humaine telle que nous la connaissons ne sera bientôt plus qu'un mannequin de cire dans les musées de paléontologie humaine aux côtés d'*Homo erectus* et d'*Homo habilis*.

# – 8 –

**Panama.**

En se dirigeant vers le bureau du docteur Antonio Montoya, à l'hôpital Santo Tomás, Stephen Gordon avait l'impression d'assembler un puzzle dont il manquait des pièces. Il avait prétexté aller voir sa fille au Costa Rica pour quitter l'île de Montecristo. Josia Meyer avait même mis à sa disposition le Gulfstream de la firme. Les hautes tours de la ville de Panama semblaient tenir debout par miracle au regard des nombreux séismes qui avaient secoué le pays.

L'inscription tracée au pied de l'enfant sauvage à l'abbaye, « Cygne noir », Gordon savait à quoi elle se référait. Il avait eu un choc en l'entendant. Ce nom réveillait de vieux souvenirs datant de sa vie antérieure, quand il dirigeait le service des maladies transmissibles à l'OMS. À ces deux mots était associée une énigme.

Une fois la responsabilité de Futurabio dans la pandémie Kruger démontrée, le laboratoire en Afrique du Sud d'où le virus avait jailli avait été passé au peigne fin par ses hommes accompagnés de policiers. On avait confisqué et analysé quasiment tout le matériel de laboratoire, tubes à essai et disques durs, à la recherche de la moindre information utile au développement d'un vaccin. Or l'un des fichiers informatiques s'était révélé codé, ce qui évidemment avait attisé leur curiosité. Une fois décrypté par des experts en sécurité informatique, le contenu avait suscité davantage de questions qu'il n'avait apporté de réponses.

Il s'agissait d'un fichier texte intitulé *Cygnes noirs* et comportant une liste de noms. Qui étaient ces personnes ? Et pourquoi leurs identités figuraient-elles dans un document de Futurabio ? Mystère. À l'époque, faute d'explication plus satisfaisante, il en avait conclu qu'il s'agissait de médecins avec lesquels la société espérait travailler.

En effet, tous, sur cette liste, n'étaient pas pour lui des inconnus. Le nom d'Antonio Montoya se trouvait en huitième place. Les choses prenaient une tout autre tournure maintenant que l'expression « Cygne noir » avait été écrite au pied d'un *erectus*.

Alors qu'il frappait à la porte de Montoya, Gordon eut une pensée pour sa fille, espérant que leur rencontre ne l'avait pas trop déstabilisée. Ils s'étaient peu parlé, n'en avaient jamais eu l'habitude, et dix ans d'absence ne se comblaient pas d'un claquement de doigts. Il avait bien senti qu'elle retenait une pluie de reproches (« Comment as-tu pu me faire ça, ne pas venir me voir immédiatement, dès que tu es redevenu toi-même ? »), pourtant elle avait curieusement muselé sa colère. Peut-être pour la déverser à un moment plus opportun. Quoi qu'il en soit, il avait profité de chaque seconde de ces retrouvailles.

Montoya discutait au téléphone quand il entra. L'infectiologue avait à peine pris une ride depuis leur rencontre dix ans auparavant. Tout en continuant sa conversation, il jeta un coup d'œil perplexe à Gordon, du genre : « Je vous ai déjà vu quelque part, mais où ? » Son visage passa par toutes les couleurs quand enfin il reconnut son visiteur.

— Je dois vous laisser, dit-il à son interlocuteur avant de raccrocher, l'incrédulité toujours peinte sur ses traits. Stephen Gordon ! Je croyais que…

— Vous croyiez bien. La médecine accomplit des miracles, parfois.

C'était une référence à peine voilée aux activités précédentes de Montoya, quand il écumait l'Afrique à la recherche de guérisons spontanées. L'un des cas qu'il avait étudiés était si surprenant qu'il l'avait rendu mondialement célèbre dans la communauté médicale. Au Nigeria, Montoya avait rencontré un homme souffrant depuis la naissance d'un dérèglement du système immunitaire qui l'empêchait de produire toutes les cellules jouant un rôle dans la défense du corps contre les agents externes. Le malade vivait un enfer : la moindre infection en apparence anodine était susceptible de l'expédier à la morgue. Et puis soudain, à ses 37 ans, ses paramètres biologiques s'étaient corrigés sans raison apparente. Son taux de lymphocytes, les soldats du système immunitaire, était remonté jusqu'à atteindre une valeur normale. Les médecins étaient restés sans voix devant ce rétablissement miraculeux. Un prêtre s'était même rendu à l'hôpital. Malheureusement pour lui, l'homme était viscéralement anticlérical.

Pourquoi son organisme s'était-il spontanément remis à fonctionner normalement ? L'explication tenait en un mot, un mot aux consonances terrifiantes depuis les abominations d'Hiroshima et de Nagasaki : mutation.

Une mutation consiste en un petit changement dans l'ADN d'une cellule, un basculement d'une lettre vers une autre dans son programme génétique. Souvent, les mutations engendrent des cancers, or chez cet individu, la mutation avait eu une action positive : elle avait réparé l'erreur qu'il portait depuis la naissance. À la suite des articles qu'il avait écrits sur le sujet, Montoya était devenu le spécialiste mondial des mutations bénéfiques.

À l'époque, Montoya trouvait grâce aux yeux de Gordon car il incarnait une médecine qui n'hésitait pas à salir ses semelles et à se couvrir de poussière. Autre facette de Montoya, moins reluisante : il conviait la presse à ses découvertes et imposait les flashes des photographes à ceux qu'il nommait ses patients. La rumeur courait que sa quête de miraculés ne se faisait pas uniquement au bénéfice de la science et qu'il travaillait en sous-main pour le Vatican. De son côté, Gordon soupçonnait Montoya d'avoir répandu ce bruit pour se faire mousser.

— Mais comment est-ce que…

— Disons que j'ai bénéficié d'un coup de pouce d'une société que vous connaissez bien.

À l'instant où il terminait sa phrase, Gordon se morigéna. *Tout doux, si tu manifestes de l'hostilité d'emblée, il y a peu de chances qu'il se confie.*

— Ah oui, laquelle ?

— Celle dans les magouilles desquelles vous avez trempé. Faut-il que je sois plus clair ?

Les sourcils broussailleux de Montoya se froncèrent.

— Futurabio… Vous faites allusion à notre vieux contentieux, j'imagine ? Vous exhumez des souvenirs vieux comme Mathusalem, dites-moi ! Je ne sais quelle question vous poser : votre retour à l'humanité signifie-t-il que Futurabio a découvert un antidote au Kruger ? Ou bien vous a-t-il perturbé au point que vous veniez me déranger avec cette vieille histoire ? Vous avez conscience, Gordon, que mon pays est à feu et à sang ?

— Pourquoi votre nom figure-t-il sur une liste des Cygnes noirs ?

Montoya arbora un large sourire. S'amusait-il de la situation ou essayait-il de ne pas perdre la face ? Il alla donner un tour de clé à la porte, ce qui fit pencher Gordon pour la seconde hypothèse.

— Que savez-vous sur eux ?

— Je pense que des individus ont ressuscité l'ordre des Cygnes noirs, une organisation remontant au Moyen Âge. En revanche, s'ils cherchent des personnes hors norme, ce n'est plus pour les exterminer au nom de la lutte contre l'Antéchrist, mais pour s'approprier leurs dons extraordinaires. Vous êtes membre de cet ordre, voilà ce que je pense. Quand un être exceptionnel a été repéré, vous êtes chargé de l'étudier pour vérifier la réalité de sa singularité. À Futurabio, ensuite, d'exploiter vos découvertes.

— Vous avez beaucoup d'imagination, docteur Gordon. Peut-être votre survie dans un état second pendant des années n'y est-elle pas étrangère. Vous pensez vraiment que je m'abaisserais à collaborer avec Futurabio pour des raisons bassement matérielles ? Voyons, docteur Gordon, nous sommes médecins tous les deux ! Pardon : vous *étiez* médecin. Maintenant, comment doit-on vous qualifier ? À vous de me le dire, car je n'en ai pas la moindre idée. De mort-vivant ? Un peu trop culture populaire, non ?

— Vous voyez, le problème, avec les gens comme vous, c'est que vous attribuez trop d'importance aux symboles. Quand vous étiez en Nouvelle-Guinée, au chevet d'un malade en voie de rémission spontanée du sida, voici ce que les infirmières ont découvert un matin.

Gordon déposa sur son bureau une photo où apparaissait le lit du malade. Autour de chacun des quatre pieds était tracé de façon plus ou moins approximative le même dessin que celui découvert au Mont-Saint-Michel.

Montoya accusa le coup. La seconde d'après, il souriait.

— Vous vous trompez, Gordon, si vous pensez que notre ordre s'intéresse aux petits bobos. Le savoir est notre seul objectif. Et avec le savoir vient le pouvoir. Le garçon que vous détenez représente une menace.

— Je vois que les nouvelles vont vite. Qui vous a informé ? Mirna Kisinski ? Gloria Cruz ?

— Je vais répondre à votre question, mais je me rends compte que je suis impoli. J'ai devant moi un héros ressuscité et je ne lui souhaite même pas la bienvenue. Bonjour, Stephen, et heureux de vous revoir. Depuis combien de temps séjournez-vous dans mon cher pays meurtri ?

Gordon n'aimait pas le changement de ton, devenu mielleux, de son interlocuteur. Cependant, quand Montoya lui tendit une main, il la serra spontanément, de façon machinale.

— Asseyez-vous, je vous en prie. Je dois admettre être honoré par votre visite.

— Merci, mais je préfère rester debout.

*Vous pensez m'amadouer avec votre flagornerie, vraiment ?*

Puis une chose étrange se déroula. Quand Gordon voulut lâcher la main de Montoya, une force impérieuse prit le contrôle de son bras et, dans la foulée, il se retrouva assis sur une chaise. En un instant, d'un seul geste, le médecin l'avait transformé en marionnette placée sous ses ordres. Une chaleur émanait de leurs mains toujours jointes.

— Je lis la panique dans votre regard, Gordon. Bien que vous soyez en état de penser, vous n'êtes plus maître de vos mouvements, n'est-ce pas ? Mais abordez votre situation handicapante comme une expérience médicale, mon cher.

Gordon aurait voulu lui envoyer son poing en plein visage, pourtant il demeurait immobile, incapable de réagir. Montoya s'était branché directement sur son système nerveux ou quelque chose du genre. *C'est impensable, comment fait-il ça ?*

— C'est un peu comme si nos corps avaient fusionné. La médecine a encore tellement à apprendre des monstruosités de la nature… Que savez-vous exactement des Cygnes noirs, Gordon ? J'ai besoin de ces informations pour savoir si je dois vous épargner ou vous exécuter. Dans un hôpital envahi par les gens inconscients, qui s'étonnerait de vous voir vous effondrer dans mon bureau ? Alors, les Cygnes noirs ? Je vous écoute.

Gordon resta muet, arborant un air de défi.

— Vous résistez ? La démonstration que je viens de faire ne vous suffit pas ? Très bien, passons à la vitesse supérieure. En tant que médecin, vous allez être épaté, je vous assure.

Tout à coup, le cœur de Gordon s'emballa, dépassant allègrement les cent vingt pulsations par minute. Des courants électriques semblaient transiter par leurs mains unies. Gordon avait l'impression de courir un sprint, ses poumons peinaient à suivre la cadence. Il s'asphyxiait tout en restant assis. Un comble.

— Vous voyez comment un simple contact électrique entre nos peaux peut produire des merveilles ? Alors, vous vous montrez docile ?

Comme Gordon persistait à se taire, son bourreau lui fit expérimenter un arrêt du cœur. Une lance traversa la poitrine de Stephen, lui causant une douleur terrible, et sa bouche chercha en vain de l'oxygène. Montoya interrompit l'exercice de torture, laissant Gordon exténué et pantelant de peur.

— Je répète : les Cygnes noirs sont des êtres à part, aux facultés… hors du commun. Futurabio cherche… à s'approprier leurs dons. C'est vous qui lui avez fourni la liste. Comment… l'avez-vous obtenue ?

Chaque mot exigeait de Stephen un effort surhumain. Comme Montoya ne réagissait pas, il continua :

— Maintenant, je comprends mieux… pourquoi votre propre nom figurait sur… cette liste. Vous êtes… un monstre.

— Un monstre ? Je m'attendais à un peu de curiosité de la part d'un médecin. J'aurais bien effacé mon nom, mais je ne suis pas l'auteur de cette liste, voyez-vous, bien que je sois fier d'en faire partie. Je ne suis qu'un modeste contributeur, qui considère que la chasse à ces individus devrait être notre objectif numéro un à tous. Tous les Cygnes noirs ont été considérés comme la lie de l'humanité, alors qu'ils sont en réalité son avenir. Pendant longtemps, nous avons cherché les remèdes aux maladies dans la nature, dans la flore, alors qu'il suffisait de nous regarder dans un miroir. Croyez-moi, si vous pensez connaître les Cygnes noirs, vous n'avez fait qu'effleurer leur réalité.

— Vous délirez… Pourquoi cette liste était-elle… sur le disque dur de Futurabio ?

— Qu'est-ce qui vous laisse à penser que j'ai la réponse ?

— Parce que cette liste… est aussi sur votre ordinateur.

Montoya blêmit.

Lauryn, aidée de certains de ses copains naviguant dans les eaux troubles du *darkweb*, avait permis à Gordon de pénétrer dans l'ordinateur du médecin. Ils avaient identifié un fichier qui possédait un tatouage numérique (une sorte de signature dont le principe lui échappait) identique à celui découvert chez Futurabio.

— Avez-vous eu accès à la liste ? aboya Montoya.

L'état de Stephen se dégradait. Seuls des mots isolés se frayaient un chemin jusqu'à ses lèvres.

— Je ne vous le demanderai pas une seconde fois : avez-vous eu accès à la liste ?

*Pourquoi a-t-il si peur que je l'aie lue ?* Gordon songea que, pour la première fois, il avait peut-être pris l'ascendant sur son adversaire. Il y alla au bluff.

— Oui.

— Alors, vous savez ?

— Oui.

Montoya paraissait extrêmement troublé.

— Comment avez-vous fait pour ouvrir le fichier sans mon empreinte ? Enfin, peu importe ! Puisque vous y avez eu accès, vous savez que je ne peux pas vous laisser repartir…

Le pouls de Stephen s'emballa de nouveau. Sentiment d'implosion interne. Ses paupières se fermèrent. Il perdit connaissance. Quand il les rouvrit, il était allongé par terre, la tête contre l'un des pieds du bureau. Montoya lui tenait toujours la main. Gordon comprit qu'il ne la lâcherait pas tant que le sang circulerait encore dans ses veines. On frappa à cet instant à la porte, et la poignée tourna.

— *Señor* Montoya ?

Le médecin tressaillit, se redressa à demi, lâchant par réflexe la main qu'il tenait.

— Je suis occupé, revenez plus tard.

— C'est au sujet du patient de la chambre 507. Sa femme voudrait l'emmener chez lui. Je lui ai dit que je vous en parlerai. Que dois-je…

— Faites-la patienter, j'arrive dans un instant.

Profitant de la distraction de Montoya, Gordon glissa la main dans la poche de sa veste et s'empara d'une seringue emplie de sang. Avec le peu de forces qu'il lui restait, il planta l'aiguille dans la partie du corps de Montoya la plus proche de lui, son mollet. Montoya poussa un cri étouffé en lui jetant un regard noir.

— Qu'est-ce que vous m'avez injecté ?

— Du sang d'un hibernant.

Celui de Kyle. Lauryn avait eu l'idée de s'en servir comme d'une arme.

— Il contient un cocktail de molécules que l'on trouve normalement dans le sang d'un ours hibernant et qui maintenant circule dans le sang d'une partie de la population. Dont le vôtre.

Une fois le processus lancé, la première molécule à agir était la mélatonine, l'hormone du sommeil. Et elle agissait rapidement.

— Il vous reste quelques minutes pour faire vos adieux, dit Gordon, entrecoupant ses mots de longues inspirations. Vous allez quitter la scène.

Se désintéressant de lui, Montoya retourna s'asseoir devant son ordinateur. Lorsque Gordon tenta maladroitement de se mettre sur pieds, il l'aperçut qui posait son index sur un petit boîtier – un lecteur d'empreintes digitales. D'énormes gouttes perlaient à son front.

— Si vous êtes en train d'effacer des données sensibles, vous perdez votre temps. Ma fille est calée en informatique et se fera un plaisir de les récupérer.

— J'aurais dû… me méfier.

Comprenant que Gordon avait raison, Montoya changea de stratégie. Il revint vers Stephen, qui chancelait encore, et lui saisit le poignet.

— La mélatonine n'aura qu'un effet temporaire sur moi. Je finirai par me réveiller, contrairement à vous. Je vais vous endormir à jamais.

Le cœur de Gordon s'emballa de nouveau. Mais avec moins de vigueur que la première fois.

La seconde d'après, un corps gisait dans le bureau. Montoya s'était écroulé d'un coup.

Quand Gordon fut remis, il lui fallut à peine deux minutes pour localiser sur le disque dur le fichier déverrouillé par Montoya.

Les noms, en latin, se comprenaient facilement. Il en recopia certains sur une feuille, puis envoya le fichier complet par Internet à sa propre messagerie. La liste adoptait un ordre chronologique décroissant, allant du présent au passé. À des noms célèbres se mêlaient ceux d'inconnus.

La liste débutait par Antonio Montoya et s'achevait par Jésus de Nazareth. Au milieu, Stephen identifia Louis Pasteur et Sigmund Freud. Il était sidéré. Les Cygnes noirs… Des personnes douées de talents hors norme ayant vécu au cours des deux derniers millénaires. Que la liste remonte aussi loin l'époustouflait. *De quand peut bien dater cette organisation ?*

Il quitta l'hôpital avec un seul nom en tête. Un nom qu'il n'aurait jamais pensé trouver. Et qui lui faisait froid dans le dos.

Josia Meyer.

Il devait absolument prévenir Lucas.

Dans la rue, il s'affaissa, la main plaquée sur sa poitrine.

## – 9 –

### Île de Montecristo.

Des doigts griffus surgirent entre les barreaux d'une grille de ventilation. Quand ils se resserrèrent comme une mâchoire, le métal plia aussi facilement que du plastique et même les rivets finirent par sauter. Le boyau avala la grille déformée et recracha un corps musculeux qui se coula au sol.

Wuan avait senti l'étranger dès son arrivée. « Sentir » traduisait mal la richesse de la perception qu'avait expérimentée l'*erectus*. Plus que son fumet terreux, c'était son odeur mentale qu'il avait flairée.

Il avait su immédiatement que le garçon se différenciait des autres humains. Il ne *sentait* pas comme les autres. Intrigué, il avait attendu la nuit dans un couloir d'aération. Au début, il avait cru qu'il ne parviendrait pas à s'y glisser, mais le conduit s'était avéré plus large que prévu. À l'abri dans sa cachette, il avait compris au filet d'air qui lui rafraîchissait le dos l'intérêt du dispositif.

Le garçon dormait de l'autre côté d'une porte. Wuan se posta devant elle et arracha le boîtier de commande, qui dégagea une volute de fumée. Au même moment un voyant rouge s'alluma sur la console du centre de sécurité, mais le garde se souciait trop d'augmenter le score de son équipe à un jeu vidéo pour y prêter attention. De toute façon, il ne se passait jamais rien de grave sur cette île.

Wuan avança à pas feutrés dans la cellule. L'aura négative qui émanait de la silhouette couchée sur la banquette l'incitait à la prudence. Il effleura sa chevelure du bout des doigts. Une ride se creusa entre ses arcades sourcilières. *Ce n'est pas un humain.* La réflexion naquit dans son esprit sans qu'il comprenne sur quelles réalités elle reposait. Il fronça les naseaux, frustré de ne pas comprendre ses propres impressions.

*Ce n'est pas un humain.* L'idée ne le quittait pas. Il promena son nez le long du jeune corps, déçu de constater que l'odeur qu'il exhalait ne l'aidait en rien à saisir la signification de son agitation intérieure. En remontant vers le visage, son regard plongea dans les deux yeux noisette de l'enfant, grands ouverts. Surpris, Wuan fit un bond en arrière.

Pourquoi le garçon s'était-il réveillé ? Wuan avait marché sur du velours en entrant. *Il est comme moi.* L'absurde conclusion s'inscrivit en lui. Il leva les paumes en signe de paix. *Je ne te veux pas de mal.*

— Tu es un humain, mais tu es comme moi, dit-il, avant de s'apercevoir que le prisonnier ne le comprenait pas.

*Tu es comme le guérisseur de mon clan. Tu peux soigner nos enfants.*

Il s'était contenté de parler avec le langage de la pensée. Si le garçon lui était semblable, il saurait le déchiffrer. Mais la peur avait envahi le petit et il s'était recroquevillé sur son matelas, les genoux remontés sous le menton.

*Tu vas venir avec moi, je n'ai pas d'autres solutions que toi.*

Wuan approcha, une main tendue en une pince menaçante. Il la referma avec force sur la nuque et sentit des cartilages bouger. *Je suis désolé si tu as mal, je n'ai pas le choix.*

Soudain, une force invisible tira Wuan vers le haut. Ses vertèbres craquèrent. Il se retrouva brièvement la joue collée au plafond, avant de retomber telle une pierre.

Confus, en proie à un profond désarroi, il chercha l'enfant du regard.

Il avait disparu.

Il venait de se débarrasser de lui avec une force inouïe. Pour la deuxième fois en peu de temps, Wuan faisait face à une chose qu'il ne comprenait pas.

Rien ici ne ressemblait à sa forêt et à l'abbaye, pas plus que les personnes de ce monde n'avaient l'air de moines, et ces différences accentuaient sa détresse.

Le petit garçon n'éprouvait que peur et confusion, deux émotions ancrées en lui depuis toujours. La faim et la fatigue allaient et venaient au gré des circonstances, oui. Mais aussi loin que son extraordinaire mémoire remontait, dans la forêt de chênes épaisse et sombre dans laquelle il avait grandi et appris à survivre, une petite voix l'avait toujours accompagné, lui murmurant : « Tu ferais mieux d'apprendre à courir vite si tu veux vivre. »

Certes, il était utile de pouvoir détaler à la vitesse du sanglier, mais ça l'était bien davantage de savoir reconnaître les champignons comestibles ou confectionner une fronde dans un roseau et à l'aide de résine de pin. Ces choses-là et une multitude d'autres, il les avait découvertes par lui-même. Apprendre était sa force. Le seul remède à la violence et l'instabilité qui dominaient son univers. Le seul antidote qui calmait ses angoisses.

Temporairement, il avait trouvé du réconfort auprès de la fille venue lui parler dans la pièce miroitant comme la surface de l'eau. Pour la première fois, il avait eu envie que la rencontre avec un humain dure. Évidemment, cela n'avait pas eu lieu. Car la fille était comme les autres : tous désiraient lui voler son bien.

La bête le convoitait aussi.

Le garçon percevait son aura à ses trousses. Il la sentait désespérée et en colère.

*Dangereuse.*

L'enfant déboucha dans le grand hall. Il se remémorait l'exact chemin que les hommes avaient suivi. Au-dessus d'une des portes figurait un dessin familier. Il représentait une météorite pareille à une comète avec sa chevelure lumineuse. C'était là.

À l'intérieur, il s'étonna de ne reconnaître qu'en partie les lieux. L'étrange machine dans laquelle il avait fait le voyage jusqu'ici n'était plus là. S'était-il trompé ? Il se trouvait dans une vaste salle circulaire où étaient exposées des météorites juchées sur des présentoirs. Une dizaine, toutes assez volumineuses. S'il avait su lire, l'enfant aurait pu déchiffrer les petits panneaux indiquant pour chacune d'entre elles le pays et la région où elles étaient tombées : Pologne (forêt de Białowieża), Algérie (Tassili), France (Bretagne), Italie (Rome), Nouvelle-Guinée, etc.

*Tu te souviens dans quel état tu étais en arrivant ? Encore plus faible que la fois où tu es tombé de la falaise et resté dix lunes agonisant au milieu des broussailles, croyant que c'était la fin.*

Il entendit du bruit derrière lui.

La bête arrivait.

Il avait eu la présence d'esprit de fermer la porte, mais ne disposait que d'une courte avance sur elle. Il fallait qu'il se dépêche. S'approchant d'une météorite, il posa une main dessus. Le contact froid et rugueux le réconforta, lui donnant l'impression de retrouver une vieille amie. Puis une onde de froid remonta le long de son bras. Et il se sentit comme aspiré.

Quand Wuan arriva un instant plus tard, il trouva une pièce vide.

# – 10 –

## Florence, 1490.

Rien n'annonça la catastrophe. La matinée était ensoleillée et le travail occupait tellement les habitants de la laborieuse Florence que peu d'entre eux remarquèrent le trait lumineux qui raya l'azur du ciel. Sur le Ponte Vecchio, où s'alignaient les échoppes de tanneurs et de bouchers, une jeune fille tira la manche de sa mère en s'exclamant :

— *Mamma, guarda !*

La lumière céleste devint plus vive, quasi aveuglante, tel un deuxième soleil.

La météorite heurta dans un fracas terrible le palazzo Medici Riccardi, un palais massif à la façade d'inspiration romaine, alors en construction. Les ouvriers qui jouaient aux funambules sur des échafaudages en bois moururent sur le coup, les corps ensevelis sous une montagne de gravats. Quand la rue retrouva son calme, une forme préhistorique jaillit du nuage de poussière toujours en suspension et poursuivit sa course, comme si rien ne s'était passé. L'enfant sauvage n'avait pas conscience d'avoir effectué un bond de plus de cinq siècles en arrière.

Haletant tel un loup en chasse, il s'engagea au milieu des étals bruyants de la piazza San Lorenzo. Autour de lui s'échangeaient aussi bien la soie que les denrées provenant de toute la Toscane, qu'achetait une foule bigarrée où se côtoyaient roturières aux robes fermées par un lacet et nobles drapés dans leurs habits de velours. Le garçon se frayait un chemin dans le dédale de fumets enivrants avec un sentiment d'irréalité. Partout où il regardait, rien ne lui était familier. Même l'odeur du crottin sur le sol lui était étrangère. Pire, les gens hurlaient à son passage sans qu'il comprenne pourquoi.

Il ignorait si son poursuivant le talonnait toujours. Dans le doute, il devait continuer à avancer. À un moment, il anticipa mal un virage et renversa une pyramide d'oranges qui s'éparpillèrent à terre. Le marchand éructa dans une langue qui ressemblait vaguement à celle dans laquelle les moines de l'abbaye psalmodiaient leurs prières. Se sentant fautif, il s'arrêta et chercha maladroitement à remettre les fruits en place. Son pied roula sur une orange et il tomba à la renverse dans une flaque boueuse. Dans sa précipitation, il se releva en s'agrippant à la bourse qui pendait à la taille d'un badaud.

— *Guardie, guardie !* s'écria une femme.

Combien de fois avait-il entendu cette intonation de voix quand il chapardait des œufs dans un poulailler ou des légumes dans un potager ? Une course-poursuite s'ensuivait dans la forêt. Jusqu'à sa mise aux fers à l'abbaye car l'Autre l'avait visité.

Alors qu'il s'évadait du marché par une travée bordée d'échoppes d'artisans, ferronniers et autres sculpteurs sur bois, il la sentait rôder autour de lui : une force sauvage et impérieuse, une matière noire opérant sur ses chairs, étendant son emprise jusque dans ses extrémités.

Il atteignit enfin le bord de la place et se faufila sous des arcades encombrées d'ordures. Il continuait de progresser sans savoir où aller.

*La pierre, je dois revenir à la pierre.*

C'était son unique salut. Mais plus il s'enfonçait dans les profondeurs de la ville, plus la perspective de la retrouver s'éloignait. Chaque immeuble lui paraissait semblable à son voisin, les odeurs s'entremêlaient. Dans l'univers riche des bois, tout était plus simple, il connaissait le tracé des coulées, les sentiers qu'empruntaient les animaux, il savait lire le balayage de la queue du renard, mille indices que la nature prodiguait.

En passant devant l'échoppe d'un verrier, il aperçut son reflet dans une baie chauffant au soleil et s'arrêta net.

L'Autre le toisait de l'autre côté du verre poli. Celui qui lui avait valu tous ses malheurs. Qui vivait tapi au fond de lui et se réveillait sans crier gare. La vile créature qui finissait toujours, à un moment ou un autre, par le dominer. Il ne pouvait pas lutter, n'en avait pas les moyens. Il aurait donné son bien le plus précieux pour le chasser : une mésange qu'il avait sculptée dans du bois de chêne durant de longues heures d'effort. Il caressait le rêve de redevenir maître de ses actes. Que l'Autre le laisse tranquille. Simplement.

Il perçut des cliquetis métalliques derrière lui et reprit sa course. Après une vingtaine de mètres, il déboucha sur une place agrémentée d'une fontaine. De l'autre côté, une troupe de soldats lui barrait le chemin. Il se figea pour réfléchir, se sentant pris au piège comme un renard. Il avait le choix entre affronter ces cinq gardes armés de lances ou les trois épées derrière lui.

Il s'était décidé pour le groupe d'en face quand un filet de chasse lui tomba dessus. Il se retrouva au sol, grogna, se débattit. En vain. La force brute ne lui servait à rien. Les gardes s'approchèrent de lui, une expression de dégoût sur le visage, puis l'un d'eux lui assena de sa lance un violent coup sur la tête.

Un voile noir lui tomba sur les yeux.

Il reprit conscience dans un endroit confiné, une geôle humide et sale. Cette fois, il était attaché, les quatre membres en étoile. Les cercles de fer qui maintenaient poignets et chevilles lui cisaillaient la peau. Il sentait le contact d'un mur froid et mouillé dans son dos. Une résolution, ferme et définitive, s'ancra en lui : plus jamais les hommes ne le mettraient en cage. Il se promit de tenir sa promesse, quoi qu'il lui en coûte, dût-il se couper un bras.

De l'autre côté de la grille, deux gardes l'observaient avec l'expression dédaigneuse qu'on arborait si souvent devant lui. Elle ne pouvait signifier qu'une chose : l'Autre était toujours là.

Cela ne l'étonna pas. D'ordinaire, il ne partait pas avant plusieurs jours. En attendant, impuissant, il était obligé de composer avec lui. Il entendit des bruits. Plusieurs rats jaillirent en file indienne d'un trou. Ils partirent dans plusieurs directions, en quête de nourriture. Avec horreur, il vit l'un d'entre eux s'approcher de lui et monter sur sa jambe velue. En se transformant en *erectus*, le garçon avait perdu ses vêtements.

Il haïssait les rats. Ils avaient fait de lui le monstre qu'il était devenu. Une nuit de blizzard, il avait trouvé refuge dans le grenier d'une ferme. Blotti entre deux bottes de paille, il avait cherché le sommeil. La morsure du froid l'avait maintenu éveillé, et quand, terrassé de fatigue, il avait fini par sombrer, il avait senti une vague douleur aux fesses. Le lendemain, un rat mort gisait sous lui, écrasé. La semaine suivante, l'Autre avait pris possession de lui pour la première fois.

Dans le clair-obscur de la prison, l'enfant distinguait mal la silhouette qui venait d'entrer. Un pourpoint de brocart, une cape rose jetée sur ses épaules, un béret enfoncé sur ses cheveux clairs bouclés et une longue barbe qui lui descendait au milieu de la poitrine. Une bourse emplie de pièces quitta sa taille et finit dans la main d'un geôlier.

— *Grazie signore*, fit le garde en s'inclinant.

— Fascinant, lâcha l'homme en s'avançant d'un pas dans la pénombre.

— Merveilleux, merveilleux, dit le second gardien. *E questo è per il signore.*

L'attitude et la voix révélaient de la déférence. Les gardes admiraient leur hôte, sans l'ombre d'un doute. Quelle était cette personne qui jouissait d'un tel prestige à leurs yeux ? Un instant, le petit prisonnier pensa que l'histoire se répétait une nouvelle fois, qu'on avait appelé un bourreau pour chasser l'Autre. Mais les intentions du nouveau venu étaient pacifiques, une petite voix en lui le lui assurait.

— *Signore* da Vinci, voulez-vous que je vous apporte de l'eau ou des fruits pendant que vous travaillez ? demanda un garde.

— Non, je veux la paix. J'ai besoin de silence pour peindre.

# – 11 –

## Île de Montecristo.

Josia Meyer avait été effondré en visionnant les images de la vidéosurveillance montrant l'enfant sauvage en train de disparaître. La journée virait au cauchemar. Le matin, les résultats négatifs de l'analyse génétique l'avaient plongé dans un état proche de la dépression ; il était comme assommé, incapable de faire fonctionner son cerveau – une machine de haute précision qu'il tenait pourtant en haute estime. Des milliards d'euros investis pour mettre la main sur ce gosse, pour quel résultat ? *Nada.*

Au fond, peu importait l'argent, il n'y avait jamais accordé d'importance ; c'était juste un moyen de réaliser de grandes choses, pas une fin en soi. Et que les actionnaires de Futurabio aillent au diable si jamais cette fortune finissait en fumée ! Tout ce qui comptait, et qui n'avait cessé de compter depuis l'aube de l'humanité et l'invention du premier outil, du premier silex taillé, se résumait à cette simple question : comment repousser les limites propres à notre espèce ? Nous n'avons pas d'ailes ? Inventons des avions. Nous voulons soulever des rochers de deux tonnes ? Construisons des grues.

Le garçon. Il possédait en lui le moyen d'outrepasser l'une de ces limites, Josia en était persuadé. Et il comptait bien ne pas s'avouer vaincu si facilement.

Mais voilà, le petit prisonnier s'était volatilisé, comme dans les tours de magie d'Houdini. Dans la seconde, des interférences avaient zébré l'écran de la caméra, puis un rideau noir était tombé. Les systèmes électroniques de la pièce avaient sauté.

Pis encore : ils ignoraient vers quel lieu et quelle époque il avait été emporté. Josia avait mis Mirna Kisinski sur la piste et lui avait fait comprendre qu'elle avait intérêt à lui fournir des résultats. En attendant, il espérait obtenir des réponses de la part de cet imbécile de Rajesh Khan assis en face de lui.

— Et vous n'aviez pas prévu qu'un humain puisse se faire avaler par une météorite ?

— Comment vouliez-vous que je le prévoie ? Que j'imagine même que c'était possible ?

— En faisant des expériences, par exemple. Vous êtes scientifique, non ?

— Je n'aime pas votre ton sarcastique, monsieur Meyer. Il est toujours facile de juger après coup.

— Avez-vous la moindre idée du coût de ce projet, monsieur Khan ? Je vous paye précisément pour envisager tous les effets possibles des météorites.

— Je me permets de vous rappeler que je suis physicien et que j'ai remporté plusieurs prix au cours de ma carrière. Je ne suis nullement qualifié pour étudier les conséquences de la matière météoritique sur le corps humain. J'ai construit Janus, pour le reste, adressez-vous à quelqu'un d'autre. Je ne suis pas responsable de tous les couacs qui surviennent sur l'île.

— Parce que vous appelez ça un couac ? À l'heure qu'il est, le gamin est peut-être déjà mort, tué par une armée de Huns ou dévoré par des lions des cavernes.

— L'expression « à l'heure qu'il est » n'a pas de sens quand on a la possibilité de visiter le passé.

— Ne jouez pas sur les mots. La trace de l'enfant est peut-être perdue à jamais. L'unique chance que nous avions de nous en sortir vient peut-être de nous filer entre les mains.

Meyer marqua une pause. Quand il releva la tête, il avait changé d'état d'esprit.

— J'ai été dur avec vous. Vous ne pouviez pas tout prévoir, je le reconnais. Je vous repose la question : comment l'enfant a-t-il pu se volatiliser ?

Hésitant, Khan se résolut à émettre une hypothèse.

— Selon moi, à partir du moment où une cellule vivante est contaminée par l'inversion temporelle, elle n'est plus totalement soumise aux règles qui régissent notre univers. En d'autres termes, plus clairs pour vous : tout se passe comme si l'univers parallèle que nous sommes en train de heurter contaminait les victimes de la régression.

— Si je comprends bien, votre univers parallèle…

— Ce n'est pas le mien.

— … est comme une maladie qui étend ses ramifications sur le nôtre.

— Vous m'avez parfaitement compris. Il ouvre les portes du tunnel temporel.

— Vous voulez dire qu'une personne régressive pourrait effectuer le voyage temporel sans monter à bord de Janus ? Vous vous rendez compte de ce que vous avancez ?

— Rassurez-vous, j'ai bien conscience de violer toutes les lois élaborées par mes collègues physiciens depuis cent ans. C'est néanmoins l'unique solution à l'énigme qui me paraisse plausible.

— Vous n'y allez pas avec le dos de la cuillère...

— Cette affirmation heurte le sens commun, certes. Or si l'étude de la physique quantique m'a appris quelque chose, c'est précisément de me méfier du sens commun. L'intuition est la pire des conseillères dans ce champ des sciences. Si je vous dis qu'un atome peut être en deux endroits en même temps et qu'une particule peut traverser un mur comme un fantôme, vous me traiterez de fou. Pourtant, voilà deux évidences que les étudiants découvrent à l'université.

Josia fit la moue, guère convaincu.

— Si vous voulez bien m'excuser, dit Rajesh Khan en se levant. Maintenant, je dois m'assurer que la panne électrique n'a pas endommagé Janus.

— Une dernière chose : est-il possible de savoir vers quelle époque le garçon est parti ?

— Est-ce que je peux savoir de quelle météorite il s'est approché ? La réponse est non. Le phénomène d'activation des pierres ne laisse aucune trace, donc il est impossible de savoir si une météorite vient d'être utilisée. Je suis désolé, termina-t-il, sincère.

Une fois seul, Meyer se trouva dans le même état de fureur que cinq minutes auparavant. Cet incident perturbait ses plans. Ce petit prétentieux de Khan avait raison, il aurait dû demander à Mirna d'effectuer davantage de tests. C'était elle qui chapeautait la partie biologie du projet, Stephen Gordon n'étant là que pour apporter son expertise sur la régression. Évidemment, ils disposaient des échantillons de sang prélevés sur le gosse et des quelques tests biologiques effectués sur lui, mais ils n'avaient pu en tirer aucune conclusion.

Une lumière s'alluma sur son téléphone fixe. La voix du responsable de la sécurité vibrait d'excitation.

— J'ai visionné l'ensemble des films de vidéosurveillance dans l'heure qui a précédé l'arrivée du garçon dans la salle de contrôle. Je me suis dit que peut-être il s'était passé…

— Épargnez-moi les détails. Venez-en aux faits.

— Eh bien, il semble qu'une créature se soit introduite dans la salle.

— Une « créature » ! Exprimez-vous comme tout le monde et dites « personne » !

— J'emploie le mot « créature » parce que l'intrus est un *erectus*.

— Vous plaisantez ?

— Pas du tout, monsieur. C'est sans doute lui que le détecteur de mouvements a perçu. Et ce n'est pas n'importe quel *erectus*. J'ai pu faire un zoom afin de voir si son numéro d'identification était lisible.

— Et ?

— Il s'agit de Wuan, celui qui a mené la rébellion il y a trois ans.

— Que fait-il sur mon île ?

— Je l'ignore, monsieur.

— Envoyez-moi la vidéo tout de suite.

Les images provenaient du couloir menant à la cellule du petit prisonnier. Dans une zone sombre se détachait une silhouette de taille moyenne. Soudain, elle entra dans le cône de lumière d'un plafonnier et devint parfaitement identifiable.

*Bon sang !* Tout en relançant une nouvelle fois la vidéo, Josia soupesait toutes les hypothèses. La plus plausible était que Wuan était venu sur l'île de Montecristo pour sauver son peuple de l'inversion temporelle. Comment avait-il pris connaissance de l'existence d'un labo de recherche secret sur le site ? Comment avait-il gagné l'île ? Mystère.

Meyer rappela immédiatement le QG de la sécurité.

— Où sont Anna Meunier et Lucas Carvalho ?

— Dans la salle de réunion, en train d'examiner les ossements, répondit l'homme après avoir consulté ses écrans.

— Très bien, ne les informez pas de l'intrusion. Je m'en charge.

Sitôt après avoir raccroché, il appuya d'un geste rageur sur une touche de l'ordinateur pour se repasser la vidéo de l'*erectus*.

*Quelqu'un d'autre que moi est sur la piste du garçon.* Il n'y avait pas une minute à perdre.

Meyer se savait dur et exigeant avec ses employés, mais il l'assumait. S'il les sélectionnait avec tant de soin et les payait grassement, il attendait en retour qu'ils se dévouent corps et âme à leur tâche. Il adhérait entièrement à la thèse selon laquelle les individus livrent le meilleur d'eux-mêmes en situation de stress, quand ils sont poussés à bout.

Au fond, les êtres humains n'étaient pas différents de l'axolotl, cette salamandre aux airs de Pokémon avec ses branchies externes en forme de fougère. Sa société avait mené d'intenses recherches sur cet l'animal, car il était doué de capacités de régénération incroyables : il pouvait, entre autres, faire repousser l'un de ses yeux ou son cerveau en cas de lésion – le sérum qui avait guéri Anna avait bénéficié de ces recherches. Pourtant, ce n'était pas pour ça que

Meyer aimait le citer en exemple. L'axolotl vivait dans les lacs d'altitude du Mexique, où il demeurait au stade larvaire ; mais il suffisait que le niveau d'eau baisse à la suite d'une sécheresse pour qu'il opère une transformation radicale, se muant en un animal terrestre qui assure sa survie en allant chercher sa nourriture sur les berges. Bousculez les hommes et eux aussi entameront leur mue : telle était la philosophie de Josia.

Et par homme, il entendait aussi enfant.

# – 12 –

Venise.

Extérieurement, les galeries de l'Académie, coincées entre une église et le Grand Canal, affichaient une relative modestie architecturale. Cette discrétion surprenait toujours les visiteurs venus y admirer certains des chefs-d'œuvre picturaux de la Renaissance et des siècles suivants. Mais la déception ne durait pas. Car franchir le hall, c'était pénétrer dans un lieu où des tableaux aux proportions gigantesques couvraient des pans de murs entiers. Le génie artistique de l'espèce humaine éclaboussait l'espace du sol au plafond.

Alors qu'elle pénétrait dans le bâtiment, Mirna Kisinski jetait des coups d'œil à son portable. *Oups, le pape n'y va pas avec le dos de la cuillère !* À l'écran, le souverain pontife s'exprimait depuis la place Saint-Pierre de Rome, où l'imminence de l'apocalypse avait réuni les fidèles venus écouter leur berger. Celui-ci avait un teint jaunâtre, presque cadavérique. Certes, les dirigeants de la foi catholique n'avaient jamais fait preuve d'une joie de vie exubérante, pourtant ce masque mortuaire n'allait pas manquer de faire jaser…

— L'inversion temporelle est en train de changer le passé, déclarait le pape devant la foule. Les documents historiques en possession du Vatican montrent que, au moment où je vous parle, le phénomène est en train d'altérer plusieurs périodes historiques. Un fléau nous frappe, nous et nos prédécesseurs. Vous tous réunis ici, fidèles parmi les fidèles, vous attendez que je vous encourage au seul remède possible : la prière. Or nos prières sont impuissantes. Je suis obligé de constater qu'elles n'ont pas réussi à sauver nos aïeux.

Mirna imaginait les réactions qui fleuriraient bientôt sur le Net, en réponse à cette déclaration :

Il faut excommunier le pape !
Il ne peut pas tenir de tels propos !
Dire que la prière est impuissante, quelle hérésie !

Mirna rempocha son téléphone, oubliant aussitôt Rome et le Vatican. Elle avait fait le voyage jusqu'à Venise pour vérifier de ses propres yeux si ce qu'elle avait lu sur le Net était vrai. Elle parcourut une longue allée, au bout de laquelle plusieurs personnes s'amassaient devant un espace délimité par une cordelette. L'attroupement lui bouchait la vue. Les flashes crépitaient devant le dessin universellement connu, tracé à l'encre sur une feuille de papier jauni.

Ici était exposé *L'Homme de Vitruve* de Léonard de Vinci. Sa volonté farouche d'associer arts et sciences l'avait poussé à représenter un homme parfaitement proportionné, jambes et bras écartés, à l'intérieur d'un cercle et d'un carré.

— Mon Dieu ! s'écria Mirna.

Les visiteurs devant elle s'étaient écartés et elle avait enfin pu s'approcher. L'œuvre avait changé. À la place de l'homme inscrit dans un cercle se tenait un préhistorique.

*L'Homme de Vitruve* s'était mué en *L'Erectus de Vitruve*.

Même si elle s'y était préparée, Mirna en eut le souffle coupé.

Elle prit une photo de l'œuvre revisitée de Vinci, puis rebroussa chemin. Ils savaient à présent à quelle époque l'enfant avait disparu : il avait refait surface à la Renaissance, au moment où Vinci réalisait ses études du corps humain. La coïncidence était stupéfiante. Un artiste amoureux de la nature comme lui avait dû être fasciné par la machinerie biologique du jeune *erectus*, ses jambes et son torse musculeux, sa mâchoire puissante.

*Quelle chance pour nous*, songea Mirna en retrouvant l'air iodé du Grand Canal. En même temps, la Renaissance avait été un tel vivier d'artistes et de polymathes animés par une curiosité infinie que l'enfant aurait de toute façon fini par se retrouver portraituré par l'un d'entre eux. Elle sortit son téléphone et pianota :

C'est bien l'enfant, il possède la cicatrice au bras droit. Envoie photo en haute résolution.

Un instant plus tard, la réponse de Josia arriva :

Parfait. Je fais préparer la machine pour le voyage.

À votre place, j'attendrais le retour de Gloria Cruz. Plus prudent, à mon avis.

Elle a trouvé quelque chose dans les archives du Vatican ?

Oui, mais je ne sais pas ce que c'est. Je vais la chercher.

Envoyez-moi les docs dès que vous les avez.

Une demi-heure plus tard, la voiture de Mirna s'arrêtait sur le tarmac de l'aéroport de Venise, devant l'hélicoptère aux couleurs de Futurabio. Les pales tournaient déjà dans un vacarme assourdissant. Une fois assise à l'avant, elle demanda au pilote de se tourner vers elle et d'enlever son casque. Il s'exécuta comme s'il répétait une scène déjà jouée. Elle braqua le faisceau d'une lampe-stylo sur les magnifiques yeux bleus de l'homme. Les pupilles se rétractèrent, signe que ses réflexes étaient fonctionnels. Parfait, aucun signe de torpeur. En cas de problème en plein vol, elle disposait en dernier recours d'une trousse de secours renfermant des seringues d'adrénaline.

— OK, beaux yeux, on attend notre passagère et on y va.

Même si le dessin de *L'Erectus de Vitruve* l'avait sidérée, elle demeurait circonspecte. Comment être certain que Léonard de Vinci avait bel et bien représenté l'enfant sauvage ? Ils ne pouvaient décemment se fier à une cicatrice représentée par un trait sur un dessin du XV$^{e}$ siècle. Elle espérait que Gloria aurait mieux que ce vague indice.

Impatient, Meyer était prêt à tenter le voyage. Heureusement qu'elle était là pour calmer ses ardeurs. Tout à coup, un doute la traversa sur la capacité de Josia à tenir son rôle jusqu'au bout. Les humains étaient par nature imprévisibles. Même quand vous vous piquiez de connaître quelqu'un, des zones d'ombre vous échappaient toujours. Elle avait été formée à bonne école avec Bill, son propre père, lui aussi biologiste. Sommité dans le milieu de la recherche, il avait réservé une surprise à Mirna et à sa mère le jour où on l'avait gratifié d'un prix pour l'ensemble de sa carrière. Ce jour-là, Mirna s'était découvert un demi-frère et une demi-sœur, âgés de 24 et 27 ans. Bill avait réussi à garder le secret sur sa double vie pendant trente ans. Sa mère et elle s'étaient senties trahies, salies.

Mirna attendit Cruz en surfant sur Internet. D'autres œuvres d'art avaient été touchées par la vague d'inversion temporelle qui déferlait sur le passé. L'épidémie d'œuvres d'art retouchées, commencée par *L'Homme de Vitruve*, avait atteint *La Naissance de Vénus*, le tableau de Botticelli où la déesse de l'Amour flotte sur la mer, debout sur un coquillage. Métamorphosée, Vénus arborait désormais des traits simiesques. Une toison touffue recouvrait sa peau ébène et une tignasse hirsute remplaçait sa flamboyante chevelure d'or. Le tableau avait déjà été rebaptisé *La Naissance d'Erectus*. Un *erectus* avait même réussi à se hisser jusqu'au plafond de la chapelle Sixtine et à se glisser parmi la foule de personnages peuplant la fresque de Michel-Ange.

L'histoire avait intégré des fragments de préhistoire.

Le ronronnement d'un hélicoptère l'arracha à ses pensées. Un plus petit appareil se posa à une cinquantaine de mètres. L'historienne Gloria Cruz en descendit et la rejoignit à bord.

— J'ai les preuves, annonça-t-elle dans le micro du casque, une fois assise sur la banquette arrière.

Elle tendit un dossier à Mirna tandis qu'ils décollaient. Il contenait des reproductions de pages de manuscrits anciens. Mirna reconnut des extraits de codex de la Renaissance.

— Je ne sais pas quels leviers vous avez fait jouer, mais j'ai été autorisée à consulter toutes les archives que je souhaitais. J'ai fini par mettre la main sur ce que nous cherchions dans un texte florentin du XV^e siècle. Il décrit l'émergence d'une épidémie étrange.

Mirna parcourut le document traduit que lui désignait Cruz :

> **Nous étions déjà parvenus en l'année 1406 de la féconde incarnation du Fils de Dieu, quand la cité de Florence, noble entre les plus fameuses d'Italie, fut en proie à l'épidémie déformante. Que l'animalie, comme on commençait de nommer cette singulière affection, fût l'œuvre des influences astrales ou le résultat de nos iniquités, et que Dieu, dans sa juste colère, l'eût précipitée sur les hommes en punition de nos crimes, toujours est-il que toute mesure de prévention s'avéra sans effet. Les agents spécialement préposés eurent beau nettoyer la ville des monceaux d'ordures, on eut beau interdire l'entrée de la cité à tout malade et multiplier les prescriptions d'hygiène, on eut beau recourir, et mille fois plutôt qu'une, aux suppliques et prières qui sont d'usage dans les processions, rien n'y fit. Dès les jours printaniers de l'année que j'ai dite, l'horrible fléau commença, de façon surprenante, à endormir les gens. Puis les hommes se transformèrent en singes.**

Sur une enluminure, un médecin au chevet d'un couple malade ouvrait les bras vers le ciel, consultant les astres. Alités, les époux montraient des traits simiesques.

— Bien joué, Gloria.

— Selon d'autres manuscrits, quand l'épidémie a commencé et que les médecins ont pris conscience de leur inutilité, les autorités de Florence ont fait tuer les premières victimes et ordonné qu'on les enterre.

Il y avait quelque chose de fascinant à observer l'histoire s'altérer en direct, comme s'il s'agissait d'une bande magnétique pouvant être réenregistrée à l'infini. C'était à la fois grisant et effrayant.

Le récit exhumé par Gloria n'éclairait cependant que partiellement la question qui l'intéressait : était-ce bien « leur » enfant qui apparaissait sur l'étude de Léonard de Vinci ?

Gloria avait accompli un travail de titan en seulement deux jours. Elle avait réuni de quoi remplir un petit classeur souple. Mirna se concentra et fit défiler les pages rapidement, en gardant le regard bien focalisé au centre de chaque feuillet. Quand elle eut fini, elle se tourna vers Gloria et demanda :

— L'animal qui a surgi en plein jour de marché, vous pensez qu'il peut s'agir de l'enfant ?

Gloria la dévisagea, sidérée.

— Ne me dites pas que vous venez de compulser l'intégralité du dossier ? J'ai eu l'impression que vous regardiez un de ces livres qui se transforment en dessin animé quand on fait défiler très vite les pages.

— J'ai un certain don pour la lecture rapide, c'est tout.

Cruz parut insatisfaite de sa réponse, mais, refusant de s'étendre sur ce sujet, Mirna lut à haute voix le passage en question :

**Comment a commencé l'épidémie d'animalie ? Un faisceau concordant de preuves pointe vers le marché du centre-ville. Un matin d'avril, un homme-animal, préfigurant ce qui adviendrait de nos citoyens, aurait**

**fait irruption parmi les étals, effrayant la population. Tout laisse à penser qu'en se frayant un chemin parmi les éventaires, l'être immonde a semé autour de lui les germes du mal. Le grand Leonardo da Vinci aurait recueilli la créature à l'anatomie fabuleuse et l'aurait fait porter à son atelier à fin d'étude.**

— J'ai consulté une carte de Florence, poursuivit Cruz. Le marché se tenait à deux rues de l'endroit où une météorite était tombée. C'est l'enfant, je n'ai aucun doute là-dessus. Néanmoins, il y a une chose que je ne comprends pas.

— Oui, quoi ?

— Si c'est lui, s'il a bien voyagé dans le temps, pourquoi n'avons-nous entendu parler de lui qu'à travers Léonard de Vinci ? Pourquoi n'a-t-il pas laissé de traces dans les manuels d'histoire ?

*Très bonne question*, songea Mirna en refermant le dossier.

## – 13 –

### Est du Pacifique.

En fin de matinée, le BIPM confirma l'information : l'inversion temporelle s'était bel et bien accélérée. Il publia un communiqué, dont l'intitulé au vocabulaire fleuri tranchait avec le style purement descriptif et technique employé ordinairement :

> **Nous n'en croyons pas nos yeux. Les secondes s'écoulent à présent 10,8978 fois plus vite à l'envers ! Putain ! C'est juste impensable.**

Cette familiarité traduisait la sidération partagée par tous les physiciens de l'institution.

Le Bureau international des poids et mesures et la chambre d'hôpital de Kyle n'étaient pas les seuls endroits où le phénomène sévissait. Au large du Costa Rica, un pêcheur du nom de Miguel Vargas l'apprit mortellement à ses dépens.

À 9 h 57 (plus personne ne savait très bien si on parlait de l'ancienne heure ou de la nouvelle), par une belle matinée chaude et humide, Miguel remonta dans son filet le premier signe que la planète avait entamé une course folle vers le passé : un requin préhistorique, qui s'agitait sur le plancher de son embarcation.

Miguel devait bientôt apprendre qu'il avait piégé un hélicoprion. *Hélico*, car le squale arborait une effrayante mâchoire inférieure en forme de scie circulaire. Une spirale de dents triangulaires et effilées qui naissait à la base de la gueule et se déroulait vers le bas en un tourbillon mortel. Oubliées, *Les Dents de la mer*, bienvenue à *La Scie de la mer* ! De dimension modeste, l'animal devait être jeune et Miguel le tua à la machette en évitant de penser à ses géniteurs, certainement effrayants.

N'ayant jamais rien vu de tel, il sortit son téléphone portable. Il accéda à un site Web qui recensait toutes les espèces régressives. Par chance, le poisson avait déjà été observé la veille en Australie, près de la Grande Barrière de corail, et donc référencé. Outre le nom du poisson, Miguel apprit d'autres informations qui le stupéfièrent.

Hélicoprion : poisson à squelette cartilagineux, comme tous les requins, affublé d'une étrange dentition. Date de la première apparition sur Terre : – 270 millions d'années, ce qui en fait le *recordman* de l'ancienneté, toutes espèces régressives confondues.

Miguel ne prêta pas attention à cette information, pourtant de la dynamite : cela signifiait que l'inversion du temps s'était drastiquement accélérée.

La description s'achevait par ces lignes :

L'hélicoprion mesure jusqu'à dix mètres et, malgré cette taille qui aurait dû en faire un chasseur solitaire comme le requin blanc, il traque ses proies en meute.

Quand Miguel leva les yeux de son téléphone, il eut des sueurs froides : des dizaines d'ailerons fendaient la surface de la mer.

Son bateau dépassait à peine les quatre mètres, et tout à coup il prit conscience de sa fragilité. Si ces requins s'intéressaient à lui, il ne donnait pas cher de sa peau. Qui sait comment se comportaient ces monstres marins ? Ils n'avaient aucune connaissance du monde moderne et pouvaient interpréter le ronronnement du moteur comme le bruit émis par un animal et la coque comme le fuselage de son corps.

La pêche était finie pour aujourd'hui ! Miguel démarra le moteur… et prit la mauvaise décision : il décida de rejoindre la terre la plus proche, la Isla del Coco, un paradis tropical à la forêt humide et aux eaux poissonneuses qui attiraient les plongeurs comme des aimants. L'île se trouvait à moins de dix kilomètres.

La Isla del Coco émergeait de l'océan au large du Costa Rica. Miguel était peut-être incollable sur l'univers maritime, en revanche son manque d'intérêt pour la géologie le fit débarquer sur une île d'origine volcanique au sable verdâtre issu de l'érosion de la lave, et aux falaises noyées sous la végétation et les cascades. L'île était une réserve naturelle. L'unique habitation était le chalet des gardiens du parc, perché sur une colline. Miguel pensait leur demander de le ramener sur le continent à bord de leur vedette, mais quand il atteignit le bâtiment, il trouva quatre corps couchés au sol, au milieu du mobilier en bambou. Il prenait le pouls de l'un d'entre eux quand les premières secousses firent vibrer les murs.

Miguel comprit que son havre allait se transformer en piège mortel. Les minutes qui suivirent s'emplirent des grondements du sol et du grincement des arbres qui ployaient comme sous un cyclone. L'île tout entière était secouée de tremblements. Alors qu'il descendait en courant vers la plage, ses pieds lui renvoyaient d'étranges sensations : il avait l'impression d'être dans un ascenseur en chute libre, nausées incluses, comme si l'île s'affaissait.

Miguel arriva trop tard sur la grève : le trait de côte avait reculé et son bateau mouillait à présent à cinquante mètres du rivage. Miguel écarquilla les yeux, incapable de croire ce qu'il voyait. Rejoindre à la nage le bateau était suicidaire. Paniqué, le cœur battant, il retourna au chalet.

Il voulut appeler les secours par la radio des gardes, mais le groupe électrogène qui l'alimentait avait été avalé par une fissure dans le sol. Il le voyait, un mètre plus bas, qui continuait de s'enfoncer, tandis que le sol s'abaissait. Le désespoir lui tomba dessus.

Quel mystérieux phénomène bousculait l'île ? En réalité, une force tellurique d'une incroyable énergie rejouait à l'envers la naissance de la Isla del Coco. Elle tirait l'île vers le bas pour l'enfouir dans les entrailles de la planète d'où elle avait jailli des millions d'années auparavant. Des pans entiers de montagne s'éboulaient, des torrents de boue emportaient les forêts, les eaux bouillonnaient.

Pourquoi la situation était-elle si catastrophique et spectaculaire, plus encore qu'ailleurs dans le monde ? Tout simplement parce que la Isla del Coco avait été enfantée par la rencontre de deux plaques tectoniques. Elle se situait pile sur les lèvres jointes des deux amantes, qui reprenaient à présent leur indépendance. Dans l'histoire de la Terre, il était arrivé que des îlots apparaissent ou disparaissent au cours d'une même semaine, au gré de déplacements en profondeur de la lave. Mais en dehors de la légendaire Atlantide, jamais une terre de cette taille n'avait été engloutie.

Lézards, cochons sauvages, chats et cerfs, introduits sur l'île par l'homme, se jetaient à l'eau pour fuir à la nage. À cette débandade générale se joignaient les oiseaux qui gambadaient frénétiquement en s'égosillant, tels des canards après qu'on leur avait coupé la tête. Ayant tous régressés au stade de petits dinosaures à plumes archaïques, ils avaient perdu leur aptitude au vol.

Deux heures suffirent pour transformer l'ancien Éden en géhenne, pour rayer de la carte un territoire autrefois prospère et calme. Contrairement aux bêtes, Miguel recula l'échéance. Il grimpa sur le point culminant, un pic rocheux.

Dernier des habitants de la Isla del Coco à se retrouver à l'eau, il fut le dernier à contempler le banc d'hélicoprions s'en donner à cœur joie, profitant de cette manne qui leur tombait presque littéralement du ciel. Dans un ballet chaotique de nageoires, le massacre couvrait la mer de sang.

Miguel enviait le sort des gardes quand une scie circulaire s'abattit sur lui.

Les conséquences géologiques de l'inversion se propagèrent à travers tout le globe.

À 11 h 27 UT, le Vésuve, qui sommeillait depuis sa dernière éruption, en 1944, déchaîna sa colère. Sa lave incandescente roula jusqu'à la baie de Naples. La mer se mua en un gigantesque bouillon où cuirent poulpes et anguilles régressives.

À 13 h 03, dans le sud-ouest de l'océan Pacifique, le volcan Hunga Tonga, longtemps resté sous-marin, libéra l'énergie de l'inversion temporelle sous la forme d'un panache de fumée et de cendres atteignant la haute atmosphère. Le bang éruptif fut perçu dans un rayon de cinq cents kilomètres.

À 15 h 33, le dernier avatar de l'inversion s'incarna dans le piton des Neiges, à La Réunion. Sur l'île, une église baptisée fort à propos Notre-Dame-des-Laves avait survécu à de nombreuses éruptions précédentes. En cinq heures, elle fut ensevelie sous un mètre de basalte, en même temps que tout le quart sud-est du territoire. Quand un surfeur imprudent chevaucha cet après-midi-là la vague mondialement connue qui déferlait sur la côte ouest, il fut mordu à la jambe par un hélicoprion. À voir ce qui se passait à la Isla del Coco et à La Réunion, les requins avaient été supplantés dans leur rôle d'ogres des océans.

# – 14 –

## Île de Montecristo.

Le squelette qu'Anna avait achevé de reconstituer s'étalait sur la table de la salle de réunion. Exhumés du sous-sol de l'abbaye, les os esquissaient une silhouette humaine d'environ un mètre vingt. Même incomplet, le squelette laissait l'impression saisissante de contempler un lointain ancêtre de l'homme moderne. Et ce fut exactement le vertige qui s'empara de Lucas quand il pénétra dans la pièce.

— Waouh, il y a eu des singes au Mont-Saint-Michel ?

Sans laisser à Anna le temps de répondre, il se laissa tomber sur un siège en disant :

— J'ai eu Lauryn : Kyle a commencé à se transformer de l'extérieur. Elle a parlé de bourrelets aux oreilles, mais je pense qu'elle se fait des idées, que son inquiétude lui fait voir des choses qui n'existent pas.

Anna leva brièvement le nez des ossements.

— L'imagination de Lauryn ne lui joue aucun tour. Il s'agit du tubercule de Darwin, une petite excroissance cartilagineuse que certains d'entre nous possèdent dans le haut de l'oreille. On surnomme cette particularité physique les « oreilles de Spock ». C'est un héritage de nos arrière-grands-pères singes, qui avaient les oreilles pointues.

— Je ne sais pas si Lauryn a besoin d'entendre ça en ce moment. Je crois que je vais garder l'information pour moi. Ton puzzle est fini ?

Anna opina distraitement, gardant le silence, mystérieuse et lointaine, paraissant débattre avec elle-même. Quand elle réfléchissait, elle semblait vivre dans un autre espace-temps.

Tel un général devant un plan de bataille, elle déplaça finalement d'un centimètre un os du pied, avec le même sérieux que si sa vie en dépendait.

— Je crois savoir ce que va devenir Kyle.

— Tu peux être plus explicite ?

— Imagine de la chair et de la peau sur ce squelette. Comme on remonte le temps plus loin qu'*Homo erectus*, et vu la petite taille de cet individu ainsi que sa capacité crânienne avoisinant les cinq cents centimètres cubes, notre première réaction serait : « Oh, c'est *Homo habilis*, celui qui se tient debout, le premier homme ! » Sauf qu'on se traiterait d'imbécile dès qu'on ausculterait la hanche. Trop large pour notre arrière-grand-père. Suspect éliminé. Candidat suivant : l'australopithèque. *A priori* ça colle, à un détail près, qui saute aux yeux.

Anna invita Lucas à s'approcher du tibia gauche, le seul restant.

— Là, dans l'arrondi de la tête du tibia, il y a une petite accroche.

— OK, docteur Meunier, j'ai compris le raisonnement, on peut en venir à la conclusion ?

— *Ardipithecus ramidus.*

— *Ardi*..., tenta de répéter Lucas.

— *Ardipithecus*, le « singe qui marche ». Il possède de nombreuses caractéristiques intermédiaires entre l'australopithèque Lucy et les chimpanzés. Il pratiquait la bipédie, mais probablement sur de courtes distances, dans les forêts tropicales parsemées de clairières.

— Très heureux de faire ta connaissance, *Ardipithecus*.

— Ce n'est pas tout. Tu ne vois pas ?

— Vois pas quoi ?

— Indice : la taille de cet individu est plutôt dans la moyenne basse de l'espèce.

— Ce qui signifie…

— … que tu as le squelette d'une femelle devant toi. Chez nous, *sapiens*, il existe une différence de taille entre hommes et femmes. Elle était encore plus marquée à l'époque. Une affaire de rivalité entre les mâles pour s'accaparer les femelles.

Sidéré, Lucas ne dit rien.

— Je vois que tu as compris : ce ne sont pas les ossements de l'enfant sauvage, mais probablement de l'autre créature qui nous a pourchassés dans l'abbaye. Nous avons devant nous le résultat de la superrégression.

La sidération de Lucas fut brisée par la sonnerie de son téléphone. Un appel de Gordon. Anna le bascula sur un ordinateur, où le visage de l'Anglais apparut, les traits tirés, les yeux cerclés de profonds cernes noirs. Il y a un mois encore, ils l'auraient soupçonné d'avoir fêté ses retrouvailles avec sa fille en veillant tard et buvant trop, mais aujourd'hui son état suggérait tout autre chose qu'une gueule de bois.

Anna ne s'embarrassa pas de diplomatie :

— Stephen, mince, vous avez vu un médecin ?

— Ça va, ne vous inquiétez pas. Je suis à l'hôpital de San José avec Lauryn et tout va bien.

Il respira profondément.

— J'ai réussi à obtenir des informations sur les Cygnes noirs. Ce nom était apparu lors de l'enquête sur Futurabio, il y a trois ans, c'est la raison pour laquelle il m'était impossible d'évoquer le sujet à la dernière réunion. Ne m'en veuillez pas de vous l'avoir caché.

*Bon sang, pourquoi cela ne m'étonne pas de toi ?* pensa Lucas. *Est-ce qu'un jour tu redeviendras le Gordon que j'ai connu ?*

— Pour être plus précis, ce nom renvoie à une liste de personnes.

— Quel genre de personnes ?

— Nous pensions à l'époque qu'il s'agissait de médecins travaillant pour la société. Aujourd'hui, je sais qu'il s'agit d'individus hors norme, biologiquement parlant. Futurabio cherche à s'emparer de leur singularité génétique pour la vendre à des laboratoires pharmaceutiques.

— Après les bébés médicaments, les mutants médicaments, lâcha Lucas.

— Cette démarche, tu l'as suivie quand tu as voulu me sauver, les milliards de bénéfices en moins, observa Anna.

— Vous percutez tous les deux, c'est bien. À l'époque, cette liste ne contenait qu'une poignée de noms, mais j'ai mis la main sur le fichier complet. Et je peux vous dire que sa lecture vous retourne le cerveau. D'un point de vue chronologique, c'est une bombe atomique : elle remonte deux mille ans en arrière.

— C'est absurde ! Pourquoi une entreprise s'intéresserait-elle à des individus hors norme du passé ? objecta Lucas.

— Qui a dit que Futurabio s'y intéressait ?

— Toi.

— Non, j'ai dit que nous avions découvert cette liste sur un disque dur de l'entreprise – UN seul disque. Et pas n'importe lequel.

Lucas et Anna étaient tout ouïe.

— Celui de Josia Meyer. Il ne dirigeait plus la société à ce moment-là, comme vous le savez. Cependant, la présidente d'alors était toujours en possession de son ordinateur portable. Avant son départ, il avait effacé le contenu du disque dur, de sorte que le fichier était en partie corrompu. Les informaticiens de la police sud-africaine avaient fait leur maximum, mais malgré tous leurs efforts, ils n'avaient pu que le restaurer partiellement. À mon sens, cela explique pourquoi, dans la liste trouvée chez Futurabio, ne figuraient qu'une poignée de noms.

— Si je te suis, au sein de Futurabio, Josia Meyer n'aurait été que le seul détenteur de la liste.

— Liste qui contenait d'ailleurs son propre nom.

— Quoi ? s'exclama Anna.

— Vous m'avez bien entendu, son nom y figure en toutes lettres. Je sais, cela n'a pas de sens. Je suis aussi troublé que vous. De nombreux détails heurtent la logique dans cette histoire. Un : comment Meyer est-il entré en possession de cette liste remontant à des milliers d'années ? Deux : pourquoi son nom y est-il inscrit ? Et trois : quel rapport avec l'enfant ?

— Je suis sûr que tu as ton opinion là-dessus.

— Tu veux savoir ce que je pense ? Qu'il n'y a pas de fumée sans feu. Si l'existence hypothétique d'un ordre baptisé Cygnes noirs est arrivée aux oreilles des historiens, c'est que cette légende contient une part de vérité.

— Attendez, je pensais que ce nom désignait les personnes de la liste, rétorqua Anna.

— À mon avis, le terme regroupe les deux. L'ordre s'est baptisé ainsi parce que son objectif consistait à traquer les individus extraordinaires non pas pour les éliminer, mais au contraire pour les étudier et éventuellement s'emparer de leurs dons.

Lucas demanda :

— Qu'est-ce qui te fait penser ça ?

— Le fait qu'on nous ait menti.

— Comment ça ?

— J'ai replongé le nez dans le manuscrit médiéval pour vérifier s'il y avait des références à cet ordre.

— Et alors ?

— Je n'ai rien trouvé à la première lecture.

— Et à la deuxième ?

— Un passage troublant a retenu mon attention. En pleine discussion sur l'enfant sauvage, l'auteur s'égare dans des considérations matérielles, comme le nombre de poulets que l'abbaye élève ou les travaux sur les vitraux de l'église. La rupture de ton sonne faux. On a l'impression qu'une autre personne a pris la plume ou caviardé le premier texte, cherchant à en supprimer des passages embarrassants ou secrets. J'ai passé le manuscrit aux rayons ultraviolets et mon intuition était bonne : l'ouvrage est un palimpseste.

— Où est-ce que tu as trouvé des ultraviolets ? demanda Lucas, tout en sachant la question secondaire.

— Ici, à l'hôpital où est soigné Kyle. J'ai utilisé une lampe UV qui sert à stériliser le matériel. Pour les historiens, les UV présentent l'avantage de révéler les résidus infimes d'encre qui imprègnent encore les vieux parchemins usés par le temps ou qu'on a grattés volontairement à l'aide d'une pierre ponce pour les effacer. La pratique était courante au Moyen Âge, à une époque où les parchemins étaient coûteux. J'ai pris une photo du manuscrit en lumière naturelle, puis une autre sous UV. Quand je les ai superposées, j'ai constaté que des phrases cachées apparaissaient. Par chance, le premier texte commence plus haut sur la page, de sorte que les lignes d'origine ne se confondent pas totalement avec celles écrites ensuite, ce qui les rend lisibles. Je vous lis le texte que j'ai pu reconstituer et traduire.

Ils l'entendirent appuyer sur une touche de son ordinateur.

> **Aujourd'hui est arrivé l'homme que le Vatican nous a supposément envoyé. Je dis « supposément », car je le soupçonne de ne pas appartenir à l'Église. Quand on lui a présenté l'enfant sauvage, à ma grande surprise, il s'est réjoui et a déclaré que les moines et moi avions mis la main sur un Cygne noir et qu'il nous fallait à présent l'étudier. Quand je lui ai demandé le sens de cette étrange expression, il a répondu : « Les Cygnes noirs nous sauverons quand l'Apocalypse s'abattra. » Comment une créature si répugnante pourrait-elle nous sauver ? C'est de la folie et je considère cet homme comme un usurpateur. Si la peste ne ravageait pas les environs, j'irais moi-même auprès de l'archevêque pour le dénoncer.**

— C'est tout, conclut Gordon. Je pense que le manuscrit a été effacé plus tard parce qu'il révélait l'existence des Cygnes noirs, un ordre qui voulait demeurer secret. Peut-être cherchaient-ils une espèce de sauveur, comme nous aujourd'hui. Peut-être avaient-ils l'intuition que le remède à leurs maux viendrait d'un individu différent des autres. Allez savoir. Quoi qu'il en soit, je pense que nous nous sommes trompés.

La phrase suivante de Gordon leur glaça le sang.

— Ce n'était ni pour le châtier ni pour l'amener à la rédemption qu'on a torturé l'enfant sauvage, mais pour étudier son don. Aujourd'hui, on qualifierait les supplices qu'on lui a infligés de « dispositif expérimental visant à explorer ses pouvoirs ». Ça fait froid dans le dos.

Puis il ajouta :

— Lucas et Anna, méfiez-vous de Josia Meyer. Je le soupçonne de dissimuler ses véritables intentions. Souvenez-vous comme il a insisté pour que nous ramenions l'enfant avec nous.

— Vous pensez que Josia Meyer est notre ennemi ?

— Je pense qu'à un moment donné, si ce n'est pas déjà fait, nos intérêts vont diverger.

L'idée se frayait un chemin dans l'esprit d'Anna quand ils entendirent le son strident d'une alarme.

— On doit te laisser, Stephen, quelque chose se passe ici.

Ils se levèrent tous les deux.

— Anna, un instant, je peux vous parler seul à seule ?

Hors du champ de la caméra, Lucas interrogea du regard Anna : *Que veut-il ?* D'un haussement d'épaules, elle lui indiqua son ignorance.

— Je vous laisse, dit-il. À plus, Stephen.

Après le départ de Lucas, Gordon demanda à Anna si elle était bien seule.

— Euh, oui. Mais vous m'inquiétez. Qu'est-ce qui nécessite un tête-à-tête ? Je ne vois pas.

— Quand je vous ai parlé de la fameuse liste, je vous ai dit que le nom de Josia Meyer y apparaissait. Elle comporte un autre nom qui m'est familier. Vous voyez lequel ?

— Non. Je devrais ?

— Ce nom, c'était… le vôtre.

— Quoi !

— Vous êtes un Cygne noir, Anna. Et je ne sais vraiment pas quoi en penser.

— Ce n'est pas possible, ça doit être une erreur…

— Si je ne vous connaissais pas depuis longtemps, je vous soupçonnerais de collusion avec l'ennemi.

# – 15 –

## Florence, 1490.

Leonardo da Vinci avait peur. Lui, le grand maître, l'un des artistes et ingénieurs les plus renommés de Toscane, lui qui avait espéré déjouer la gravité en imaginant une machine volante à vis, qui avait révolutionné la peinture en inventant des techniques époustouflantes, cet homme audacieux et courageux tremblait. Il s'inclinait, vaincu, devant la puissance de la nature. Il était temps de fuir Florence, de quitter la caravelle en train de sombrer. L'« animalie », ainsi qu'on nommait le mal étrange, frappait aveuglément les habitants, et les rues, au crépuscule comme sous le soleil, s'emplissaient des glapissements des hommes-singes.

« Allez observer la nature, là est votre futur », lisait-on sur un écriteau posé sur le rebord de la cheminée où dormaient les esquisses de *La Joconde*, son *magnum opus*, l'œuvre qu'il espérait bien finir un jour, dût-il y consacrer la fin de ses jours. Bric-à-brac invraisemblable, l'atelier de l'artiste rassemblait un globe terrestre, des portraits de vieillards et des piles de livres, traductions de poèmes classiques.

Leonardo aimait le parfum d'intelligence qui émanait de l'ensemble. Il allait lui manquer.

Traversant la vaste salle, il s'empara de *L'Erectus de Vitruve* et le roula dans une immense malle qui débordait de documents d'une valeur inestimable à ses yeux. Une ombre passa devant la fenêtre, suivie de bruits de pas sur le toit. Son assistant, exténué et transpirant, arriva en s'exclamant :

— C'est bon, tout est arrangé, maître, le propriétaire va affréter une charrette pour vous.

— Chut ! lui intima Leonardo en pointant un index vers le ciel.

Les hommes-singes avaient envahi la ville telle une misérable et grouillante vermine. Ils attendirent. Les pas heureusement s'évanouirent.

— Parfait. Et tu as pu récupérer l'argent du *signore* Verrocchio ? Voilà six mois que j'ai fini la peinture pour lui et je n'ai toujours pas entendu le son d'un florin. Nous avons besoin de cette somme pour rejoindre Milan.

— Il dit ne pas pouvoir vous payer, qu'il doit nourrir sa femme.

— La nourrir ? s'emporta Leonardo. Est-ce un chien !

Son jeune aide ne reconnaissait plus l'artiste depuis le début de la peste simiesque. De sympathique et agréable, il se révélait à présent aussi sombre et troublé que lorsque le démon de la création l'étreignait.

— Non, maître, sa femme est devenue un…

— Ah ! je comprends…, dit Leonardo. Et où la garde-t-il ?

— Dans sa cave. Il m'a confié ce secret devant un verre. Ne le trahissez pas, s'il vous plaît, je ne voudrais pas que la garde débarque chez lui par faute de notre indiscrétion.

— La garde ! Tu crois qu'il y a encore une garde ? Tu n'as pas encore compris ? La société n'existe plus !

Le maître alla s'agenouiller devant une silhouette enfantine endormie dans un recoin sombre de l'atelier. Des chaînes accrochées au mur la retenaient. Son souffle chaud caressa le visage du peintre.

— Dommage que je doive partir, tu as été mon plus beau sujet d'étude.

Le maître se leva, pivota sur lui-même et, d'un pas décidé, se dirigea vers la sortie.

Quelque temps après le départ de Leonardo da Vinci, un homme poussa la porte non verrouillée. Il portait des vêtements d'époque qui contrastaient avec son teint bronzé et ses joues rasées de près. Il aurait suffi à un habitant du XXIe siècle d'apercevoir le col de chemise qui affleurait dans l'encolure du pourpoint pour saisir qu'il s'agissait d'un de ses contemporains.

— Bonjour, mon garçon, dit Josia Meyer avec un sourire sardonique. Tu me reconnais ?

Le magnat tenait un sac rempli de victuailles.

— Je t'ai apporté de la nourriture. Mais si tu veux manger, tu vas devoir me donner quelque chose en échange. On va être tranquilles ici, tous les deux. Personne ne nous dérangera.

Meyer tira vers lui l'une des rares chaises qui meublaient encore la pièce et s'installa à distance prudente du petit prisonnier. Il jouissait du pouvoir de vie ou de mort qu'il détenait sur lui. Le nier eût été se mentir.

— Quelle ironie que tu finisses ici, dit Meyer en regardant autour de lui. Dans l'antre d'un des plus grands esprits humains.

Réfugié dans le soubassement sombre d'un rampant, l'enfant demeura silencieux. *Quel escroc !* songea Meyer, que les faux-semblants avaient toujours amusé.

Un seau d'eau était posé sur le sol. Comme le garçon ne réagissait pas, Josia en versa le contenu sur sa tête, puis retourna s'asseoir. Le garçon se redressa.

Debout à présent, l'enfant tirait fortement sur ses chaînes avec une expression de défi. Aucun risque qu'elles sautent, les points d'ancrage étaient solides.

— Tu as parlé dans ton sommeil, figure-toi. En latin et en anglais. Tu pourrais n'être qu'un perroquet, mais je ne pense pas. Selon moi, tu as appris ma langue après avoir entendu quelques conversations. Je me trompe ?

Avec une hostilité viscérale, l'enfant montra les dents en guise de réponse.

— Quel gâchis, quand on y pense. Avec ton intelligence, tu serais né au XX$^{e}$ siècle, tu aurais accompli des merveilles. Mais non, il a fallu que tu te retrouves dans la boue du Moyen Âge !

Meyer sortit de sa poche un boîtier de la taille d'un briquet.

— J'ai le moyen de te rendre docile. Tu as dans le crâne un petit instrument dont j'ai détourné l'usage. Il était supposé pouvoir te délivrer un antidouleur, mais… disons que j'ai quelque peu inversé le processus. Il suffit que j'appuie sur ce bouton pour que tu aies l'impression d'être dévoré par les flammes de l'enfer. Tu n'ignores rien de l'enfer, n'est-ce pas ?

Face à l'absence de réaction de l'enfant, Josia usa brièvement de l'appareil. Une grimace de douleur déforma le visage du garçon. Meyer n'aimait pas le rôle qu'il jouait à cet instant. Lui qui avait passé sa vie à prôner les valeurs de l'intelligence en était réduit à employer la coercition. Il en était presque écœuré.

— Voilà un avant-goût de ce qui t'attend si tu ne réponds pas poliment à mes questions. Alors, je t'écoute.

Les lèvres de l'enfant s'animèrent enfin. Il émit une suite de sons râpeux qui manquait de régularité et de précision, mais qui demeurait de l'anglais parfaitement compréhensible.

— Vivre à votre époque ? Vous croyez que j'aurais aimé construire les choses de votre monde ?

— Les choses ? Je ne te parle pas de concevoir de nouvelles machines volantes ou des instruments pour communiquer. Je te parle de sonder le cœur de la nature, de comprendre les lois qui régissent le temps et l'espace. L'un des hommes les plus intelligents de toute l'histoire est un enfant sauvage ! Quelle plaisanterie ! Un être si intelligent qu'il possède en lui un trésor unique, comme tous les hommes en rêveraient. Crois-moi, tu vas faire des envieux quand le monde entier apprendra ce dont tu es capable. Et pas seulement parce que ton sang va nous mener vers l'antidote. Un être si intelligent qu'il…

Josia laissa traîner longuement sa phrase :

— … possède un contrôle sur son ADN !

Un jour, des physiciens avaient découvert que rien n'allait plus vite dans l'univers que la vitesse de la lumière. Josia avait le sentiment de vivre l'un de ces moments uniques qui avaient jalonné l'histoire de l'humanité.

— Comment est-ce que je sais que tu as une sorte de maîtrise sur ton ADN ? J'en ai eu l'intuition en lisant le récit des événements à l'abbaye. J'en ai eu la confirmation plus tard, quand tu as fait des tiennes ici, à Florence. Sous la pression du stress, tu as une certaine tendance à apparaître sous un jour différent, si tu vois ce que je veux dire. Ton mental gouverne ton apparence. Tu es le premier être humain dont l'ADN fonctionne comme un organe, comme un instrument dont la partition n'est pas écrite à l'avance. Tu as eu le malheur de tomber à une époque où ton don est passé pour de la sorcellerie. Si tu étais né dans mon monde, les scientifiques se seraient battus pour t'étudier. Le Sauveur : le plus grand Cygne noir. Maintenant, j'ai une petite requête à te soumettre : j'aimerais voir ton don en action. Tu veux bien faire ça pour moi ?

Le garçon cracha avec mépris par terre.

— Je n'entends rien à votre charabia. Relâchez-moi !

— Je souhaite juste que tu fasses une petite démonstration. Pour que je sois sûr, tu comprends ?

— Vous n'aurez rien de moi.

— Je m'attendais à un refus de ta part, dit Josia en baissant les yeux sur la télécommande.

— J'ai résisté à la torture des moines, je résisterai à la vôtre.

— Crois-moi, tu sous-estimes l'appareil que tu as dans le corps.

Josia pressa de nouveau le bouton, laissant cette fois son pouce dessus une bonne trentaine de secondes. Le prisonnier s'affaissa, le teint blême.

— Vous… vous êtes… trompé, finit-il par articuler difficilement. Si vous me… libérez…

— Si je te libère, les humains perdront tout espoir. Les gens comme toi ne s'appartiennent pas, ils appartiennent à l'humanité entière.

— Vous vous êtes… trompé, répéta le garçon.

*Et s'il disait vrai ?* songea Meyer. *Et si j'avais mal interprété ces manuscrits médiévaux ? L'unique singularité génétique de l'enfant serait-elle sa capacité à traverser la barrière des espèces dans les deux sens ?*

— Aurais-je commis une erreur en te traquant et en espérant trop de toi ? Je ne crois pas. Il faut simplement te motiver davantage.

Cette fois, Josia décida de laisser l'implant actif autant de temps que nécessaire… Au sol, le corps couvert de sueur, l'enfant se tordait de douleur en hurlant. Josia commençait à envisager sa mise à mort, lorsque, tout à coup, sa main qui tenait la télécommande se couvrit d'une marque rougeâtre, à l'aspect repoussant. Elle grandit à vue d'œil. Au début, il crut à une illusion, à un tour de passe-passe spectaculaire réalisé par le garçon. Mais quand la tache atteignit la taille d'une pièce d'un euro, elle se mit à exsuder un liquide translucide à l'odeur fétide. La nature effroyable du mal qui s'étendait sur sa peau ne laissait pas le moindre doute : il contemplait une tumeur à la croissance accélérée.

Il en était bouleversé : l'intelligence à son apogée. Capable d'influer sur l'ADN à distance.

Sur sa main, la tumeur avait à présent la taille d'une noix, entretenant une ressemblance troublante avec un bubon de la peste. Une révélation le frappa.

— Carvalho avait raison ! Il n'y a jamais eu de peste à l'abbaye. C'est toi qui as répandu la maladie là-bas ? Comment fais-tu ? Comment t'y prends-tu pour infliger un cancer à distance ? En émettant des ondes ?

Comme pour se convaincre de la réalité de l'impossible, Meyer répéta mentalement : *L'enfant sauvage peut non seulement altérer l'ADN, mais il peut le faire à distance.*

Tirant sur ses chaînes, se débattant comme un diable, l'enfant était en proie à une transformation spectaculaire et cauchemardesque. Ses arcades sourcilières croissaient et une toison clairsemée tapissait ses bras. Bientôt sa nature humaine disparut pour laisser place à un *erectus*. Josia jubilait. Il tenait *sa* preuve ! Sous l'influence de son esprit, les gènes régressifs du garçon s'éveillaient. Ses capacités cérébrales défiaient l'entendement. Toutes les connaissances que l'espèce humaine avait emmagasinées sur son propre fonctionnement venaient de voler en éclats en un instant, sous ses yeux.

L'ingénieur, plongé dans un état de fascination hébétée, en oubliait de relâcher le bouton. L'enfant finit par s'écrouler au sol, crachant une bave épaisse et mousseuse, figé dans son enveloppe charnelle préhistorique. Josia se pencha, plaça deux doigts sur la carotide et ne sentit plus de pouls.

Épuisé par les séances de torture à l'abbaye et celle qu'il venait de lui infliger, l'organisme de l'enfant sauvage avait rendu les armes.

# – 16 –

## Florence, 1490.

Un sentiment de vide emplissait Josia. Il avait obtenu ce qu'il avait toujours convoité : la preuve que les facultés de l'homme pouvaient faire éclater les frontières du connu. Et maintenant ? Sa quête achevée, que lui restait-il ? Il se moquait de fournir un remède à l'inversion temporelle. Tout son travail à Futurabio n'avait été qu'un prétexte pour prouver la justesse de son intuition. Son grand œuvre. Sa cathédrale.

*Tu vas devoir trouver un nouveau défi à ta hauteur. Et t'y lancer corps et âme dès que cette histoire d'inversion temporelle sera derrière nous.* Il devait être l'un des rares sur Terre à se réjouir du phénomène. Sans lui, jamais il n'aurait pu explorer le passé et mettre la main sur l'enfant. Il remerciait le ciel de lui avoir offert cette opportunité.

Soudain, alors qu'il se relevait, des bruits de pas résonnèrent derrière lui. Une forme préhistorique avança vers lui. Un *erectus*. Étrange. Il n'avait croisé que des formes simiesques dans la ville.

Josia reconnut Wuan, qui s'était introduit sur l'île de Montecristo. Ses yeux lançaient des éclairs de colère.

— Tu as tué l'espoir de mon peuple ! cria l'*erectus*.

Pas de fuite possible, Wuan barrait la seule issue. Et Josia avait laissé son taser sur la chaise. Jamais il n'aurait le temps de s'en emparer. Il comprit que son destin était scellé.

« Vous n'avez pas idée des forces auxquelles vous vous mesurez, lui avait dit Stephen Gordon. Vous croyez-vous suffisamment malin pour jouer aux échecs avec le diable, cher Josia ? »

*J'ai joué et j'ai perdu.* Ce fut la dernière pensée de Meyer. L'ombre de Wuan l'avala et il entendit les os de sa nuque craquer.

Une colère froide grondait en Wuan.

L'enfant était mort. Et avec lui, l'espoir de sauver les siens.

Arrachant les chaînes du prisonnier, il tenta de le réanimer en prenant ses mains entre les siennes et en les réchauffant avec son souffle, mais en dépit de ses efforts répétés, elles demeuraient gelées. Un sentiment d'échec le terrassa. S'il était arrivé un instant plus tôt, l'enfant respirerait encore.

Les créatures qu'il avait croisées dans la ville rôdaient toujours. Les pas de plusieurs d'entre elles ébranlaient la toiture.

Il avait capté une dernière pensée de l'humain avant qu'il ne meure : *Nourris-toi de sa tête.* Qu'avait-il voulu dire par là ? Qu'il devait manger le cadavre ? Cela n'avait pas de sens. Il arrivait parfois que les *erectus* dévorent leurs ennemis pour absorber leurs forces ; les humains, jamais. Alors, pourquoi cette recommandation ?

Et si l'homme lui avait donné la clé pour s'approprier les forces de l'enfant ? Et si c'était cela, la solution ? Frappé d'effroi, Wuan recula. Longuement, il contempla le corps du petit prisonnier couché sur le parquet, figé en position fœtale.

Fusionner ces chairs avec son être le répugnait.

Le bruit d'une fenêtre cassée monta de l'étage inférieur. Ils le cherchaient. Le temps pressait. Il saisit sur la cheminée un bougeoir massif doté d'un pic central. Il l'empoigna et s'avança vers le garçon.

Wuan alla se réfugier à l'autre bout de la pièce, loin du petit. Malgré la saveur douce et la texture fondante de la cervelle, chaque bouchée lui avait soulevé l'estomac. À présent, les lèvres barbouillées de sang, il attendait que quelque chose de spécial se manifeste.

En vain. Il devait maintenant rentrer parmi son peuple et affronter le regard accusateur de Chen. Il lui avait assuré qu'il reviendrait avec le remède et il ne respecterait pas sa promesse. Le fardeau de la honte pesait sur ses épaules. À contrecœur, il fit demi-tour.

Sur le palier du premier étage, il tomba nez à nez avec un singe qui se nourrissait de fruits s'échappant de sacs de vivres éventrés. Le dépit avait transformé Wuan en animal enragé. Prenant l'initiative du combat, il bondit vers l'*Ardipithecus*, ses doigts serrèrent sa nuque tel un étau. Les yeux de la créature s'éteignirent en même temps que son corps s'affaissait.

Wuan ne vit qu'ensuite les deux autres *ardis* qui fouinaient dans la cuisine attenante et qui venaient de voir leur congénère être tué sous leurs yeux. Il en repéra encore deux autres en bas de l'escalier et jugea que ses chances de survie approchaient de zéro. *Vite, la fenêtre ouverte sur le palier !* S'il avait une chance de s'en sortir, c'était par là.

Il s'engouffra dans l'ouverture, sauta sur un toit à faible pente situé en contrebas. Une mer de tuiles se présentait devant lui. Il se mit à courir dans la direction approximative de la météorite.

Pour s'orienter, il se fixait comme repère le grand édifice aux façades striées de bandes vertes et blanches qui dominait la ville. La demeure où les humains écoutaient les Vents, leur « église ». Des sifflements aigus lui firent lever les yeux. Des boules de feu embrasaient magnifiquement le ciel. Un météore percuta le mur de l'édifice devant Wuan. Il poursuivit pourtant sa route, sentant les autres le talonner.

Il comprit l'erreur qu'il avait commise en optant pour les toits après avoir escaladé un pan de mur qui séparait deux terrasses : les singes le surpassaient largement en matière d'escalade. Il était bon grimpeur chez lui, dans la cité engloutie, mais ici, en l'absence de végétation, les prises étaient rares sur les maisons. Ses poursuivants, eux, avalaient les distances verticales et horizontales avec une facilité insolente. Ils étaient bien mieux armés que lui pour évoluer dans cette ville minérale.

Il n'atteindrait jamais la météorite. Cette constatation s'imposa comme une évidence.

*Il faut que je me dirige vers l'autre, celle tombée dans la maison où soufflent les Vents humains.*

Il avait compris que les pierres étaient des portes et qu'il avait voyagé à travers celle de l'île de Montecristo. Il lui suffisait de se servir d'une autre de ces portes pour rejoindre son monde. Il venait de passer un escalier descendant jusqu'à la rue. Il rebroussa chemin. Les singes l'avaient presque rattrapé.

Wuan se glissa dans l'église par l'énorme trou percé par la météorite. Celle-ci trônait au milieu du chœur, encore fumante, sur les gravats de l'autel détruit. En posant la main sur sa surface noirâtre, il se prépara à endurer une douleur physique terrible. Or il ne ressentit rien. Juste une nouvelle fois la sensation d'être happé.

# – 17 –

## Afrique.

La cité engloutie dormait lorsque la colère du ciel s'éveilla. De nouvelles étoiles s'allumèrent sur la voûte céleste. Bientôt les points lumineux grossirent et se muèrent en un déluge de roches incandescentes. La pluie mortelle surprit les *erectus*. Ceux qui avaient le sommeil léger furent réveillés par un sifflement. Ils jaillirent à l'extérieur de leur cabane et furent immédiatement fauchés par un météore.

Un ancien supermarché fut le théâtre du drame le plus terrible. Après en avoir heurté le toit, une météorite roula vers un groupe de huttes installées dessus, telle une boule fonçant à pleine vitesse sur une piste de bowling. Une trentaine d'*erectus* périrent. Au fil des minutes, la nuit s'emplissait d'incendies et les rues de cris. Pourtant le pire survint le lendemain matin.

Une fine poudre grise s'était déposée partout sur la ville. Jadis noyée sous une jungle exubérante, celle-ci ressemblait désormais à une Pompéi moderne. La poussière de météorite couvrait même les visages. Les blessés avaient été rassemblés dans une ancienne mosquée à la façade jaune vif. Chen s'y était rendu à l'aube, dès qu'il avait acquis la certitude qu'aucune victime n'avait été oubliée dehors. Accablé, il marchait entre les corps. La gravité des blessures de ses congénères l'inquiétait, naturellement ; moins cependant que leur nouvelle apparence. Bras allongés, longs doigts courbés, peau entièrement velue… Le mal frappait les *erectus* adultes et non plus seulement les nouveau-nés.

Pour Chen, pas de doute : la poussière des pierres était responsable de cette transformation. Ils l'avaient respirée, elle s'était déposée sur les plaies… Il y avait de la magie en elle, et certains y avaient succombé. Retrouvant Celui-qui-sait, il l'aida à appliquer des cataplasmes végétaux sur les lésions. En fin de journée, ils grimpèrent ensemble sur l'un des rares immeubles encore debout. Contempler le spectacle désolant de leurs habitations pour la plupart détruites lui serrait le cœur.

— Nos camarades blessés seront remis d'ici sept ou huit lunes, assura Celui-qui-sait.

— Non. Ne mens pas, grogna Chen entre les dents.

— Attention à ton insolence ! Tu ne crois pas que les Vents sont assez irrités comme ça ?

Chen ignora la menace.

— Les nôtres sont désespérés, Wuan devrait être ici pour les aider.

— Je comprends ta colère, moi-même je la ressens. Voilà trop de lunes que Wuan est parti. Tu as vraiment pensé qu'il reviendrait avec un remède des humains ? Quel naïf tu as été !

Chen gonfla les naseaux en direction de Celui-qui-sait, même si c'était en réalité contre Wuan qu'il était furieux.

— Nous aurions dû quitter la ville des Tikaks, insista Celui-qui-sait.

— Peut-être, admit Chen du bout des lèvres.

— Demain, nous nommerons un nouveau chef. Que dirais-tu de réparer les erreurs de Wuan ?

— Moi, le remplacer ?

— Tu as toutes les qualités nécessaires.

— Pourquoi parlerais-tu en ma faveur ? J'ai toujours été un allié de Wuan.

— Si tu t'engages à mener notre clan vers la plaine, je te promets de persuader le conseil de te nommer. Ce sera notre secret.

Chen ne répondit pas, prenant le temps de soupeser l'argument.

— Chen, si tu penses vraiment que les pierres célestes causent nos malheurs et non les Vents, alors tu dois nous éloigner d'elles, pas vrai ?

Chen embrassa du regard la ville. Au fil des années, elle était devenue leur refuge, leur territoire. Il n'avait aucune envie de la quitter. Pourtant les pierres l'y contraignaient. Et Wuan aussi.

# – 18 –

## New York.

On avait beau être en avril, il tombait une neige drue et floconneuse sur la ville, ce qui n'empêchait pas Times Square de briller de tous ses feux. Comme à l'accoutumée, les enseignes lumineuses rivalisaient de couleurs flashy promouvant ici un nouveau smartphone, là une nouvelle paire de baskets. Le spectacle « *Erectus*, la comédie musicale » s'offrait le panneau publicitaire le plus imposant, de la taille d'un Boeing. Il était 12 h 17 à la nouvelle heure. Une file ininterrompue de taxis créait un embouteillage monstre et un *foodtruck* jaune vendait ses tacos à 1 dollar pièce lorsque le ciel cracha une boule de feu.

Les fenêtres de tout le quartier volèrent en éclats. Les lieux s'emplirent des cris d'horreur des survivants et d'une épaisse poussière. Quand elle se dissipa, alors qu'on entendait déjà les sirènes des ambulances et des camions de pompiers fonçant dans les rues enneigées, un cratère de la taille d'un terrain de tennis creusait le bitume. En son centre miroitait la surface noirâtre d'une sphère. La météorite était tombée seulement une heure après sa détection par la Nasa.

Le premier policier arrivé sur place était une femme, Eileen O'Brien. D'un naturel calme, elle avait hérité la chevelure de feu de ses ancêtres irlandais et consacrait ses dimanches matin à transformer le petit carré de terre à l'arrière de sa maison de Long Island en un jardin d'Éden. Le spectacle des corps des piétons fauchés par le souffle de l'explosion lui rappela de vieilles scènes de guerre dans son pays d'origine, qu'elle aurait préféré oublier. Elle portait secours aux occupants d'une voiture ensevelie sous un panneau qui s'était décroché lorsqu'elle entendit, stupéfaite, des grognements sortant de l'épaisse fumée qui émanait de la pierre. Il y avait quelque chose de vivant au cœur de l'explosion ? Était-ce seulement possible ?

Les contours d'une silhouette voûtée à l'allure humaine se dessinèrent. *Un survivant, bon sang, il y a un survivant là-dedans !* En même temps, O'Brien savait la probabilité que cela soit vrai proche de zéro. Elle connaissait trop bien les effets des bombes pour se bercer d'illusions.

Des yeux jaunes au milieu d'un visage rond. De longs bras tombant quasiment au niveau des genoux. Des mains aux doigts crochus. Une peau flétrie et partiellement velue évoquant le cuir d'un éléphant… Ce qu'Eileen avait pris pour une victime claudicante, gênée par une blessure, s'avérait être une créature simiesque.

Arborant une expression inamicale, la bête avançait dans sa direction. Eileen dégaina son pistolet, avec la vague conscience du ridicule de la situation, étant donné que l'animal (si c'en était un) n'avait certainement jamais vu d'arme de sa vie. Elle se tourna vers un endroit désert et tira une première balle de sommation. Celle-ci ricocha sur la chaussée dans un petit nuage de poussière. L'espèce de singe ignora superbement la déflagration. Se désintéressant de la policière, il avait obliqué vers un homme dont une jambe était coincée sous le foodtruck renversé.

*Merde, qu'est-ce que je fais ? Est-ce que j'ai le droit de tirer sur* ça *?* Elle était toujours incapable de déterminer ce que ce *ça* représentait. Portant sa main libre à sa ceinture, elle décrocha sa radio.

— O'Brien à Times Square, où sont les autres unités, bordel ? On a besoin d'elles maintenant !

Le coup de feu partit tout seul. La partie reptilienne de son cerveau avait pris le dessus et Eileen avait pressé la gâchette. Comme on le lui avait appris à l'école de police, elle avait visé le tibia. Sans résultat. La balle avait atteint sa destination, en témoignait le trou dans la jambe du singe par lequel s'écoulait un filet de sang. Puis l'orifice s'était refermé aussitôt, comme par magie, de sorte que l'être avait été ralenti un bref moment, avant de fondre sur sa cible. Le singe posa un pied ferme sur le torse de l'homme et tira sur sa tête comme sur un bouchon de bouteille, le décapitant net. La bestialité à l'état pur. Horrifiée, O'Brien vida son chargeur sur lui. Cette fois, elle cibla le cœur. Le singe s'écroula au bout de la cinquième balle. Inerte, il semblait avoir son compte. *Cinq balles ! Ce singe est un vrai zombie !*

Accaparée par ce qui se passait, Eileen n'avait pas prêté attention à l'apparition de quatre autres singes. Ils s'étaient matérialisés près de la météorite. Une chance pour elle, ses collègues étaient arrivés et encerclaient le groupe. Plus intelligents qu'on ne l'aurait imaginé, les bêtes avisèrent le cadavre de leur congénère et comprirent le sort qui les attendait s'ils s'en prenaient aux humains avec ce drôle de bâton entre les mains. L'un des individus pivota vers un immeuble de bureaux en restauration et disparut dans les échafaudages. Les autres l'imitèrent aussitôt.

Les policiers prirent d'assaut le bâtiment. La chasse dura tout l'après-midi. O'Brien débarrassa Times Square du dernier singe (on ne les appellerait bientôt plus comme ça) vers 17 h 30. Une balle de son fusil-mitrailleur se logea dans la nuque de l'animal alors qu'il tentait d'accéder au toit par l'extérieur, comme s'il jouait un remake de *King Kong*. Auparavant, il avait encaissé trois projectiles sans trembler.

New York pouvait dormir tranquille.

La vraie tempête se déchaînerait plus tard.

# – 19 –

## Genève.

Anna attendait le début de la réunion en faisant les cent pas dans le couloir du troisième étage de l'OMS. Une immense baie vitrée donnait sur la chaîne des Alpes, qui formait une ligne dentelée à l'horizon. Anna se rappelait avoir lu dans un magazine que les intempéries effectuaient un tel travail d'érosion sur les roches que le toit du monde, l'Everest, perdait chaque année huit centimètres. *Rien n'est stable sur cette planète, pas même ces fichues montagnes. On a l'impression que les choses sont là pour toujours, or en réalité les cartes sont rebattues en permanence.* On avançait tous sur des sables mouvants, quiconque l'oubliait allait au-devant de cruelles désillusions.

La mauvaise nouvelle concernant la première famille de Lucas poussait Anna à philosopher ainsi. Son fils aîné avait été rattrapé par l'inversion temporelle. Il avait sombré dans le sommeil quelques jours auparavant, alors qu'ils venaient d'apprendre le rôle de Josia Meyer dans la mort de l'enfant sauvage. Lucas avait aussitôt sauté dans un avion pour le Portugal, où vivaient ses fils, Hugo et Gabriel, et leur mère,

Manuela. Celle-ci lui avait aménagé un coin chambre dans son bureau. Il pouvait rester tant qu'il le voudrait, lui avait-elle assuré. Il entendait bien profiter de cette hospitalité. Combien de temps ? Impossible à dire. L'avenir réservait de sacrés surprises, ces temps-ci.

Lucas et Anna s'appelaient tous les soirs. Elle tentait de le soutenir de tout son cœur dans cette nouvelle épreuve, mais elle sentait Lucas distant, comme anéanti par la perte programmée de son fils, lui d'ordinaire si vivant et si opiniâtre... Quelque chose s'était brisé en lui. Elle faisait ce constat chaque fois qu'ils se parlaient et qu'elle l'informait de la situation mondiale ; il s'était coupé de tout, même des informations.

Les événements de New York s'étaient reproduits un peu partout dans le monde, dans les grandes villes comme à la campagne. Le scénario ne variait pas. Le ciel s'ouvrait, crachait une météorite qui causait beaucoup de dégâts au sol, mais pas autant que l'invasion d'*ardis* qui s'ensuivait dans un rayon de un kilomètre autour du cratère, résultat de la superrégression des populations humaines, elle-même provoquée par l'accélération de l'inversion temporelle.

Les *ardis* déferlaient sur les villes, telles les hordes d'Attila assoiffées de sang. On dénombrait douze météorites et autant de massacres auxquels seule l'intervention de l'armée avait mis fin. À Istanbul et à Hambourg, on se battait encore à la mitraillette contre ces adversaires à la peau plus dure que le Kevlar. Leur capacité de régénération décontenançait même les biologistes les plus expérimentés.

L'invasion donnait parfois lieu à des scènes cocasses. À Florence, une météorite de petite taille avait chu en plein quartier historique. Un *ardi* avait semé la terreur à la célèbre galerie des Offices en jaillissant dans le musée à une heure d'affluence. Il avait paradé devant les chefs-d'œuvre picturaux de la Renaissance avant d'être abattu par une escouade de gardes. Avant de périr, mû par un besoin d'une autre nature que le goût de la destruction, et manquant manifestement du moindre respect pour les arts, l'animal avait uriné sur *La Naissance d'Erectus*.

Aucun continent n'était épargné, pas même l'Afrique, terre des *erectus*. Là-bas, les victimes se comptaient par centaines, à en croire les images satellite. Il semblait que les *erectus*, même armés de leurs pouvoirs mentaux, ne faisaient pas jeu égal avec les *ardis*, loin de là.

Que des créatures puissent jaillir d'un si lointain passé et venir hanter nos vies ne cessait de fasciner. Sur Internet, on lisait fréquemment ce type d'échanges :

Hé mec, tu as vu ce qui se passe à Istanbul ?
Les putains de singes ont envahi la ville comme
la vermine ! C'est quoi comme espèce, déjà ?
*Ardimachinus*, c'est ça ?

*Ardipithecus ramidus*. À Istanbul, on en a
dénombré plus de mille qui n'ont fait qu'une bouchée
(littéralement) des touristes de Sainte-Sophie.
Tu y crois, toi ? On a passé le XXe siècle à s'inquiéter
que la Terre soit pulvérisée par la bombe nucléaire ou
par les dictateurs, Hitler et Staline en tête, tout ça pour
que l'espèce humaine soit rayée de la planète par une
alliance complètement improbable, que personne
n'avait vu venir, entre une inversion temporelle
à laquelle j'ai toujours du mal à croire
et des croque-mitaines jaillis du passé...

Moi, ce qui me rassure, frère, c'est de savoir qu'on n'est pas les seuls à en baver. Les hommes de toutes les époques sont en train de déguster. Tu as entendu les physiciens ? L'inversion du temps touche aussi l'Europe de Charlemagne, la Chine à l'époque de la construction de la Grande Muraille, le Mexique des Aztèques. C'est le grand bazar ! La superrégression frappe partout. T'as vu la nouvelle version de la tapisserie de Bayeux qui raconte la conquête de l'Angleterre au XIe siècle ? Après être arrivé sur place, le Normand Guillaume le Conquérant ne combat plus les autochtones, mais les meutes de créatures mi-humaines, mi-simiesques. Et visiblement l'armée de Guillaume s'est pris une belle raclée ! Les *ardis* ne leur ont laissé aucun répit. Tu imagines la scène à la fameuse bataille de Hastings, où s'est joué le sort de l'Angleterre ? Chevaliers *versus Ardipithecus ramidus.* Dix mille soldats d'un côté, dix mille singes de l'autre. On ignore pourquoi les Anglais ont régressé avant les Normands. J'aurais donné cher pour y assister.

Ouais, j'avoue, ça a dû être épique. Les *ardis* sont des combattants ultimes. Aucun remords, juste l'envie d'en découdre. Et s'ils peuvent décapiter leurs adversaires, ils en sont d'autant plus excités.

C'est quand même bizarre, cette obsession de dézinguer de l'humain dès qu'il se présente. C'est des singes, après tout, pas des Terminator. C'est vrai, pourquoi ils s'en prennent à nous ?

Anna contemplait avec amertume le paysage montagneux. Au train où allaient les choses, il n'y aurait bientôt plus d'humains sur Terre pour l'admirer.

Elle s'étonnait d'avoir été conviée à cette réunion de l'OMS. En effet, elle ne jouait plus aucun rôle officiel dans l'organisation. Sans doute le succès de sa vidéo sur le Net l'avait-il remise dans le circuit professionnel. Il faut dire qu'elle comptait plus d'un milliard de vues. Une revenante du coma, ancienne gloire des médias, qui annonce l'apocalypse *Ardipithecus*… Tous les ingrédients étaient réunis pour casser la baraque.

Tout était allé très vite au cours de ces dernières quarante heures. Elle avait été furieuse en découvrant le départ de Josia Meyer pour la Renaissance. Sa colère se dirigeait surtout contre elle-même, à vrai dire, car elle n'avait pas suffisamment écouté la mise en garde de Stephen Gordon concernant le dirigeant. Aussi remonté qu'elle, le physicien Rajesh Khan avait tenté de ramener Janus à l'époque moderne, mais un virus informatique bloquant le système l'en avait empêché. Le machiavélique Meyer avait tout prévu pour qu'on n'entrave pas ses plans.

Grâce à la puce implantée dans le crâne de l'enfant sauvage, ils avaient pu reconstituer la scène terrible qui s'était déroulée à Florence, même si d'importantes et graves questions restaient sans réponse : pourquoi Meyer avait-il torturé le garçon jusqu'à causer sa mort ? Et pourquoi lui-même avait-il trépassé peu après ?

Ils avaient appris ce « détail » grâce au double de Meyer resté sur l'île, dont le cœur s'était soudain arrêté. Une seule personne détenait la réponse à ces interrogations : Wuan. Anna serait bien allée le chercher à Florence, seulement Janus refusait désespérément de fonctionner.

Dans l'hélicoptère qui l'avait emmenée loin de l'île de Montecristo et des espoirs de trouver un remède, Anna avait envoyé le cliché du squelette préhistorique sur un réseau social à partir d'un compte resté en sommeil pendant toute la durée de son coma. Le monde devait savoir ce qui attendait l'espèce humaine. La légende disait : « *Ardipithecus*, le futur de l'humanité. » C'était ce même cliché qui lui valait maintenant une invitation à l'OMS.

À l'appel de son nom, Anna se retourna. Une jeune femme en tailleur la conduisit jusque dans une salle. Parmi la dizaine de personnes qui l'attendaient autour de la grande table centrale en acajou, plusieurs visages lui étaient familiers. D'anciens collaborateurs de Lucas, comme Cory Barlo, ainsi que des militaires français et américains auxquels elle avait eu affaire lors de la première pandémie et avec lesquels elle n'avait pas toujours entretenu de bons rapports. Ils avaient pris un peu de ventre et de la neige saupoudrait leurs cheveux. On lui désigna un siège en bout de table. Elle ne s'étonna pas de voir le physicien Rajesh Khan parmi les invités.

Anna se méfiait de Cory Barlo. « C'était un bon ami à moi, il m'a aidé quand je cherchais à te sortir du coma. Mais il a changé, ce n'est plus le même homme », l'avait avertie Lucas.

— Bonjour, madame Meunier. Content de vous voir sur vos deux pieds. À peine sortie d'un cauchemar, vous plongez dans un autre, j'en suis désolé. Je suis heureux de vous avoir parmi nous aujourd'hui, vos compétences vont nous être utiles à tous. La question que nous posons ici est simple : pourquoi ces bon Dieu de singes s'en prennent-ils à nous ? Je veux dire : est-il dans la nature des chimpanzés de s'attaquer aux hommes ? Non ! Alors pourquoi ces gorilles le font-ils ?

— Tout d'abord, laissez-moi vous dire que…

— … que ces singes sont d'anciens humains, on le sait.

Le général français Antonetti venait de lui couper l'herbe sous le pied. Il avait encore pris du galon, à en croire les nombreuses médailles qui ornaient son uniforme.

— Je vous accorde qu'il y avait débat au sujet des *erectus*, hommes ou bêtes. Mais je vous préviens tout de suite : si vous êtes venue à cette réunion en pensant nous convaincre qu'il faut traiter humainement les créatures qui se jettent avidement sur mes soldats et nos policiers, vous pouvez remballer votre prêchi-prêcha. Et personne ici ne vous soutiendra, pas plus que dans n'importe quel gouvernement.

Anna balaya l'assistance du regard. Parmi tous les officiels réunis, pas un ne broncha.

— En revanche, vous avez le droit de nous éclairer de votre science.

Anna était décontenancée. La réunion ne se déroulait pas comme elle l'avait imaginé.

— Les *ardis* revivent l'évolution biologique à l'envers, déclara-t-elle.

— Merci pour l'information, fit sèchement Barlo. Nous avions remarqué. Autre chose ?

— Pas seulement physiquement, mais aussi mentalement. Il me paraît important de le souligner. Leur corps a régressé de six millions d'années, mais leur esprit a bondi de plusieurs centaines de millions d'années en arrière, selon moi.

— Foutaises ! répliqua le général en s'enfonçant dans son siège. Demandez à n'importe lequel de mes hommes : ces *ardis* sont malins comme des singes, si je puis dire.

— On a vu certains d'entre eux s'emparer de bidons d'huile dans des magasins et en répandre le contenu sur les lieux d'affrontements pour les transformer en patinoire, renchérit Rajesh Khan. Ils utilisent la physique comme arme, vous vous rendez compte !

Le physicien était si excité qu'il en fit tomber ses lunettes par terre. Il les ramassa et les remit de travers sur son visage émacié et blafard. Ses travaux sur l'inversion temporelle avaient émergé sur le Web dès le début de la crise et lui avaient valu une renommée internationale.

Face à cet auditoire hétéroclite, peu enclin à entendre un discours argumenté, Anna tentait de garder son sang-froid.

— Je vous prie de m'accorder une minute d'attention. La conséquence de la régression mentale extrême des *ardis*, c'est qu'ils se comportent comme des animaux situés en bas de l'échelle évolutive. Prenez les bactéries, l'une des formes les plus primitives de vie sur Terre. Ces créatures peuvent manifester des signes d'intelligence, certaines peuvent même compter. Pour autant, personne ne les qualifierait d'espèce intelligente à proprement parler, car elles déploient des comportements stéréotypés. Elles se trouvent sur des rails, si vous préférez. Par exemple, elles vont se précipiter sur la source de sucre la plus proche si telle est leur préférence.

« Toute l'histoire de l'évolution depuis l'apparition de la première cellule sur notre planète se résume à une longue course pour s'émanciper de ces rails biologiques, pour acquérir une forme d'autonomie par rapport à l'environnement. Votre chien peut vous impressionner parce qu'il sait ouvrir les portes ou répondre à des ordres, mais placez devant lui un morceau de viande en lui interdisant d'y toucher, il se mettra à baver abondamment, il endurera un vrai supplice pour résister à ses pulsions de se jeter sur la nourriture.

« Freud nommait “surmoi” notre force intérieure, celle qui nous permet de résister à nos pulsions. L’être humain a le surmoi le plus développé du monde animal, ce qui lui a permis de bâtir des pyramides et d’envoyer des hommes sur la Lune plutôt que se gratter derrière l’oreille ou de se lécher les bras. La superrégression nous fait dégringoler de cette échelle sur laquelle nous avions si laborieusement monté : les *ardis* redeviennent esclaves de leurs besoins élémentaires. Et quels sont ces besoins ? Se nourrir et protéger son territoire.

— Les *Ardipithecus* sont les égaux de bactéries, c’est ce que vous insinuez ? demanda Barlo.

— Oui, il faut les considérer comme tels. Le monde est pris d’assaut par de grosses bactéries, voilà le problème auquel nous sommes confrontés. D’une certaine manière, il s’agit de l’aboutissement de toutes les pandémies, l’ultime point d’orgue de la régression. Je ne dirai pas que cela nous pendait au nez…

— … mais vous le dites quand même.

Anna hocha la tête. Sa révélation jeta un froid.

— En termes anatomiques, cette capacité à « prendre sur nous » est logée dans le cortex préfrontal, la région du cerveau située immédiatement derrière le front. Je soupçonne les *Ardipithecus* d’en être dépourvus.

Comment luttait-on contre des bactéries humanoïdes ? Aucun parmi eux n’avait jamais réfléchi au problème.

— Capturons-les, suggéra Khan quand Barlo posa la question. Et emprisonnons-les en attendant un traitement.

— Parce que vous pensez que les capturer est simple ? s’exclama le général en écarquillant les yeux. Vous avez entendu parler des guérilleros d’Afghanistan ou d’Amérique du Sud ? Ce sont des petits joueurs comparés à ce que nous affrontons sur le terrain. Incroyablement agiles, sans états d'âme, doués de capacité de guérison hors norme, dénués de la peur de la mort… les *ardis* sont de supersoldats, encore plus impressionnants que les *erectus*.

— De toute manière, personne ne parvient à les capturer.

— Erreur, intervint Anna. *Vous* ne parvenez pas à les capturer.

Barlo sentait monter la tension. Il chercha à calmer le jeu.

— Mettons que nous parvenions à les capturer. Et après ?

— L'inversion temporelle est à mon avis un phénomène transitoire, glissa Rajesh Khan. Dès que la collision avec l'univers parallèle sera terminée, les portes temporelles se refermeront.

— Et ?

— Et nous n'aurons plus qu'à traiter les *Ardipithecus*. Nous savons que la superrégression est causée par les météorites. Si nous parvenions à comprendre comment, nous saurions interrompre le processus.

— Vous pouvez être plus explicite ?

— Comment l'inversion temporelle agit-elle sur l'ADN ? Voilà la seule question que nous devons nous poser.

— Le temps s'écoule à l'envers, n'est-ce pas suffisant pour tout comprendre ?

— Non. Pourquoi l'effet de la régression est-il plus fort près des météorites ? L'inversion générale du temps n'explique pas cette caractéristique.

— Et comment, vous, vous l'expliquez ?

— J'ai une hypothèse, sans aucun moyen de la vérifier pour l'instant. Je pense que les météorites diffusent un champ électromagnétique capté par l'ADN. Ce champ serait de même nature que les ondes émises par nos téléphones, tout en s'en distinguant par sa richesse vibratoire.

— Si vous pensez être clair, vous vous trompez.

— Eh bien, ma réflexion part d'un simple constat : un certain nombre de questions demeurent sans réponse depuis dix ans. Et ce sont ces énigmes que nous devons élucider si nous voulons trouver une parade. Les réponses aux grands mystères se cachent toujours dans les zones d'ombre. Question numéro un : pourquoi le virus Kruger causait-il une régression des espèces ?

Cory Balo manifesta de l'agacement.

— Monsieur Khan, nous ne sommes pas venus écouter un séminaire scientifique sur la régression. Je vous prie de vous concentrer sur la question que je vous ai posée.

— Vous aimeriez que j'aille plus vite ? C'est curieux comme le langage, cet outil de communication, peut être parfois un obstacle à la compréhension. Étrange paradoxe.

— Monsieur Khan…

— Nous sommes en plein dans le sujet. Comment les *erectus* font-ils pour capter nos pensées ? Répondez à cette question et vous comprendrez comment ils ont pu vaincre nos armées par le passé et conquérir un continent entier.

Barlo se détendit, vaguement intéressé.

— Les *erectus* – et c'est probablement aussi le cas des *ardis* – disposent d'une sorte de sixième sens. Le problème n'est pas de savoir s'ils ont un sens télépathique ou non, cela a été observé à de multiples reprises, mais de découvrir quelle partie de leur corps leur sert d'antenne. Où se dissimule cet organe sensoriel capable de recevoir des informations venant d'autrui et d'en émettre en retour ?

— L'heure tourne, Khan…

— Tous ces mystères se lèvent si nous imaginons que les êtres humains possèdent en eux une sorte de radio moléculaire. Quand je dis « en eux », je veux dire en réalité dans chaque cellule de leur corps. Cette antenne est depuis tellement longtemps sous nos yeux que jamais nous n'avons envisagé lui attribuer ce rôle. Vous devriez me voir venir : pour moi, cette radio, c'est simplement notre ADN.

On entendit un brouhaha d'objections autour de la table. Khan poursuivit avant qu'on lui retire la parole.

— Je pense que l'ADN est capable d'émettre et de recevoir une onde. C'est par celle-ci que les *erectus* peuvent espionner nos pensées et qu'une matière comme celle des météorites peut agir à distance sur nos gènes.

La contestation monta d'un cran. Le général s'écria qu'il avait autre chose à faire qu'écouter des sornettes.

— Merci de nous avoir fait perdre notre temps avec vos enfantillages, monsieur Khan. Si vous voulez bien nous laisser entre adultes, maintenant.

Le physicien inclina la tête. Anna se sentait gênée pour lui. Sans lui, l'enfant sauvage serait resté un paragraphe dans un manuscrit médiéval. Et pourtant le général le prenait de haut. Cory Barlo se tourna vers Anna, l'air soucieux.

— Revenons à des choses plus sérieuses. Qu'entendiez-vous en disant : « *Vous* ne parvenez pas à les capturer » ?

— Voyons, Cory, nous sommes dans une impasse. Tous, ici, nous connaissons très bien la voie de sortie. Sauf que personne ne veut l'admettre…

Le silence se fit.

# – 20 –

## Portugal.

Malgré sa modestie, l'ancienne bergerie de Manuela, non loin de Lisbonne, avait un cachet fou avec ses murs en pierres apparentes et sa baie vitrée en arc de cercle remplaçant l'antique porche. En posant ses valises ici, une semaine plus tôt, Lucas n'avait pu s'empêcher d'éprouver de la culpabilité, celle d'avoir sacrifié un foyer uni en écoutant égoïstement ses propres sentiments pour Anna.

Un matin, alors qu'il avait entrepris de nettoyer avec Gabriel le capharnaüm poussiéreux du garage – qui datait de l'époque où ils vivaient tous les quatre ensemble –, tentant à la fois de retrouver avec son plus jeune fils leur ancienne complicité et de le détourner de l'angoisse que lui causait la situation de son frère, Lucas reçut un texto de Cory Barlo.

Rappelle-moi, j'ai besoin de tes services. URGENT.

Après avoir passé le coup de fil, il monta dire au revoir à Hugo. L'adolescent dormait paisiblement dans son lit et rien ne laissait présager qu'il entreprenait un voyage sans retour.

Sur sa table de chevet reposait encore l'exemplaire de *Science et Nature* qu'il lisait le soir avant de sombrer dans le sommeil. Le magazine était ouvert sur une photo du Colisée de Rome. « Des travaux de restauration ont mis au jour un étrange crâne orné de lettres gravées. » Hugo vouait une passion naissante à l'histoire. Lucas demeura un moment à le regarder, le cœur serré, puis il gagna la cuisine d'où s'échappaient des parfums enivrants.

Se tenant devant les fourneaux, Manuela avait conservé son charme venimeux, avec ses longs cheveux de jais, ses pommettes saillantes et son regard pénétrant qui donnait l'impression qu'elle connaissait déjà tout de vous avant même que vous n'ouvriez la bouche. Si elle avait accepté la séparation de bonne grâce, elle n'avait jamais voulu entendre parler d'Anna ni des efforts déployés par Lucas pour la sauver. Malgré les apparences, le départ de Lucas avait ouvert une plaie qui ne cicatriserait sans doute jamais.

À l'expression gênée de son ex-mari, elle comprit immédiatement qu'il allait partir.

— Ta place est ici, auprès de tes fils. Tu ne peux pas t'en aller.

— Je suis désolé. Ils n'ont que moi pour cette mission.

— Tu ne changeras jamais, dit-elle sans lui faire face. Toujours un pied ici et un pied ailleurs, comme entre deux mondes. Quand on a eu nos enfants, j'ai cru que je pourrais te retenir. Quelle erreur j'ai commise !

— Je n'ai pas le temps d'avoir cette conversation.

Manuela se retourna, souriante malgré les larmes qui lui montaient aux yeux. Elle le prit dans ses bras, en un geste de tendresse dénuée d'ambiguïté réunissant deux êtres qui avaient fait un bout de chemin ensemble. Lucas admirait

Manuela pour sa compréhension. C'était rare dans un monde où les anciens conjoints réglaient leurs comptes par avocats interposés.

— Tu as besoin que je te conduise à l'aéroport ?

— On m'envoie un taxi.

Le petit poste de télévision de la cuisine rompit le silence.

**Une nouvelle météorite est tombée sur Lisbonne en plein concert. Il était environ 14 h 15 lorsque le ciel s'est soudain embrasé…**

Manuela monta le son.

**Les images, spectaculaires, parlent d'elles-mêmes. La météorite a formé un cratère de cinq mètres de diamètre en atterrissant au milieu de la fosse. Les corps des spectateurs gisent autour, parfois empilés les uns sur les autres. Comme si tous avaient été hypnotisés et s'étaient écroulés sur place. La chute a pris le public par surprise, sans doute en raison du niveau élevé de décibels. Certains corps sont recouverts par la terre qui a été soulevée par l'impact.**
**Le stade où se déroulait le concert accueillait environ soixante mille personnes. Il n'y a aucun survivant. Ne restent plus que des singes préhistoriques qui envahissent à présent les rues de la ville.**

— Je t'appellerai dès que possible, OK ?

Manuela hocha la tête, sachant qu'il ne le ferait pas. Du moins pas aussi rapidement qu'elle l'aurait souhaité.

# – 21 –

## Afrique.

Le soleil couchant cuivrait la savane arborée. Comme chaque jour, après une éprouvante journée de marche, le peuple *erectus* avait pris ses quartiers pour la nuit. On menait les gomphotheriums s'abreuver au point d'eau le plus proche, tandis que des campements de fortune s'érigeaient, simples bâtons entrecroisés recouverts de peaux. Des fumées s'élevaient de dizaines de foyers où grillaient les viandes séchées. Sous la tente de Celle-qui-aide-à-naître, Chen assistait, à son grand désespoir, à une nouvelle naissance simiesque, quand le rugissement d'une machine volante retentit. Il ne percevait le bruit que d'un seul appareil : les humains à bord ne venaient pas pour tuer.

L'hélicoptère atterrit à l'écart du camp. Lucas en descendit et se retrouva immédiatement menacé par cinq lances à pointe de silex. Des guerriers à l'impressionnante carrure les brandissaient.

— Je veux juste parler à votre chef, dit-il en levant les mains en l'air.

— Qu'est-ce que tu veux à leur chef ? fit une voix forte.

Les *erectus* s'écartèrent pour laisser passer Chen.

— Que veux-tu, Lucas ?

Lucas demeura immobile. Même si Chen l'avait reconnu et conservait une forme d'amitié pour lui, Lucas sentait qu'il mettait les pieds en terrain miné.

— Bonjour, Chen. Les humains ont besoin de l'aide de ton peuple. Nous affrontons un ennemi commun, nous devons pouvoir nous entraider.

— Nous n'aidons plus les humains, les blessures que vos armes nous ont infligées ne sont toujours pas refermées.

*Il use de métaphores pour s'exprimer*, songea Lucas. *Les* erectus *ont encore fait un bond en matière de cognition. Quand nous rattraperont-ils ?* Lucas était d'autant plus fasciné que Chen parlait avec une voix râpeuse et gutturale. Il luttait pour se faire comprendre, mais son anglais frôlait la perfection. *Nos deux espèces sont véritablement cousines, maintenant. La Terre abrite deux espèces humaines, seule la culture nous sépare. Bientôt les* erectus *se gaveront-ils de chips en regardant la télévision ?*

— Je sais que vos enfants souffrent de la même maladie que les nôtres. Je suis venu te proposer un marché : un remède en échange de votre aide.

Lucas avait prononcé les mots magiques. Chen l'écoutait, maintenant.

— Vous avez un remède ?

— Non, mais j'ai avec moi une promesse écrite par laquelle les chefs de nos pays s'engagent à développer un médicament qui guérira les tiens.

Les yeux de Chen se teintèrent de fureur.

— Du papier, voilà ce que tu m'offres ? Retourne dans ton monde, Lucas.

Sur ce, il tourna les talons et disparut derrière les rangs des siens.

— Tu sais que les humains ont ce pouvoir ! cria Lucas. Wuan le savait aussi, avant de disparaître à cause d'une météorite. Si les humains s'éteignent, Chen, personne ne sera là pour sauver ton peuple !

Les pointes des lances se rapprochèrent de son visage.

— Tout doux, fit Lucas en reculant. J'ai compris le message.

Un *erectus* coiffé de plumes se tenait au premier rang de la foule. Il semblait respecté des autres et avait hoché la tête à chaque parole virulente de Chen. Le sage du clan…

— Vous allez être content, dit Lucas en s'adressant à lui. Je m'en vais. Mais vous commettez une grave erreur.

Un pied sur le patin de l'hélicoptère, il embrassa du regard une dernière fois le camp. Au moins avait-il tenté. Les humains feraient face, seuls, aux *Ardipithecus*. Qu'avaient-ils imaginé ? Que chez un peuple opprimé fleuriraient tout à coup une conscience commune, un sentiment d'appartenance à une seule et même espèce ?

— Nos peuples sont frères, lâcha Lucas dans une ultime tentative.

Sans réaction dans le camp adverse, il monta dans l'hélicoptère et d'un signe de tête ordonna au pilote de décoller. Soudain, une lance traversa le ciel juste devant le pare-brise, comme pour lui adresser le message : *Attendez, ne partez pas*.

Lucas sourit. Il avait gagné la partie.

# – III –

# TEMPS MORT

# – 1 –

New York.

Dans l'aéroport Kennedy drapé d'un rideau de neige avait lieu l'un des plus grands débarquements de troupes des temps modernes. Dès que les gros porteurs militaires atterrissaient, leur nez s'ouvrait et basculait en arrière en vomissant des gomphotheriums qui descendaient la rampe d'un pas lourd, chevauchés par des *erectus*. Excitées par dix heures de vol, les bêtes poussaient des barrissements tonitruants et fouettaient l'air de leurs deux paires de défenses. D'énormes braseros avaient été allumés sur les pistes pour leur offrir un semblant de climat chaud, mais la présence de cette incroyable ménagerie à New York n'en demeurait pas moins complètement incongrue.

L'armée des *erectus* prit la direction de Manhattan, guidée par des Jeep et des tanks. En début d'après-midi, l'improbable alliance entre espèces s'avança au milieu des gratte-ciel déserts de Manhattan. Une équipe de télévision, autorisée à suivre le convoi, filma le défilé passant devant les portes closes de Wall Street. Tout un symbole : l'ancien monde venant au secours du nouveau. Les images firent le tour de la planète.

Le premier combat eut lieu à Times Square. Une dizaine d'*ardis* curieux apparurent aux fenêtres cassées quand les murs des immeubles tremblèrent sous les pas des pachydermes. S'agrippant aux rebords, ils dévalèrent les façades et s'immobilisèrent au milieu de la rue. L'expression de leur visage révélait l'absence totale de peur. Ils avaient infligé de sanglantes défaites à leurs précédents adversaires, pourquoi devraient-ils craindre ceux-là ?

Quand un gomphotherium embrocha le premier d'entre eux, alors qu'il avait bondi sur lui, ses congénères ne bronchèrent pas. La victime suivante se jeta d'une fenêtre sur le conducteur d'un éléphant. L'*erectus*, doué de pouvoirs psychiques, anticipa l'attaque et disposa d'un quart de seconde pour placer sa lance sur la trajectoire du singe. Il y eut un bruit de craquement et du sang s'écoula sur le manche.

Les autres *ardis* connurent des sorts tout aussi funestes. Le premier affrontement tournait nettement à l'avantage des *erectus*.

Au cours de la nuit, de nouvelles étoiles peuplèrent la voûte cosmique. Des meutes d'*Ardipithecu*s surgirent à proximité des météorites tombées aux quatre coins de la ville. La mission de l'alliance entre humains et *erectus* semblait vouée à ne jamais se terminer. Le principal théâtre d'affrontements se situait à présent au Muséum d'histoire naturelle de la ville. Son escalier monumental en pierre et sa façade en arc de triomphe résonnèrent des cris d'*ardis* après qu'une météorite eut percuté la chaussée juste devant le célèbre édifice. L'ensemble donnait l'impression que les *Ardipithecus* jaillissaient du musée lui-même. La bataille pour la reconquête de New York continuait dans la fureur et le sang.

Pour Rajesh Khan, une question non résolue demeurait depuis la chute de la météorite sur Times Square : vers quelle époque celle-ci ouvrait-elle un tunnel ? Le physicien avait usé de sa toute fraîche notoriété pour obtenir la permission de l'étudier *in situ.*

Aussitôt Times Square nettoyé, le carrefour se mua en une ruche bourdonnante de scientifiques placés sous sa direction. La pierre tombée du ciel devint l'épicentre d'un laboratoire de campagne dédié à son étude. On érigea un périmètre de sécurité biologique, avec obligation stricte d'entrer en combinaison spatiale, et on installa une montagne d'équipements électroniques sous un barnum.

Dans la soirée, un jeune biologiste au visage constellé de taches de rousseur nommé Irvin décolla ses yeux de l'oculaire d'un microscope pour venir présenter à Khan ses résultats. Il avait étudié les effets de la poussière de météorite sur des échantillons de cellules musculaires. Les résultats s'accordaient en tout point avec ceux obtenus sur l'île de Montecristo : la régression était massive et ultra-rapide. Khan hocha gravement la tête et se remit aussitôt au travail.

Tard dans la nuit, il acheva les ultimes réglages d'une horloge atomique chargée de mesurer la distorsion temporelle induite par la roche. Il alla ensuite s'asseoir devant un ordinateur portable et afficha les résultats de la datation. Ignorant les détails de la mesure, il alla directement à la dernière ligne et lut :

Datation du tunnel espace-temps :
79 après notre ère.
Lieu supposé : Rome.

Ces informations ne furent pas une surprise pour lui. La collection de météorites de Futurabio incluait déjà une pierre de cette époque.

## – 2 –

Costa Rica.

L'état de Kyle s'aggravait. D'interne, sa mue était devenue externe. Son visage s'était arrondi, ses narines s'étaient élargies, sa peau avait bruni, ses doigts s'étaient allongés et courbés comme des griffes. Comme l'avait annoncé Anna, il allait brûler les étapes de la régression. Il sauterait la case *erectus* pour atteindre directement le stade *Ardipithecus*. Heure après heure, Lauryn le voyait s'enfoncer davantage dans les profondeurs de la préhistoire.

L'explication de cette détérioration s'affichait sur l'écran de télévision de la chambre d'hôpital en permanence allumée. Toutes les chaînes s'étaient branchées sur le Bureau international des poids et mesures de Paris et affichaient sur un bandeau le temps universel. L'infernal décompte donnait le vertige tant il défilait vite. Seuls les milliers d'années étaient lisibles.

**– 6 millions 558 mille... ans**
**– 6 millions 871 mille...**
**– 7 millions 243 mille...**

L'interview de Rajesh Khan faisait également le tour des chaînes. Le physicien avait été filmé à la sortie de l'OMS, le front perlant de sueur et de larges auréoles mouillant sa chemise sous les aisselles.

— L'inversion temporelle s'est singulièrement accélérée, car nous approchons de l'apogée de la collision, avait-il bredouillé. Il est parfaitement normal que nous ressentions de plus en plus les effets de l'univers parallèle.

*« Parfaitement normal » : drôle de façon de dire que tout ça nous dépasse totalement*, songea Lauryn, plantée devant le téléviseur. Délaissant Kyle, elle se rendit dans la salle de bains. Elle avait pleuré et ses yeux étaient aussi secs que le sable. Ouvrant le robinet, elle plongea la main sous le jet d'eau et s'aspergea le haut du visage. Quand elle releva la tête, elle croisa son image dans le miroir. Un frisson lui dévala l'échine.

Ses iris. Leur couleur avait changé. De bleus, ils viraient au brun.

Elle se transformait à son tour : les yeux bleus n'étaient apparus au cours de l'évolution que relativement récemment, entre – 10 000 et – 6 000 ans. À l'origine, nous avions tous les yeux foncés. La conclusion s'imposa d'elle-même et la frappa comme un éclair. La régression allait toucher chacun, quel que soit son héritage génétique.

# – 3 –

## Aéroport Kennedy.

Alice trouva le parfait endroit pour s'enregistrer : sous une tente servant au stockage des denrées alimentaires. Le lieu était désert et suffisamment éloigné des pistes d'atterrissage pour que le bruit des avions et les barrissements de gomphotheriums ne couvrent pas sa voix. Elle avait prétexté une nausée passagère pour justifier sa courte absence auprès de sa mère, occupée à encadrer le débarquement des *erectus* qui continuaient d'affluer à New York.

— Ça va ? Tu veux voir un médecin ?

Elle lui avait assuré que ce n'était rien. Pourtant cela faisait trois jours que son corps lui envoyait des signaux d'alerte, que son cerveau mettait un temps affreusement long à s'allumer le matin, tel un vieil ordinateur bon pour la casse. Ou qu'un effort comme tirer les rênes des pliohippus, les chevaux préhistoriques que montaient les *erectus*, la laissait dans un état proche de l'apoplexie. Elle avait pris soin de masquer ces symptômes à sa mère, dans une tentative stupide et vaine de nier la réalité, de fermer les yeux sur le cancer qui avait commencé à la ronger.

Son père était toujours vivant, elle en avait l'intuition. Elle avait capté quelque chose émanant de lui sur l'île de Montecristo. Elle avait senti une présence amicale et avait appris plus tard qu'il s'agissait probablement de la sienne. Quand il avait franchi le portail temporel, elle avait perçu un murmure vacillant, comme ces télescopes qui captent l'évanescence des premiers instants de l'univers.

Puis l'écho s'était manifesté une troisième fois. Seule possibilité : son père avait changé d'époque, sans qu'elle puisse deviner où il était. Selon Anna, lui seul connaissait peut-être le secret de l'enfant sauvage.

Alice posa son téléphone en équilibre sur une palette de boîtes de conserve de viande en sauce, avant de reculer. Une lumière rouge indiquait que l'appareil filmait. Elle ferma les yeux, le temps que son cœur arrête de cogner dans sa poitrine. Elle avait répété sa déclaration dans sa tête au moins trente fois, mais tremblait comme une feuille, à moitié de trac et par anticipation de la douleur qu'elle allait causer à sa mère. Refoulant les sanglots qui lui montaient à la gorge, elle prit une profonde inspiration et se lança :

Salut, je m'appelle Alice et je vais bientôt quitter
ce monde. Je sais que le mal d'hibernation est en moi.
Maman, je suis désolée que tu l'apprennes
avec cette vidéo.

Incapable de se contenir, elle entendit sa propre voix chevroter.

Je sais que tu aurais préféré être malade à ma
place et que tu te demandes : pourquoi est-ce ma
fille qui part et pas moi ? La mort est comme la vie,

une grande loterie. Visiblement, j'ai pioché les mauvais gènes. Mais j'ai vécu dix ans, c'est déjà pas mal, non ? Je sais : je ne fais pas mon âge. Et je peux vous assurer que j'ai eu une vie bien remplie, garde ça en tête, maman, quand tu découvriras mon corps immobile, et repense à tous les bons moments qu'on a vécus. Tu te souviens, dans le Centre de préhistoire vivante, en Afrique, quand le gyrafix avait empalé un nid d'abeilles avec ses deux paires de cornes ? Il n'arrêtait pas de courir entre les arbres, rendu fou par l'essaim qui tourbillonnait autour de sa tête. On a dû l'endormir pour retirer les restes de cire et de miel. On a gardé un peu de miel qu'on a mangé au petit déjeuner.

Alice souriait en repensant à cette vieille histoire.

Je ne vous parle que de ma mère, vous avez remarqué ? Et mon père ? Si je vous précise qu'il a toujours été loin de moi d'un point de vue temporel, vous voyez ce que je veux dire ? Je ne l'ai jamais connu, mais ça va. J'aurais aimé grandir avec lui, bien sûr, mais j'avais plein de gens adorables autour de moi, donc j'imagine que je m'en suis bien sortie sans. De toute manière, je crois qu'on... qu'on a l'ADN solide dans la famille.

Bouleversée, Anna regardait sur son téléphone le testament filmé, tout en tenant la main d'Alice, allongée sur un lit de l'infirmerie. Contrairement à sa fille, elle n'avait pas réussi à retenir ses larmes. Alice avait été découverte endormie sur les lieux de son ultime au revoir. Elle agrippait entre ses doigts un mousqueton d'escalade ayant appartenu à son père qu'elle conservait religieusement, comme une relique d'un saint disparu.

La vidéo continuait. Alice ne s'était pas contentée de dire adieu. Elle avait également envoyé un message.

Quand vous verrez cette vidéo, je me serai transformée en Belle au bois dormant. Mais comme dans tous les contes de fées, il existe un chevalier qui peut sauver la princesse. Et j'ai besoin de vous pour m'aider à trouver ce héros. Qui est-ce ? Je sais, cela va vous sembler bizarre, mais le seul qui puisse me sauver et sauver tous ceux de vos familles est un *erectus*. Oui, vous m'avez bien entendue. Il serait trop long de vous expliquer pourquoi, mais si nous retrouvons cet *erectus*, il y a de bonnes chances pour que l'hibernation ne soit plus qu'un mauvais souvenir.
Le problème, c'est que cet *erectus* vit quelque part dans le passé. Alors je m'adresse à vous. Trouvez les traces d'un *erectus* qui a vécu dans le passé. Et moi et tous ceux qui hibernent aurons peut-être une chance de revoir le soleil se lever à l'horizon.

Le téléphone posé sur le lit ne cessait de vibrer depuis une heure, transmettant des messages de sympathie à Anna. Un appel de Mirna Kisinski s'affichait dans une barre en haut de l'écran. Anna n'avait pas eu de nouvelles d'elle depuis son départ de l'île de Montecristo, ni directement ni par l'intermédiaire de Lucas. Son cœur bondit dans sa poitrine : et si elle lui annonçait une bonne nouvelle ? Quand le malheur vous tombe dessus, on s'accroche au moindre espoir, aussi mince soit-il.

— Allô, Anna ? Comme tout le monde, je viens de voir la vidéo d'Alice. Je voulais vous assurer de toute mon amitié. Alice semblait être une jeune fille extraordinaire. Je suis à peu près sûre qu'elle avait hérité ses talents de sa mère. Je regrette que nous n'ayons pu mener à bien notre quête. Alice serait toujours pleine de vie si nous avions réussi. Je m'en veux terriblement. Je vous envoie plein de bonnes ondes.

— Merci, Mirna, de votre sollicitude. Et Janus ?

— L'ordinateur ne veut toujours rien savoir, mais nous continuons à travailler dessus.

La dernière phrase claqua aux oreilles d'Anna comme un coup de fouet. Elle n'entendit pas ce que Mirna lui dit ensuite. Quand vous avez éliminé toutes les solutions rationnelles, il ne reste que les plus folles, celles réservées aux désespérés. Comme elle.

Elle avait pris sa décision.

## Sur le Net.

Vous avez vu le message déchirant de la petite qui est tombée en hibernation ? Elle a réussi à me faire chialer. Je suis pas le seul visiblement : 56 000 vues.
***Winteriscoming***

128 000 maintenant. Je suis d'accord : trop émouvant. Nan, je déconne, pour qui elle se prend d'étaler ses malheurs en public ?
***Ardi'n Heavy***

453 000 vues à présent.
Vous l'avez reconnue, bien sûr ?
***Gomphotherium***

Non, c ki ?
***Lilithetigresse***

Quand elle a dit qu'elle avait vécu au Centre de préhistoire vivante, ça ne t'a pas mis la puce à l'oreille ? C'est la fille de la paléontologue Anna Meunier. Elle s'appelle Alice, elle le dit dans la vidéo.
***Gomphotherium***

Correction : elle *s'appelait* Alice. Des journalistes ont contacté sa mère qui a confirmé qu'elle avait sombré. Putain, on va y passer les uns après les autres.
***ApocalypTIC***

Sauf si quelqu'un déniche cet *erectus* dont elle parle. Vous savez ce qu'il vous reste à faire. Y a déjà plein de gens qui se sont lancés sur sa piste.
***Winteriscoming***

*Best* chasse à l'homme *ever.*
***Gomphotherium***

Trouvé dans un manuscrit médiéval du XIIIe siècle une description qui colle parfaitement à un *erectus.*
***Lilithetigresse***

Erreur : Anna Meunier a déjà annoncé dans une interview à la télé qu'il s'agissait d'une erreur, une mauvaise interprétation du texte. Ce n'est pas cet *erectus* qu'on cherche. Mauvaise pioche.
***Gomphotherium***

Pas facile de faire la différence entre *erectus* et *ardi* sur une simple description.
***Lilithetigresse***

*Erectus* = passé de l'homme.
*Ardi* = avenir de l'homme.
***Ardi'n Heavy***

Au bureau, tous mes collègues se sont arrêtés de travailler pour consulter des archives historiques en ligne.
***Winteriscoming***

Chez moi aussi.
***Lilithetigresse***

Dans la Bible, il y a ce passage : « La bête que je vis était semblable à un léopard. Ses pieds étaient comme ceux d'un ours, et sa gueule comme une gueule de lion. » Ça apparaît dans le texte de l'Apocalypse (13, 2). Ça pourrait sonner comme l'irruption d'un homme-bête, d'un *erectus* ?
***Winteriscoming***

Ton selfie pourrait ressembler à un *erectus.*
***Ardi'n Heavy***

L'avenir de l'humanité repose sur des mecs au QI moyen ne dépassant pas celui d'une huître du crétacé, waouh !
***Gomphotherium***

Et pourquoi cet *erectus* serait notre sauveur, d'abord ? Ça n'a pas de sens.
***Lilithetigresse***

L'OMS a publié un communiqué : l'*erectus* serait un mutant. Avec un ADN spécial.
***Gomphotherium***

Il paraît qu'un gars qui fait des vidéos d'histoire sur YouTube a dégotté un truc sérieux.
***ApocalypTIC***

Oui, il a remarqué quelque chose sur des peintures en Algérie. Dans la région du Tassili, il existe des peintures rupestres en plein air pas très vieilles. Elles remontent à – 8 000 ans. Il y a une silhouette humanoïde bizarre avec des cornes. Le gars pense qu'il pourrait s'agir d'un *erectus.*
***Winteriscoming***

Quel rapport entre les cornes et un *erectus* ?
***Gomphotherium***

Le gars prétend que ça pourrait être
un moyen de symboliser la différence
de la créature avec les hommes.
***Winteriscoming***

Quel ignare, ce type. Ce dessin est connu depuis belle lurette : plein de théories fumeuses ont cherché à l'expliquer. On a même imaginé qu'il s'agissait d'un extraterrestre. Raté, essaye encore.
***Ardi'n Heavy***

Photo prise hier à Pompéi par un touriste. Sur un mur, il y a une grande mosaïque où sont représentés des jeux du cirque. Apparemment, des jeux ont été organisés à Rome en l'an 79 pour apaiser la colère des dieux, qui jetaient des grosses boules de feu sur la ville. Ça ne vous rappelle rien ? Mieux : vous voyez la silhouette armée d'une lance qui affronte le gladiateur ? Vous ne lui trouvez pas une sacrée ressemblance avec un *erectus* ?
***Lilithetigresse***

Non, pas de ressemblance : C'EST un *erectus* !
***Gomphotherium***

Ça a été vérifié : la silhouette n'y était pas il y a une semaine.
***ApocalypTIC***

Argument supplémentaire : il y a un dessin sur sa cuisse qui a été agrandi dans un coin de la mosaïque. C'est une suite de chiffres et de lettres mélangeant l'écriture arabe et l'alphabet phénicien, autrement dit le nôtre. Or à cette époque on écrivait les nombres avec des lettres, pas avec des chiffres comme nous. Rien que ça, c'est bizarre. La série est : 1C27XZ8.

***Gomphotherium***

On connaît cette séquence, une simple recherche sur Google le montre. C'est l'identificateur de Yann Lebel. Wuan dans le monde *erectus.*

***ApocalypTIC***

# – 4 –

## Rome, an 79 de notre ère.

Tenu en laisse par un soldat, le lion à dents de sabre avançait placidement dans le couloir de la ménagerie du Colisée. Quand il passa devant les barreaux de sa cellule, Wuan recula, effrayé. Que faisait ce féroce prédateur parmi les humains ? Folie pure !

Voyant sa réaction, le Romain s'arrêta devant la geôle et le toisa. Il parlait une langue inconnue que Wuan parvenait à comprendre en sondant son esprit.

— Tu as peur, Mars ? Toi qui as vaincu nos meilleurs gladiateurs ? Tu n'es peut-être pas aussi puissant que tu en as l'air, après tout.

Le dernier combat avait laissé Wuan à la lisière de l'inconscience. Il avait affronté une brute animée d'une rage inouïe, au buste recouvert de lourdes plaques de métal et armée d'une masse. Sans sa vivacité et sa capacité à anticiper les gestes de son adversaire, à l'heure actuelle son corps serait retourné à l'*aquak*.

Il avait été capturé dès sa sortie de la météorite : il avait jailli dans une ville où les gens marchaient en sandales, où des fumées s'élevaient de chaque maison. La météorite était tombée au milieu d'un terrain herbeux à proximité d'une demeure à la façade ornée de grandes colonnes. Elle était gardée par une escouade de soldats qui s'étaient empressés de le maîtriser et de lui passer des fers aux poignets.

La confusion régnait dans son esprit. Entre les quatre murs de son cachot, il avait l'impression d'étouffer lentement. Malgré ses victoires au combat, il se sentait diminué. Une chose étendait ses ramifications en lui. Il avait des douleurs inexpliquées aux membres, et il sortait du sommeil plus épuisé qu'en y entrant. L'appétit l'avait quitté. Il commençait à regretter d'avoir suivi le conseil de l'humain et de s'être approprié les forces de l'enfant.

Un homme élégant drapé d'une toge blanche, les cheveux pommadés et coiffés en arrière, pénétra dans la prison. Il ne paraissait pas craindre Wuan, sans doute rassuré par les entraves qui reliaient ses poignets à ses chevilles. Il avisa le plateau de fruits auquel Wuan n'avait pas touché et s'accroupit devant lui, admiratif.

— Une semaine que tu n'as rien avalé et pourtant tu as mis à terre sept de mes gladiateurs. Qui es-tu, l'inconnu ? Je ne sais même pas si tu me comprends. J'ai l'habitude de voir passer des gueules cassées, ici, mais une horreur comme toi, c'est une première. Je n'aimerais pas voir la tête de tes parents.

Wuan prit alors conscience du dessin tracé à la craie sur les pavés du sol. Un motif dont il ignorait tout : une lettre C enluminée.

— Pourtant, je sais qui tu es vraiment, murmura Volesius. Un *Cygnus niger*, un être d'exception. Celui qui viendra nous sauver. Je l'ai su dès l'instant où je t'ai vu combattre.

Tu te bats comme un dieu. Tu ne peux pas apparaître aujourd'hui par le seul caprice du hasard.

Le soldat repassa et lança, l'air moqueur :

— Alors, Volesius, on parle aux animaux ?

— Je t'emmerde, Sertor. Mars n'a rien à faire ici. Il devrait être avec mes gladiateurs.

— Tu ne veux pas que je l'amène chez moi, aussi ?

— Tu devrais, ta femme aurait enfin un peu de vigueur dans son lit.

— Va te faire foutre, Volesius.

Menaçant, le garde fit un pas dans la cellule. Wuan crut qu'ils en viendraient aux mains, les deux puant à plein nez une fragrance musquée. L'odeur de la domination. Mais Sertor fut appelé dans le couloir et dut se résoudre à baisser les armes.

— N'écoute pas ce dégénéré, lui dit Volesius en levant le bras. Personne n'est parfait, non ?

Il déroula un pli de son vêtement retenu par une agrafe. Retroussant sa manche, il exhiba sa main gauche difforme, un membre miniature, presque une main de nourrisson. Il la rangea dès qu'il fut sûr que Wuan l'avait bien regardée.

— Quel est ton nom, l'étranger ?

Sans savoir exactement pourquoi, Wuan répéta le nom dont on l'affublait depuis son arrivée entre ces murs, comme si cela lui permettait de se sentir moins étranger dans ce monde inconnu.

— Mars, bredouilla-t-il.

Volesius ne sembla pas apprécier la réponse.

— Ah ! tu parles, finalement ? Et il t'a fallu attendre jusqu'à aujourd'hui pour décrocher ton premier mot ! Mais si tu crois que Sertor t'a appelé comme ça parce que ta force était digne du dieu de la Guerre, tu te trompes ! Cet abruti se moquait de toi ! Ne reprends pas ce nom ! Si tu ne veux pas me dire ton vrai nom, choisis-en un, n'importe lequel, mais pas celui-là.

— Wuan.

— Comment tu as dit ? Wu-an, c'est ça ? Pas sûr que la foule arrive à le prononcer. Mais comme il y a toutes les chances que tu sois mort ce soir…

Sur ces paroles inquiétantes, Volesius se leva après avoir ramassé la chaîne qui entravait Wuan.

— Viens, et ne m'oblige pas à employer la force comme la dernière fois.

Wuan était trop faible pour se rebeller. Il suivit Volesius, avec qui il traversa la ménagerie, aux cages peuplées de créatures étranges et inconnues dont les pensées du Romain lui révélaient les noms : dodo de l'île Maurice, éléphants nains de Sicile, lémurien géant de Madagascar, auroch et autre gazelle rouge. Wuan ne reconnaissait aucun de ces animaux et il comprit alors qu'il avait été projeté dans un lointain passé, à une époque où ils existaient encore.

Une lumière aveuglante, brûlante comme un soleil d'été, jaillit d'une ouverture. Ils plongèrent à l'intérieur et ressortirent dans une vaste enceinte circulaire entourée de gradins où un public nombreux manifestait sa joie en hurlant et tapant du pied.

— Bonne chance, Wuan. Dommage que tu doives quitter ce monde si vite. Mais si c'est pour nous sauver tous, je ne pleurerai pas ta mort, désolé.

Une sphère de feu traversa les cieux, loin derrière les murailles. Le silence s'installa dans l'arène, tout le monde frissonnant face au bolide. Il s'écrasa près du Colisée dans un nuage épais, et le vacarme assourdissant de la collision excita les spectateurs. En proie à une ferveur exaltée, comme Wuan n'en avait pas été témoin depuis sa guerre contre les humains, ils se tournèrent vers lui, un poing brandi, en scandant :

— Mars ! Mars ! Mars !

*Ils me prennent pour un Vent*, songea Wuan tout en surveillant la grille d'où devait surgir son adversaire du jour. Mais les secondes s'écoulaient sans que rien n'advienne. Les gladiateurs refusaient-ils de combattre un dieu de chair et de sang ?

Se levant de la tribune des chefs, un homme vêtu d'une toge rouge attachée à l'épaule s'exprima d'une voix forte, ce qui obligea Wuan à concentrer son attention sur lui.

— Le combat offert aux dieux aujourd'hui restera gravé dans les mémoires. Nous sommes allés chercher des créatures dans tout l'Empire et au-delà pour ces jeux, mais les deux bêtes qui vont s'affronter sont des êtres singuliers, uniques, chacun dans leur monstruosité. Ovationnons celui qui est connu dorénavant sous le nom de… Mars !

Tandis que des acclamations s'élevaient de la foule, le regard de Wuan se posa au sol sur d'immenses empreintes rondes : un enfant de deux ans aurait pu s'allonger dedans. Un grondement aigu secoua l'air. Puis entra dans l'arène un éléphant pourvu d'une trompe large et aplatie, arborant en guise de défenses une pelle en ivoire d'une longueur telle qu'elle effleurait le sol. Contrastant avec cet aspect spectaculaire, sa petite tête et ses petites oreilles, ainsi que les bourrelets qui plissaient sa peau, lui conféraient une allure ridicule.

La bête demeurait immobile, émettant des barrissements semblables au son d'une corne de brume. Elle renâclait au combat, malgré les efforts d'un gladiateur cuirassé qui l'aiguillonnait de ses cris et de sa lance. Quand il l'enfonça si profondément dans une patte qu'elle y resta plantée, la bête dressa sa trompe et chargea son bourreau. Celui-ci bondit sur le côté, mais l'éléphant pivota la tête et lui assena un coup de sa pelle qui le projeta cinq mètres plus loin, vraisemblablement mort.

Ensuite, l'éléphant braqua ses yeux noir d'obsidienne, brillants de colère, vers Wuan. L'animal et l'*erectus* se retrouvèrent face à face, obligés tous les deux de mener jusqu'à son terme un duel qu'aucun ne souhaitait. Avec son mètre soixante, l'*erectus* faisait pâle figure vis-à-vis du mastodonte.

À l'aide de sa pelle, le pachyderme souleva un nuage de poussière, qu'il souffla avec sa trompe vers l'avant. Aveuglé, Wuan ne vit pas venir l'assaut. Le choc fut d'une violence inouïe. L'*erectus* recula de six mètres et, quand il parvint à se redresser, non sans mal, il sentit une de ses côtes bouger. L'animal cachait sous son apparence disgracieuse une force herculéenne, égalant celle de deux gomphotheriums.

Quand l'éléphant réitéra son geste, Wuan était préparé. Cette fois, se déportant d'un bond, il sortit du nuage. La charge se termina dans le vide et la bête parut décontenancée. Wuan en profita. Il se jeta sur elle et, prenant appui sur les bourrelets, il se hissa sur son garrot. Là, il assura sa position en empoignant le sommet des oreilles.

*Se connecter avec l'esprit de la bête : mon unique chance de m'en tirer vivant.*

Mais dès qu'il chercha à étendre les ramifications de son esprit dans celui de sa monture, celle-ci le désarçonna d'une secousse et il chuta à terre. La créature se dressa sur ses pattes arrière, à la verticale de lui, et se laissa choir lourdement. D'une roulade, Wuan évita de justesse la patte qui voulait l'écraser. En retombant, l'éléphant planta sa mâchoire inférieure dans le sol pour y puiser de la poussière. Quand il releva la tête, il souffla. Une fine poudre ocre et vaporeuse obscurcit l'atmosphère.

D'un barrissement furieux claquant dans l'air, l'animal signala qu'il allait porter le coup de grâce. Son intention pénétra l'esprit de Wuan. *Il va user de sa pelle pour me couper en deux. Et je n'y vois pas plus que dans une grotte.*

Pour tous les spectateurs, il n'y avait qu'une seule créature victorieuse : l'éléphant. L'autre ne pouvait avoir survécu. Tandis que le voile de poussière se dissipait, le temps parut se dissoudre. Tous s'apprêtaient à acclamer le pachyderme. Ce qu'ils découvrirent les figea de surprise : il était couché au sol, Mars debout face à lui, bel et bien vivant, par on ne sait quelle intervention divine.

Leur stupéfaction tourna à l'incrédulité générale quand leur nouveau dieu enjamba la trompe pour se jucher sur le crâne du pachyderme et que celui-ci souleva ses pattes avant. Mars chevauchait le monstre sans que celui-ci manifeste la moindre opposition !

Le ciel s'éclaira soudain d'une vive lueur. Une nouvelle météorite, plus grosse que la précédente, se dirigeait vers la ville. Un fracas tonitruant retentit : elle venait de se désintégrer en une myriade de fragments qui volaient, entourés de flammèches. La pluie rougeoyante s'abattit. Une boule de feu entra en collision avec un gradin et tua au moins une dizaine de personnes. On entendit des hurlements, et la catastrophe sonna la ruée vers les sorties.

La peur contamina l'éléphant qui, n'obéissant plus aux ordres mentaux de Wuan, le jeta à terre. Des soldats accoururent pour le maîtriser pendant que Volesius aidait Wuan à se relever et le ramenait vers la ménagerie dans un chaos général indescriptible. Ayant épuisé ses dernières forces, Wuan claudiquait en s'appuyant sur lui. Tout en avançant, Volesius, furieux, lui jetait des regards noirs.

— Tu as vu ? Que tu sois vivant mécontente les dieux, tu étais supposé mourir. Seul ton sacrifice les apaisera, maintenant.

# – 5 –

## New York ; Rome, an 79 de notre ère.

À bord d'une Jeep conduite par un soldat, Anna gagna Times Square et le laboratoire de campagne établi autour de la pierre noire. Elle gardait en mémoire une démonstration spectaculaire que lui avait faite Mirna Kisinski sur l'île de Montecristo. Devant ses yeux ébahis, l'assistante de Josia Meyer lui avait montré l'effet de la poussière météoritique sur des cellules vivantes : au bout de quelques minutes seulement, ces dernières entamaient leur folle dégringolade de l'échelle évolutive.

La voiture se gara devant le chapiteau, puis Anna s'avança vers Rajesh Khan.

— Combien de temps resterai-je consciente si on m'injecte le sérum ?

Arraché à son travail, le physicien fit la moue.

— De quoi parlez-vous ? De quel sérum ?

— De celui-là.

Elle pointa du doigt une série de flacons alignés près d'un biologiste affairé sur un microscope. Elle avait discuté avec le jeune Irvin quand elle était passée en coup de vent la veille pour parler avec Khan de l'hypothèse, jugée idiote par Cory Barlo, qu'il avait émise lors de la réunion de Genève. Même si elle n'adhérait pas à sa théorie sur les ondes émises par l'ADN, elle avait voulu l'assurer de son plein soutien. Elle avait trop longtemps souffert d'être mise au ban de la communauté scientifique pour ne pas éprouver de la sympathie envers le physicien.

Soudain, on entendit des pneus crisser à l'extérieur et, un instant plus tard, Lucas, ivre de colère, s'engouffrait sous le barnum. Il brandissait son téléphone, l'écran tourné vers Anna.

— Tu peux me dire ce que signifie : « Au revoir, Lucas, je vais faire un tour à Rome. J'espère qu'on pourra y aller ensemble un jour » ?

— J'ai ajouté quelque chose après, dit-elle, prise au dépourvu.

— Oui : « Je t'aime. » Mais j'ai comme l'impression que tes actes contredisent tes paroles. Je te préviens tout de suite : il est hors de question que tu fasses cette bêtise.

— Tu ne parviendras pas à me faire renoncer. C'est l'unique solution pour ramener Wuan, et tu le sais. N'est-ce pas, Rajesh ?

— Non, vous ne pouvez pas faire ça, balbutia le physicien, terrifié.

— De combien de temps est-ce que je dispose avant que la métamorphose soit complète ?

Rajesh s'obstinant à ne pas répondre, elle insista.

— Quatre heures, finit-il par lâcher.

Tout en parlant, elle s'était emparée d'une seringue sur une étagère et avait planté l'aiguille dans l'un des flacons qui renfermait un liquide grisâtre.

— Ça me laisse le temps d'aller chercher Wuan et de le ramener. Le point de chute de la météorite est juste à côté du Colisée.

— Et si ça ne suffit pas ? s'inquiéta Lucas. Et si le sérum fait effet avant ? Dès que tu seras devenue *erectus*, tu perdras le souvenir de tout ce qui s'est passé. Tu ne te rappelleras même plus ce que tu fais là-bas, si jamais tu es encore en vie pour te poser la question.

— Cela n'arrivera pas. À mon retour, vous me placerez en coma artificiel et m'en sortirez dès que vous aurez identifié l'antidote. OK ?

— En coma artificiel ? Tu n'as pas l'impression de rejouer une scène qui aurait pu très mal se terminer ? Anna, je t'en conjure, ne fais pas ça.

Mais Anna s'était déjà assise sur un siège, la manche de sa veste retroussée. Lucas se précipita pour empêcher son geste. Trop tard : elle s'était injecté le sérum. L'agent régressif circulait à présent dans ses veines. L'effet commença à se manifester au bout d'une vingtaine de secondes. D'un coup, elle eut l'impression que son métabolisme entier s'accélérait. Ses pulsations cardiaques résonnaient à ses oreilles comme la grosse caisse d'une batterie. L'afflux sanguin s'accélérait dans ses veines, provoquant des fourmillements dans ses doigts. Tout se passait comme si une personne pilotait son organisme et venait d'enfoncer à fond la pédale des gaz.

— Ça va, rassura-t-elle Lucas qui la regardait comme si elle avait absorbé du poison.

Elle avait franchi le Rubicon, sans retour possible. Sauf si elle ramenait Wuan.

Sereine, elle s'approcha de la pierre noire, posa une main sur sa surface miroitante. Son bras devint translucide et fut parcouru d'irisations multicolores, comme des ondes à la surface d'un lac un soir d'été. Elle commença à éprouver une vive douleur dans tout le corps. Ses vaisseaux sanguins, veines et artères paraissaient bouillir de l'intérieur.

Pourvu qu'elle n'arrive pas trop tard ! Les mosaïques de Pompéi, décidément très bavardes, avaient livré une autre information qui avait échoué sur le Net. Les jeux du cirque s'étant révélé impuissants à neutraliser le fléau tombé du ciel, les Romains avaient décidé d'employer les grands moyens : le sacrifice d'animaux sauvages. Parmi la longue liste de bêtes vouées à mourir – éléphants, lions et autres crocodiles – figurait Wuan, baptisé du nom de Mars en hommage à sa force légendaire. *Ils sont désespérés, ils jouent leur dernière carte, espérons que j'arrive à temps.*

Soudain, elle se sentit happée vers l'avant.

★

★ ★

— C'est l'heure de ton dernier spectacle, annonça Volesius en ouvrant la grille de la cellule.

Wuan avait lu dans l'esprit de son geôlier le sort qui l'attendait. Il pensait avoir trouvé un allié en lui, mais s'était trompé. Il avait beau se différencier des autres hommes dans de nombreux domaines, lui aussi partageait l'idée stupide que sa mort apaiserait la colère des Vents. Les idées fantasques de ces humains n'étaient pas sans lui rappeler Celui-qui-sait, ou plutôt Celui-qui-prétend-savoir. Ils étaient prisonniers, comme lui, à la différence que les barreaux se trouvaient sous leur crâne.

Wuan avança dans le couloir d'un pas lourd, l'extrémité de ses chaînes entre les mains de Volesius. Un peloton armé les escortait. À l'extérieur, un tableau répugnant les attendait : des cadavres d'animaux par dizaines s'amassaient dans l'arène. Volesius le poussa jusqu'à une volée de marches menant à une scène surélevée. Il accrocha ses chaînes à un anneau, puis s'éclipsa en se contentant de lui adresser un regard plein d'espoir.

*Il est vraiment persuadé que ma mort va changer quelque chose.* Contrairement à la veille, les spectateurs se muraient dans un silence complet. Les narines de Wuan frétillèrent : ils puaient la peur jusqu'ici. Ils le dégoûtaient, il n'éprouvait que mépris et haine pour eux.

Le bourreau portait une grande épée à ses flancs. L'homme à la toge rouge prononça quelques mots :

— Romains, vous qui avez conquis les mers et les terres au-delà de l'horizon ! Vous que rien n'arrête, pas même les plus hautes montagnes ! Vous dont la culture rayonne au-delà des terres connues ! Vous qui avez marqué de votre empreinte chaque parcelle de ce monde ! Rassurez-vous, votre Empire vacille, mais il ne s'effondrera pas. Votre heure n'est pas encore venue. Telle est la décision des dieux. Ils ont mis l'un des leurs entre nos mains : l'incarnation de Mars, qui se tient devant vous. Et quel acte de dévotion plus puissant que le sacrifice d'un dieu ?

★

★ ★

Quand Anna sortit du tunnel temporel, elle se retrouva nez à nez avec un buste de César en marbre blanc, à proximité immédiate d'une météorite tombée dans l'atrium ombragé d'une villa. Sur les maisons voisines, des silhouettes simiesques sautaient d'un toit à l'autre. À l'image de New York, l'ancienne Rome était devenue le territoire des *Ardipithecus*.

Comme elle avait jailli nue du voyage, elle explora la villa et finit par trouver une chambre richement ornée de mosaïques et de fresques murales. D'un coffre en bois, elle sortit une tunique rouge lui tombant aux chevilles dont elle se drapa. Sur le point de sortir de la pièce, elle entendit des tuiles bouger. Un *ardi* se coula devant elle. Massif, le pelage tirant sur le gris comme un grizzli, il lui barrait la route. Sa posture hautaine révélait qu'il savait parfaitement qui était le dominant.

— Tu ne m'intéresses pas, souffla Anna, comme si le ton de sa voix pouvait avoir le moindre effet.

Elle essayait de le contourner quand une pression énorme lui écrasa le torse. Elle fut projetée en arrière par des mains velues. En même temps, elle eut sa première réaction à la substance. Quelque chose de violent la déchira de l'intérieur. Recroquevillée sur le carrelage, elle sentit comme une décharge de deux mille volts la traverser.

*Ton organisme va expérimenter en accéléré ce que Kyle a vécu ces dernières semaines. Tu vas avoir mal.*

Puis son corps se modifia. Des courbatures endolorirent ses muscles, les articulations de ses genoux et de ses coudes se grippèrent, comme si elle avait soudain vieilli de quarante ans. Elle mourait de chaud et, quand elle effleura son front, il était brûlant comme la braise. Ses bras l'étaient tout autant : chaque cellule de son corps était le siège d'une intense activité biologique.

*Tu as traversé deux pandémies indemne, tu as survécu à un an de coma ! Réagis, ma fille !*

Elle se redressa sur ses deux jambes, envahie d'une vigueur inédite. L'*ardi* retroussa les lèvres en feulant, comme un gros chat, avant de fondre sur elle. Profitant de son agilité nouvelle, elle évita la charge en se jetant sur le côté. Ce petit manège dura de longues minutes, durant lesquelles les deux adversaires se jaugeaient, l'*ardi* passant au bout d'un moment à l'attaque et Anna l'esquivant. Finalement, une opportunité se dessina quand le singe fut distrait par le glapissement de ses semblables à l'extérieur. Anna en profita pour s'empresser de sortir en claquant la porte derrière elle. Par chance, elle se fermait avec un gros loquet en métal.

Furieuse d'avoir perdu un temps précieux, elle s'engouffra dans une rue commerçante étroite, où flottait une odeur âcre de mauvais vin. Un peu plus loin, des débris de jarres cassées parsemaient les pavés devant un magasin de spiritueux. Un corps humain gisait au milieu de la flaque rouge. Anna eut un haut-le-cœur. Autre époque, même cauchemar.

Avant de partir pour l'Antiquité, elle avait pris le temps d'étudier le plan de la Rome antique. Le Colisée était juste à ses pieds.

★

★ ★

Dans l'attente du geste salvateur, la clameur de la foule, hagarde, avide de sang, s'éleva avant de se taire quand le préfet leva la main. Paume ouverte, il attendit un instant, puis l'abattit tel un couperet, donnant le signal au bourreau.

Wuan serra les dents en tirant de toutes ses forces sur ses chaînes. Mais les fixations, épaisses comme des anneaux d'amarrage de navire, étaient conçues pour contenir la puissance d'un éléphant. Il perdait son temps à vouloir les arracher.

L'*erectus* allait assister, impuissant, à sa propre mise à mort. Le bourreau amorça son geste puis planta son glaive dans son ventre. La lame se fraya un chemin dans son corps en déchirant les chairs.

⋆

⋆ ⋆

La pression montait près de Times Square. Un camion frigorifique de boucherie s'était couché la veille en travers de la chaussée, portes ouvertes par le choc. Attiré par l'odeur, un *ardi* avait découvert le filon et d'un hurlement puissant avait convié ses congénères à table. En moins de trente secondes, des silhouettes avaient afflué de partout, dévalant les façades des immeubles pour s'agglutiner devant le véhicule. Formant un amas grouillant et sonore, les *ardis* se marchaient les uns sur les autres pour avoir leur part du butin. Une colonie de fourmis prenant d'assaut une carcasse de mulot : voilà à quoi ressemblait la scène.

Et tout cela se passait à trois cents mètres tout au plus du campement des scientifiques… Ils étaient les prochains mets au menu, cela ne faisait pas l'ombre d'un doute. En apercevant une meute d'*ardis* se disputer un train de côtes sur le macadam, Lucas se sentit tout à coup l'égal d'un morceau de viande sur pattes. Il dégaina son talkie-walkie.

— Stephen, on va avoir besoin de vous, ici.

Cinq minutes plus tard, il sentit sous ses pieds le sol vibrer et la cavalerie déboucha de la Cinquième Avenue. En tête, Chen chevauchait son gomphotherium tel le général Lee son fidèle Traveller, accompagné de Gordon dans une Jeep. Les *ardis*, mis en appétit, convergeaient vers le barnum. Lucas respira de soulagement quand une armée composée d'*erectus* et de soldats se planta au milieu de la rue pour leur faire barrage.

Son sentiment de sécurité fut aussi éphémère qu'un flocon de neige tombé sur une plaque de cuisson allumée. Tuer ou être tué : voilà le seul programme mental des *Ardipithecus*. Non seulement ils ne craignaient rien, mais ils n'accordaient aucune importance à la mort des individus. Qu'importe si la Faucheuse emportait certains d'entre eux, du moment que le groupe survivait. Les égaux des fourmis, oui.

L'un des membres du commando qui gardait le campement mit d'autorité un pistolet dans les mains de Lucas.

— Vous savez vous en servir ?

— Non.

— Gardez les bras bien fermes, OK ?

Il hocha la tête.

Sitôt l'attaque des *ardis* lancée, les *erectus* firent un carnage dans leurs rangs. Les gomphotheriums les embrochaient sur leurs doubles paires de défenses, tandis qu'avec leurs trompes ils attrapaient les *ardis* isolés et s'en servaient comme projectiles. Le tapis neigeux s'empourprait un peu plus à chaque charge. Pendant toute sa carrière à l'OMS, lors de ses visites de villages africains reculés où sévissaient les maladies, le sang avait été symbole de vie, et le voir ainsi répandu écœurait Lucas. Une onde gelée qui n'avait rien à voir avec le froid lui saisissait la nuque.

Ayant réussi à se faufiler parmi les lignes défensives, un *ardi* galopa à quatre pattes droit vers lui. Son index pressa la détente du pistolet. Par un coup de chance, il toucha la cible en pleine tête et la masse tomba à quelques mètres de lui. Il tuait pour la première fois et il en éprouva une violente nausée.

D'autres spécimens réussirent à se glisser à travers les mailles du filet. Lucas en tua un. Les mains puissantes et velues d'un *erectus* qui combattait à ses côtés fauchèrent les trois autres. Il devint pourtant vite évident que l'alliance entre *erectus* et *sapiens* ne contiendrait pas longtemps l'envahisseur préhumain.

★

★ ★

Un sentiment d'urgence étreignait Anna tandis qu'elle hâtait le pas à travers Rome, comme si elle pressentait que le drame se déroulait déjà. L'entrée du Colisée n'étant pas gardée, elle put facilement pénétrer dans l'arène. Elle arriva au moment où Wuan tombait. Oubliant le public, elle courut jusqu'à l'estrade en bois et y grimpa sous le regard compréhensif du bourreau, qui la croyait mère ou sœur de la répugnante créature.

— Non, non, ne pars pas maintenant, Wuan, dit-elle en s'agenouillant près de lui. Des gens ont encore besoin de toi, tu ne peux pas les abandonner.

Elle couvrit la plaie avec sa main, en vain : le sang coulait à flots. Ne se résignant pas, elle déchira un pan de sa tunique et compressa la blessure. Tout en agissant, elle parlait pour stimuler l'*erectus* :

— Ta fille t'attend. Alice. Elle est grande et belle, et tu es le seul à pouvoir la sauver, alors hors de question que tu meures.

Entendant une langue étrange sortir de la bouche de cette femme et pensant qu'elle était peut-être une ennemie de Rome venue d'un ailleurs lointain, le bourreau la somma de s'écarter. La pointe de son épée rendait le message explicite.

Anna se leva, semblant obéir. Puis, d'un mouvement vif, sans qu'il puisse réagir, elle lui arracha son arme des mains et l'envoya dans les airs avec une puissance telle qu'elle retomba à plusieurs mètres. *Ça y est, j'ai la force des* erectus. Allongé dans la poussière, le Romain la regardait d'en bas avec un air hagard, à la fois impressionné et effrayé. Anna finit par comprendre qu'elle se trompait et qu'il regardait en réalité derrière son épaule : une énorme météorite fonçait droit sur le Colisée. Il y eut des cris et la foule se hâta de quitter les gradins, prenant soudain conscience de la vanité du sacrifice.

Absorbée par son monde intérieur, Anna ne bougea pas. *Je commence à perdre le contrôle de moi-même. Je ne serai bientôt plus qu'un animal livré à ses instincts les plus primitifs.* Son esprit s'emplissait de confusion, ses pensées tourbillonnaient, passé et présent se mélangeant. Elle ne savait plus si elle se trouvait au Colisée en l'an 79, à l'abbaye du Mont-Saint-Michel en 1348, ou encore sur l'île de Montecristo au XXI^e^ siècle. Dans son esprit, le fil du temps perdait son caractère unique et linéaire, il s'étoffait, se ramifiait.

Des images s'entrechoquaient en elle. Elle se revoyait au moment où tout avait commencé, en Papouasie-Nouvelle-Guinée, quand la Terre avait recraché un fossile de dinosaure prodigieux, premier indice de la régression. La seconde d'après, elle était cette enfant innocente et curieuse qui pénétrait à pas de velours dans le sous-sol de la maison voisine pour y découvrir une macabre exposition de squelettes d'animaux.

Ces scènes agissaient sur elle comme des miroirs et lui renvoyaient au visage une question qu'elle éludait depuis longtemps, peut-être par peur de la réponse. *Qui suis-je, au fond ?* La paléontologue aventureuse qui avait anticipé la régression avant tout le monde ou la gamine à la fois terrifiée et fascinée par la bestialité de l'être humain ?

La transformation avait commencé. Sa vision était atteinte. Les gradins du Colisée se réduisaient à des lignes floues parsemées de taches colorées, les spectateurs. Leurs cris se muaient en sifflements à ses oreilles. Elle n'avait plus que quelques minutes à vivre dans sa peau humaine et le savait. Une fatigue écrasante la terrassa, qui lui fit mettre un genou à terre. Elle ferma brièvement les yeux, et quand elle les rouvrit, elle était couchée près de Wuan.

Il n'était pas mort. Un mince souffle sortait de sa bouche et sa poitrine se soulevait avec peine. Elle chercha à se lever, mais le processus de régression la clouait au sol. C'était terriblement frustrant. Sans le retard que la rencontre avec l'*ardi* dans la villa lui avait fait prendre, peut-être aurait-elle pu le sauver et le ramener ?

Dans sa vision hallucinatoire, elle observa le sang de Wuan s'écouler sur son abdomen, s'égoutter sur son flanc, atteindre sa propre main blessée qu'elle tenait paume ouverte vers le ciel. Elle s'était coupée profondément en saisissant l'épée du bourreau. Alors que tous deux se tenaient au seuil d'un autre monde, lui de la mort, elle d'une vie d'*erectus*, leurs sangs se mêlaient. Tout un symbole : la fusion intime de deux espèces sœurs qui n'avaient pas réussi à s'entendre pour se partager leur planète et faire front commun devant la nouvelle menace.

*Je n'en veux pas aux humains. Les* erectus *ne sont pas de taille face à la superrégression. Mon espèce est peut-être plus proche de la nature, moins égoïste et moins individualiste qu'*Homo sapiens, *mais elle n'a ni le savoir ni l'intelligence pour chercher un remède. Et, Anna, je ne t'en veux pas de penser à ton peuple avant de songer à moi, en dépit de notre histoire. Nous avons déjà mêlé nos sangs, et de cette union est née Alice. Dans un autre temps...*

Anna regardait les lèvres closes de Wuan, son visage fermé, et pourtant c'était comme s'il lui chuchotait à l'oreille. Alors elle comprit qu'en même temps que leur sang se mélangeait, Wuan lui léguait son don. Elle aussi, maintenant, captait les pensées. À l'article de la mort, il s'adressait à elle. Ou peut-être, sombrant dans la folie, imaginait-elle la réalité de ce phénomène. Pourtant, elle voulait tellement y croire qu'elle abandonna toute rationalité.

Anna fixa les grands yeux bruns inexpressifs : l'entendait-il en retour ? Impossible à dire. Une seconde salve de pensées la frappa. À la différence de la première, celle-ci lui apparut dénuée de sens.

*L'enfant sauvage peut changer l'ADN à distance.*

Réunissant ses forces, elle parvint à se mettre à quatre pattes. Penchée sur Wuan, elle ne sentait plus son souffle. L'esprit engourdi, elle essayait de traduire ses paroles.

— Quoi ? L'enfant sauvage peut... modifier l'ADN ? balbutia-t-elle. Je ne comprends pas. Sois plus clair. Tu m'entends ? Sois plus clair !

Elle avait hurlé sans le vouloir. Tandis que son cri se perdait dans les gradins, elle s'écroula. Elle se mit à répéter les mots de Wuan, comme si, dans son dernier souffle, il lui avait confié un mantra aux pouvoirs incommensurables.

— L'enfant sauvage peut changer l'ADN… L'enfant sauvage peut…

Ses lèvres tremblaient. Un vent glacial l'enveloppait qui puisait son origine dans la peur insondable qui l'habitait. Elle allait mourir, elle le savait. Ce n'était pas une véritable mort biologique, mais cela reviendrait au même. Pourtant, une flamme au fond d'elle refusait de s'éteindre. L'espoir.

— Ils doivent venir me chercher, il y a encore le temps… il y a encore le temps…

Elle répétait en boucle les mêmes phrases en oubliant une donnée essentielle : ceux susceptibles de venir la chercher se trouvaient à deux mille ans dans le futur.

« L'enfant sauvage peux changer l'ADN à distance. » Tout à coup, elle comprit ce qu'avait voulu dire Wuan.

*Je dois en informer les autres.*

Mais comment communiquer à vingt siècles d'écart ?

Machinalement, elle regarda autour d'elle et ses yeux tombèrent sur le glaive du bourreau. Oui, il existait un moyen de communiquer par-delà le temps ! Pourquoi n'y avait-elle pas pensé plus tôt ?

Elle réussit à ramper jusqu'à l'arme. Sa main tâtonna devant elle et finit par se refermer sur la lame. Tout en la ramenant à elle, elle se demanda à quel endroit du corps l'acte chirurgical qu'elle s'apprêtait à accomplir serait le moins douloureux.

★

★ ★

— L'aéroport a été pris d'assaut, lança Gordon en descendant de sa Jeep. On doit tous se replier là-bas.

— Je reste ici, affirma Lucas.

— C'est de la folie, tu dois venir avec nous.

— Je ne quitterai pas la météorite tant qu'Anna ne sera pas revenue.

Gordon maugréa, puis dit :

— Très bien, rejoins-nous dès que tu peux. Je vais demander qu'on te laisse une unité de combat.

Les *erectus* abandonnèrent Times Square. Chen ordonna à quelques-uns des siens de défendre les lieux coûte que coûte. Lucas se tourna vers l'*erectus* qui l'avait rejoint, une vingtaine d'années, des traits délicats, une large bouche. Il misa sur le fait qu'il comprenait l'anglais.

— Comment t'appelles-tu ?

— Ebba.

— Eh bien, Ebba, merci d'être resté. Et j'ai bien l'intention que nous voyions tous les deux le soleil se coucher ce soir.

Alors qu'une nouvelle vague d'*ardis* descendait des gratte-ciel, Lucas avisa l'un des panneaux publicitaires de Times Square. La couverture du mensuel *Science et Nature* clignotait sur les lampes à led. On y voyait un crâne d'*Homo sapiens* accompagné de la légende : « Le crâne orné du Colisée qui remet en cause tout ce que les historiens savent sur l'Antiquité romaine. » *La revue a un brin de retard sur l'actualité*, songea machinalement Lucas. *Bravo,* Science et Nature *! L'inversion temporelle, ça ne vous évoque rien ?* Il se rappela que son fils Hugo lisait ce magazine avant de sombrer dans le sommeil.

*Un crâne incongru à Rome.*

Il venait de se produire comme un court-circuit dans son cerveau. Surveillant les environs du coin de l'œil, il consulta Internet sur son téléphone. Il trouva sans mal des infos sur l'histoire et des photos du crâne. Celui d'une femme. Une inscription étrange y était gravée. Difficile à déchiffrer, elle semblait bizarrement écrite non pas en alphabet romain, mais avec des lettres minuscules ressemblant à l'écriture moderne. Lucas comprenait mieux l'importance de la découverte.

Deux mots paraissaient inscrits sur l'os, quelque chose comme :

*Ask Raj.*

La vérité éclata au visage de Lucas comme un orage. *Mon Dieu, c'est un message d'Anna ! Il était là, devant nous, depuis tout ce temps, et nous ne l'avons pas vu.*

Il essayait d'éviter de songer à la douleur qu'elle s'était infligée pour le transmettre à travers les siècles, quand une immense ombre se déploya au-dessus de la rue.

# – 6 –

## New York ; Europe ; Afrique.

L'infestation d'*Ardipithecus* avait atteint l'aéroport. Venant des quatre coins de la ville, les préhumains convergeaient vers leurs ennemis. Les *ardis* se jetaient dans la bataille avec une sauvagerie primitive et une tactique bien rodée. Ils se débrouillaient pour isoler une cible, puis fondaient sur elle par petits groupes de cinq ou six individus, ne lui laissant aucune chance de survie.

Juché sur sa monture éléphantesque, Chen envoya *ad padres* deux régressifs qui s'approchaient un peu trop près de l'infirmerie. Il comprenait qu'il devait à présent non pas sauver les humains, mais les siens.

Avec ses troupes, il s'était réfugié près des avions gros-porteurs lorsqu'un énorme disque noir, grand comme un terrain de football, vint obscurcir le tarmac. L'ombre portée d'un immense corps flottant dans l'espace. Cent fois plus grand que la Lune.

Une planète identique à la nôtre.

Sous un hangar de l'aéroport, Gordon attachait Alice, inerte, à la place avant de sa Jeep lorsqu'il vit le mystérieux objet céleste. Il crut d'abord à un mirage : une Terre jumelle venait de surgir au-dessus d'eux.

Cousine de la nôtre par la présence d'océans et de terres à sa surface, elle en différait néanmoins par la géométrie de sa masse terrestre : elle possédait un unique continent qui occupait les deux tiers de sa face visible.

Béat d'admiration, Stephen sortit sur le tarmac.

— L'univers parallèle, murmura-t-il.

Tous les belligérants de la guerre des espèces, y compris les *ardis*, avaient cessé le combat pour s'intéresser au ciel, hypnotisés par l'autre Terre.

Les conséquences de l'irruption de ce nouveau satellite naturel se firent bientôt sentir. Soudain Gordon eut l'impression d'être allégé d'un poids, comme s'il avait perdu dix kilos d'un coup. Il avisa le fusil d'un soldat tombé au combat. L'extrémité de l'arme se soulevait, comme attirée vers le haut. Il saisit immédiatement ce qui se passait. Il regarda en direction de Chen descendu de sa monture et vit son collier en dents d'alligators qui cherchait à s'envoler.

— Agrippez-vous à quelque chose au sol ! hurla-t-il.

Réagissant au quart de tour, Chen empoigna une balise lumineuse plantée sur le bord de la piste. Gordon lui-même s'arrima à un poteau du hangar.

C'était le chaos. La roue d'un camion se souleva lentement jusqu'à dix centimètres du sol, puis le véhicule en entier commença à léviter, comme tiré par des fils invisibles. Chen avait relayé l'exhortation de Gordon et, à l'exception de quelques individus trop éloignés pour entendre l'ordre, tous les *erectus* s'étaient accrochés à un objet solidement fixé au sol.

Quant aux *ardis*, ils se laissèrent hypnotiser par le spectaculaire phénomène. Peu à peu, seuls ou en grappes, ils rejoignirent la flotte d'objets hétéroclites dérivant dans les airs à quelques mètres du sol : casques, mitrailleuses et même pliohippus et gomphotheriums.

★
★ ★

Au Costa Rica, la Terre jumelle fit son apparition dans les premiers rayons du soleil levant. Sous l'influence gravitationnelle du nouvel astre, l'océan se retira à plusieurs kilomètres des plages. La rapidité du phénomène jeta sur le sable toute la faune marine des eaux poissonneuses, hélicoprions et autres tortues régressives. Puis ils s'élevèrent à leur tour à deux mètres d'altitude.

Au même moment, à Turin, au XVe siècle, Léonard de Vinci, debout devant son chevalet, apportait la touche finale à son *Salvator Mundi* lorsqu'un pinceau posé sur sa palette fut pris de secousses. Croyant à un tremblement de terre, il quitta son atelier et se précipita dehors. Avant d'être emporté par la vague gravitationnelle, l'artiste ressentit la plus vive émotion esthétique de son existence en voyant l'orange bleue, le nouveau satellite en orbite autour de la Terre.

Simultanément, deux millions d'années plus tôt, un clan d'authentiques *erectus* traversait une rivière située dans l'actuelle Tanzanie. La femme la plus âgée du groupe, peau sombre et nez fin, vit la nouvelle Lune. Elle poussa des cris d'excitation et de peur mêlées, transmettant immédiatement son angoisse aux autres. Quand la traction verticale l'arracha au sol, elle parvint à s'agripper à la branche d'un arbre. Son évolution à rebours en *Ardipithecus* commença alors.

Avec la Terre jumelle était en effet donné le dernier coup d'accélération de la superrégression.

★
★ ★

À l'hôpital San José, au Costa Rica, Lauryn s'était allongée au côté de Kyle et serrait sa main dans la sienne, tels deux amants avançant ensemble vers la mort. Le lit planait à un mètre cinquante au-dessus du sol en oscillant doucement, comme sur une mer fantomatique. Les paupières closes, Lauryn était secouée de sanglots. Une lueur d'espoir éclairait ses ténèbres : peut-être Kyle et elle seraient-ils heureux dans leur vie future d'*Ardipithecus* ? Une larme perlant au coin de ses yeux s'envola vers le plafond.

Lauryn poussa un hurlement terrible quand la régression commença à modifier son organisme. Elle resserra son étreinte sur Kyle pour supporter la douleur.

★
★ ★

À l'aéroport Kennedy, Gordon sentait ses forces l'abandonner. Bientôt, il lâcherait le pilier. Ironiquement, la régression l'aida à tenir le coup, ses muscles flasques d'humain se renforçant pour devenir les biceps noueux et puissants de nos lointains ancêtres. Il aurait senti le pelage pousser sous sa chemise si la souffrance et un souvenir n'accaparaient pas tout son esprit.

Kenya, au temps où Emma, la mère de Lauryn, était encore vivante. Elle et sa fille chahutaient comme des enfants sur la banquette arrière d'un 4 × 4. La famille profitait d'un congé pour réaliser un safari. Quand il leur avait signalé qu'un lion les regardait avec curiosité à cinq mètres de la voiture, Emma s'était retournée vers l'animal en tirant la langue, déclamant une tirade énigmatique reprise d'un livre qu'elle lisait alors : « Mange-nous, on vivra à l'intérieur de toi. » Il ne comprenait véritablement ces mots qu'aujourd'hui. Au fond, ce n'était qu'une reformulation des lois de l'évolution : ce qui primait à l'échelle de l'espèce était la transmission des gènes, de l'influx vital. Tel était le secret.

Il regarda en direction de Chen et le vit toujours accroché à la balise. Méconnaissable, il avait parcouru une grande partie du chemin qui les séparait tous du stade de – 8 millions d'années.

*La vie n'est pas finie, une autre nous attend.*

Ce fut la dernière pensée consciente de sa seconde existence d'humain.

★

★ ★

À Times Square, par un étrange effet de la physique, comme si le champ temporel y était plus vigoureux, la proximité immédiate des météorites entraîna la superrégression la plus sévère. Lucas et l'*erectus* avec qui il livrait une bataille âpre pour défendre le laboratoire (bataille qui avait viré à Fort Alamo avec son lot spectaculaire de victimes dans les deux camps) subirent le phénomène. Ils ne se transformèrent pas en *Ardipithecus*, mais remontèrent encore plus loin l'évolution, jusqu'à un stade où il n'y avait strictement plus rien d'humain en eux.

Leurs oreilles s'arrondirent en deux petites paraboles, tandis que leur mâchoire reculait. Dans le même temps, leur crâne se réduisit considérablement. Les *erectus*, et même les *Ardipithecus* dans une certaine mesure, conservaient des traits du visage de leur vie humaine antérieure. Chez Lucas, en revanche, nulle trace n'y affleurait.

## – 7 –

Comme toute collision, l'impact avec l'univers parallèle fut passager. Après avoir bouleversé la vie sur Terre, la planète jumelle s'éclipsa et regagna les tréfonds du cosmos d'où elle venait.

Quand l'azur drapa de nouveau le ciel de l'aéroport Kennedy, l'antigravité s'estompa et tout ce qui avait lévité, objets comme êtres vivants, retomba sur le sol. L'accélération fulgurante de l'inversion temporelle qu'avait observée le Bureau international des poids et mesures s'apaisa : le décompte infernal affiché sur les téléviseurs du monde entier ralentit et reprit bientôt son cours normal.

À New York comme à Singapour, Sydney, Ankara et partout ailleurs dans le monde – dans les immeubles, les gares, les fêtes foraines, les rizières, les hôpitaux –, les *Ardipithecus* jonchaient le sol, toujours inconscients. Leur métabolisme était sur le point d'achever sa mue. Il ne restait plus de l'espèce humaine que les traces matérielles de ce qu'elle avait mis des milliers d'années à bâtir. L'évolution venait de tourner la page humaine de son histoire. Elle avait duré trois millions d'années.

Sachant que l'espérance de vie moyenne d'une espèce avoisine le million d'années, ce n'était pas si mal.

# – 8 –

## Italie, 79 ans de notre ère.

Un silence mortel pesait sur le Colisée. Le temps semblait comme suspendu, comme s'il n'existait plus en l'absence des hommes.

L'irruption de six personnes en tenue militaire vint rompre cette illusion. Franchissant l'arche d'entrée, le commando pénétra dans le cirque avec la même prudence qu'en territoire ennemi, fusil-mitrailleur à l'épaule. Ces humains constituaient les ultimes reliques d'un monde à présent disparu.

Quand l'escouade se fut assurée de l'absence d'*Ardipithecus* dans les parages, la seule personne non armée retira le masque qui lui cachait la moitié du visage. C'était Mirna Kisinski. Elle s'agenouilla près d'Anna, ou du moins du corps qui n'avait plus qu'un lointain rapport avec la paléontologue, et s'assura que le pouls battait encore.

*Résistez, Anna, on va vous tirer de là.*

Un sourire illuminait le visage de Mirna.

— On a eu votre message, merci, murmura-t-elle.

*Merci pour tout ce que vous avez fait.*

— Vous pouvez les emmener, dit-elle dans sa radio.

Les membres de l'escouade posèrent au sol deux civières.

Peu après, Mirna Kisinski était à Florence. Grâce à la puce greffée dans la boîte crânienne de l'enfant sauvage, elle n'eut aucun mal à remonter jusqu'à l'atelier de Léonard de Vinci. Elle était venue chercher la dépouille de Josia Meyer, mais en s'agenouillant auprès de l'enfant, elle eut la surprise de constater qu'une étincelle de vie l'habitait encore. Son pouls battait très faiblement, mais, chose incroyable, il avait échappé à la mort.

Un vrai miracle.

Son corps s'était vraisemblablement autoréparé. Avait commencé de le faire, du moins, car un pan de son cerveau demeurait abîmé. *Peut-être n'est-il pas trop tard pour reconstruire les tissus. Nous avons bien redonné vie à Anna Meunier. Peut-être pouvons-nous le ressusciter lui aussi ?* Ils devaient tenter le coup.

Seulement, le souhaitait-il ? Voulait-il être arraché définitivement à son époque et vivre au XXIe siècle ? La question ne fit qu'effleurer Mirna. Pivotant vers les soldats, elle leur fit signe de l'emmener. Ils repartirent avec le garçon, abandonnant le cadavre de Josia Meyer à la Renaissance.

# – 9 –

## Île de Montecristo.

Anna se réveilla dans une chambre aux murs blancs, où dans un aquarium tournoyait un poisson aux reflets argentés. *Où suis-je ? Qu'est-ce que je fais là ?* Incapable de reconstituer les événements passés, elle porta les mains à son visage. Son impression contredit ses attentes. Titubant jusqu'au miroir de la salle de bains, elle eut l'immense surprise d'y voir des traits sans aucun signe de régression. Elle avait juste un grand pansement qui couvrait son crâne.

— Alors, remise ?

Se retournant, elle vit Mirna Kisinski dans l'encadrement de la porte d'entrée, souriante et rayonnante.

— Vous avez eu mon message ?

— Oui. Et vous aviez parfaitement raison de nous envoyer vers Rajesh Khan. Nous vous avons récupérée à temps, avant que les tunnels temporels ne se referment. Nous venions juste d'accéder de nouveau à Janus.

— Les météorites ne fonctionnent plus comme des portes ?

— Non, mais nous aurons le temps de discuter plus tard de tout cela. Sachez simplement que nous avons réussi à vous ramener parmi les vivants, c'est l'essentiel.

N'aimant pas l'expression « parmi les vivants », Anna fronça les sourcils.

— Combien sommes-nous de survivants ? Une poignée, c'est ça ?

— Nous sommes douze sur l'île si je vous compte, vous et votre ancien compagnon.

Un instant, Anna espéra qu'il s'agisse de Lucas. Mirna décela son trouble.

— Je parle de Yann Lebel.

— Yann est vivant ?

— Non seulement vivant, mais en bonne voie de guérison. Nous l'avons endormi et, dans son sommeil, il remonte lentement les millions d'années qu'il a parcourues.

Yann, de retour parmi les humains. Anna l'avait espéré des années durant, pourtant, elle n'avait aucune envie de se précipiter pour le voir. Ses pensées immédiates allèrent à Alice.

— Ma fille ?

— Elle est restée à New York, tout comme Lucas Carvalho…

*Douze personnes. Voilà ce qui reste de l'espèce humaine.* Ils disposaient peut-être d'un moyen d'inverser la régression, mais comment le déployer à grande échelle avec si peu de bras ? Fallait-il se résoudre à créer un cimetière et y ériger sept milliards de croix ?

— Seulement douze ? répéta-t-elle.

— Oui, mais je ne vous ai parlé que des personnes qui vivent ici. Suivez-moi.

Elles prirent l'ascenseur jusqu'au sommet de l'île et débouchèrent dans le bureau de Josia Meyer, qu'elles traversèrent en direction de la terrasse.

— Peu de temps avant l'apparition de la Terre jumelle, nous avons lancé un appel sur les ondes radio : tous ceux qui se rapprocheraient de l'île seraient protégés.

Ce fut un choc quand Anna porta le regard sur la mer. Une formidable armada mouillait dans les eaux alentour, composée aussi bien de lourds navires de guerre que de petits chalutiers et de voiliers de plaisance. Des centaines de bateaux qui constellaient l'océan comme autant de phénix renaissant de leurs cendres. Elle en eut des frissons.

— Tous ces équipages ont survécu grâce à vous, Anna.

Anna savoura le moment en songeant que l'espèce humaine bénéficierait peut-être d'une nouvelle chance. Lors de la dernière période glaciaire, alors que les glaciers descendus du Nord stérilisaient les terres, la faune et la flore d'Europe avaient survécu en trouvant refuge dans des isolats, en Espagne et dans d'autres lieux du continent.

*Ici est notre asile à nous, à partir duquel nous allons renaître.*

Guidée par une intuition, Anna pivota sur elle-même et aperçut, se dressant sur le toit, une gigantesque antenne. En la voyant, elle fut de nouveau en proie à une émotion intense. Il ne s'agissait pas seulement d'un treillis de métal empalant le ciel, mais de ce qui allait inverser le processus infernal qui avait frappé la Terre à trois reprises. Une bouée de sauvetage pour les passagers de ces navires, un phare pour l'humanité tout entière.

Anna sourit en pensant à cette image.

# – 10 –

Pendant qu'un noyau de survivants organisaient la contre-attaque à partir d'un confetti de terre en Méditerranée, les *Ardipithecus* étendaient leur empire partout sur les terres émergées, rejouant le scénario qu'avait déjà écrit *Homo sapiens* deux millions d'années auparavant en quittant le continent africain.

Même si des pulsions sombres et brutales animaient le cœur des *ardis*, il se trouva parmi eux quelques individus pour éprouver une forme d'émotion face aux œuvres de l'espèce humaine dans lesquelles elle avait insufflé son génie, comme la tour Eiffel, la tour Khalifa à Dubaï ou encore le musée Guggenheim à Bilbao. Les préhistoriques grimpèrent en haut de ces bâtiments et de dizaines d'autres, tous recouverts en partie par la végétation, pour le seul plaisir d'être étreints par les sentiments de grandeur et de pouvoir qui avaient présidé à leur construction. Ces individus singuliers, habités par la conscience du beau, représentaient peut-être l'avant-garde d'une nouvelle et future lignée humaine.

Il avait suffi d'un signal obscur venant d'un univers parallèle pour déclencher cette nouvelle phase de l'évolution sur Terre. Pendant tout le XXe siècle, l'homme s'était demandé pourquoi aucune civilisation extraterrestre n'était entrée en contact avec lui. La question l'avait taraudé, surtout à partir du moment où l'on avait su que l'univers observable abritait des milliards de milliards d'étoiles, chacune ayant une probabilité non nulle d'être le centre d'un système solaire où la vie s'épanouissait. Or, si la vie était si répandue dans l'univers, pourquoi les extraterrestres n'étaient-ils pas venus frapper à notre porte ?

À la lumière des récents événements, l'humanité détenait dorénavant la réponse : toute vie évoluée sur une planète finit par faire machine arrière au bout d'un temps plus ou moins long. Un jour ou un autre, le phénomène cosmique d'inversion temporelle stoppait les « ambitions » de l'évolution biologique et ramenait les formes de vie à un état antérieur.

Cette théorie ne satisfaisait pas Anna. Elle reposait entièrement sur l'hypothèse de Rajesh Khan.

— Selon moi, nous découvrons aujourd'hui que l'ADN agit comme une sorte d'antenne, lui avait-il expliqué. Lorsque cette antenne est correctement stimulée, le signal qu'elle reçoit provoque la régression de l'organisme. Vous comprenez pourquoi j'étais mal à l'aise pour émettre cette théorie : elle est complètement iconoclaste. Depuis sa découverte au début du XXe siècle, l'ADN a été considéré comme le support génétique de l'hérédité. Une bande magnétique que les cellules lisent afin de fabriquer d'autres cellules ou de contribuer au fonctionnement du corps. L'idée que cette même molécule, qui peut mesurer plusieurs centimètres si on l'étire, puisse jouer le rôle de récepteur d'ondes électromagnétiques, de mini-radio en quelque sorte, était une hérésie pour la science moderne.

Deux questions troublaient Anna : pourquoi les brins d'ADN de chaque cellule fonctionnaient-ils comme une antenne ? Et pouvaient-ils capter des informations d'origine extraterrestre ? Ces interrogations donnèrent lieu à d'incessantes spéculations dans la communauté scientifique recluse sur l'île de Montecristo. Pour certains, ces hypothèses éclairaient d'un jour nouveau des phénomènes connus depuis longtemps chez les populations indigènes d'Amazonie et d'Afrique. Ces peuples prétendaient que leurs remèdes, dont les divers ingrédients étaient distillés à des doses d'une telle précision qu'il était impossible de les reproduire par la seule expérience en pleine forêt, leur étaient soufflés en rêve par les esprits des arbres et des plantes. Et si les chamans captaient en réalité des champs émis par l'ADN de la flore ?

Les religions orientales avaient depuis longtemps l'intuition que l'être humain appartient à une sorte de bain cosmique, qu'il n'évolue pas dans le grand jeu de l'univers telle une particule solitaire, mais qu'il s'inscrit au contraire dans un tout qui le dépasse. Et si l'espèce humaine venait de faire l'amère expérience du phénomène ? Et si l'évolution de l'homme, jadis comme aujourd'hui, avait été influencée par des processus cosmiques ?

L'hypothèse n'avait rien d'inédit : l'explosion de supernovas, autrement dit le chant du cygne d'étoiles géantes en fin de vie, avait déjà été soupçonnée d'avoir altéré la vie sur Terre en provoquant des mutations d'ADN généralisées et causé une extinction massive d'espèces, il y avait trois cent quatre-vingt millions d'années.

Toutefois, même si elle n'avait rien d'original, cette idée ne plaisait pas à tout le monde. L'idée que le destin de l'homme soit suspendu à de vagues forces venant de l'espace avait des relents religieux. Or il existait une façon tout à fait simple et profane d'envisager la chose, objectait Rajesh Khan : un système purement isolé n'existe pas en physique, et ce à quoi l'on venait d'assister n'était que l'illustration de ce principe général. Une libellule, un séquoia géant, une étoile formaient les nœuds d'un gigantesque réseau d'influences agissant à l'échelle cosmique.

Quand Rajesh expliqua sa thèse, un soir où ils profitaient du soleil couchant sur la terrasse d'un immeuble du centre de Barcelone, Anna demeura sceptique, malgré les événements dont elle avait été témoin.

Depuis une semaine, ils entamaient la lente reconquête de la Terre à partir de l'Europe. Ils érigeaient des antennes dans le centre des grandes villes. Celles-ci émettaient une onde capable de stimuler l'ADN de toute cellule dans le sens inverse des ondes émises par les météorites. Dès qu'on les faisait fonctionner, qu'on « basculait leur interrupteur sur *on* », la population d'*Ardipithecus* du quartier se figeait, comme terrassée par une force invisible. Puis l'ADN des cellules de leur corps amorçait son changement.

Un prototype miniature de ces antennes, de la taille d'une boîte à chaussures, avait sauvé Anna de la régression à Rome. Rajesh Khan l'avait développé en secret, parallèlement à ses travaux sur l'île de Montecristo. Le message d'Anna à travers les siècles avait été le point de départ du projet. Quand Mirna Kisinski lui avait transmis les images du crâne exhumé à Rome, les idées qui nourriraient plus tard la fabrication de l'instrument s'ébauchaient déjà dans son esprit. Mais sans le message d'Anna, jamais il n'aurait persisté dans cette voie.

Après le prototype, l'heure vint de déployer le système à l'échelle mondiale. Le plan de reconquête exigeait une logistique implacable. La construction de milliers d'antennes réclamait la remise en marche d'usines et le réveil de centrales électriques. Les premiers sites équipés d'antennes furent sélectionnés selon cette logique. Pendant ce temps, Anna rongeait son frein.

Elle avait hâte que le tour de New York arrive. Ses journées se déroulaient dans la fébrilité et l'attente de ce moment. Elle prenait son mal en patience et déchargeait son énergie dans le travail. Ses compétences de paléontologue ayant perdu de leur intérêt immédiat, elle aidait comme elle le pouvait à l'implantation des antennes. Elle avait quitté l'île pour monter à bord d'une frégate française dès qu'elle avait pu.

Sans se l'avouer, Anna fuyait les retrouvailles avec Yann. Dès qu'elle y songeait, elle avait le sentiment d'être au bord d'une falaise et de se pencher vers le précipice sans personne pour la retenir. Mais l'inéluctable finirait par survenir. On l'avait avertie que Yann recouvrait progressivement ses esprits à mesure qu'il revenait physiquement dans le monde des humains. Il avait été transféré à bord de la frégate *L'Insoumise*, car sa blessure à l'abdomen exigeait des soins chirurgicaux.

Les jambes près de se dérober sous elle, elle pénétra dans sa chambre. Yann lisait un roman dans son lit, en parfaite santé, semblait-il. Dix ans s'étaient écoulés depuis la dernière fois qu'ils s'étaient vus – dans leurs conditions d'humains s'entend –, et elle avait l'impression de revoir un amour de jeunesse, croisé par hasard devant une bouche de métro, palpitations cardiaques incluses. Les yeux tombants, l'air sombre, il avait toujours la même mélancolie dans le regard qui l'avait ensorcelée autrefois.

— Hey ! lança-t-elle, gênée.

Ils s'étaient offert récemment un aller-retour vers la Rome antique et c'était tout ce qu'elle trouvait à dire !

— Je me demandais quand tu passerais me voir.

— J'avais quelques trucs à faire, esquiva-t-elle. Tu te souviens de tout ?

Elle posa la question de but en blanc. Autant savoir à quoi s'en tenir.

— Si, par tout, tu entends le tourbillon d'événements de ces dernières années, la réponse est non. Je me souviens de l'Afrique, que j'y tenais un rôle important auprès des… autres comme moi. Mais c'est à peu près tout.

— C'est peu…

— Oui, d'après ce qu'on m'a raconté. Mais cet être… c'était quelqu'un d'autre, ce n'était pas moi. Pour moi, c'est comme si je m'étais endormi il y a dix ans et réveillé aujourd'hui. Tout ce qui s'est passé avant est aussi frais qu'à l'époque.

— Vraiment tout ?

Sa question était lourde de sous-entendus, mais il s'abstint de répondre.

— Tu sais, pour Alice ?

— Oui, dit-il en s'illuminant. Elle est en train de se réveiller à New York. Je suis impatient de la voir.

— Elle va te plaire.

— J'en suis persuadé.

Bientôt, Anna aurait beaucoup de choses à lui raconter à propos de leur fille. Mais cette conversation attendrait. Ils demeuraient encore des étrangers l'un pour l'autre et elle avait besoin de temps pour se faire à l'idée de son retour.

— Il y a quelque chose que je dois te dire, Yann. Toi, tu te réveilles peut-être d'un mauvais rêve. Moi, en revanche…

— Ne t'inquiète pas, j'ai compris.

— J'ai changé, voilà ce que je voulais te dire.

— Ne te fatigue pas, je sais.

— Je suis contente que tu réagisses comme ça.

Anna prit pour prétexte qu'il devait se reposer et sortit. Elle s'adossa contre le mur de la coursive pour respirer profondément. La pulsation de son pouls couvrait le ronronnement du groupe électrogène du bateau.

# – 11 –

**Paris.**

Six mois plus tard, assise sur le pont d'une péniche transformée en bar, Anna, un verre à la main, souriait en regardant Alice et son père faire du roller sur le quai. Lauryn et Kyle les avaient imités un moment avant de se lasser, et ils marchaient bras dessus, bras dessous un peu plus loin. À deux pas se trouvait le Muséum d'histoire naturelle où Anna avait repris son travail, essayant de renouer tant bien que mal avec sa vie d'avant. Elle était sollicitée de partout, croulait sous les demandes d'interviews et de conférences, mais déclinait toutes les propositions.

— J'envie leur capacité à tourner la page, à reprendre une existence normale, commenta Stephen Gordon.

Gordon ne fermait pas l'œil de la nuit et, quand il finissait par sombrer, il était assailli par les cauchemars, savait Anna. Les psychologues faisaient fortune en ce moment. Personne n'était sorti indemne de son passage par un état qui remontait à – 7 millions d'années.

Elle se rendit compte que Mirna Kisinski la fixait intensément, tentant de percer ses pensées. La conversation qu'elles devaient avoir avait assez attendu.

— Quand avez-vous su ? dit Mirna.

— Que vous faisiez partie de l'ordre millénaire des Cygnes noirs ? Quand vous m'avez appelée après la vidéo d'Alice pour me témoigner votre amitié. Vous avez dit : « Alice était une jeune fille extraordinaire. Je suis à peu près sûre qu'elle avait hérité ses talents de sa mère. » Cela m'a mis la puce à l'oreille. Ensuite, un simple raisonnement logique m'a amenée à cette conclusion.

— Lequel ?

— Si j'ai bien compris, l'objectif de votre organisation était d'identifier des individus à l'ADN extraordinaire en prévision d'un coup dur qui surviendrait à l'espèce humaine. Sur le papier, Josia Meyer était le candidat parfait. Une intelligence et une mémoire hors norme, des capacités intellectuelles éblouissantes. Mais il fallait placer quelqu'un à ses côtés pour éventuellement le stopper si jamais il mettait ses talents au service d'un noir dessein. C'est vous qui avez joué ce rôle de vigie, n'est-ce pas ? Vous possédiez à la fois le curriculum vitae, l'expertise scientifique et la finesse d'esprit.

Mirna Kisinski inclina la tête.

— Et j'ai échoué, ce qui nous a coûté très cher. Quand nous avons découvert l'existence de l'enfant sauvage, mon rôle a changé. Il a consisté à épauler Josia Meyer pour qu'il arrive à ses fins. Mais je ne soupçonnais pas qu'aucun sentiment altruiste ne l'animait et qu'il ne se préoccupait nullement de la survie de l'espèce humaine. Il désirait seulement explorer les capacités fantastiques du garçon.

Anna hocha la tête, pensive.

— Il y a une chose que je n'ai pas comprise : pourquoi mon nom figurait-il sur la liste des Cygnes noirs ?

— Vous aviez montré des compétences exceptionnelles dans votre travail, cela a suffi à éveiller nos soupçons. Et nous avons décidé de passer à la vitesse supérieure. Vous vous souvenez d'une conférence que vous avez donnée à Prague où…

— … un inconnu s'est emparé du micro à la seconde où j'ai fini de parler.

— C'est dingue ce qu'on postillonne quand on utilise un micro…

— Allons, Mirna, vous avez peut-être eu mon ADN grâce à ma salive, mais qu'est-ce que vous avez pu en tirer ? Soyons sérieuses !

— Faites-moi confiance. Votre ADN est unique, certains membres de notre ordre sont d'incroyables scientifiques…

— Ah oui ? intervint Gordon. La liste des Cygnes noirs ne comporte aucun chercheur en génétique de renom qui aurait pu vous aider grâce à ses capacités intellectuelles supérieures.

— Fine observation, remarqua Mirna. Et si je vous disais qu'il existe une seconde liste ?

— Je ne vous croirais pas, répliqua Gordon. J'ai passé beaucoup de temps à la chercher.

À ce moment, Kyle et Lauryn les rejoignirent sur la péniche. Lauryn avait entendu leurs propos.

— Oh ! Vous parlez de la deuxième liste ?

— Quoi ! s'étonna Gordon. Tu es au courant ?

— Tout le monde l'est, papa.

— Ah oui ? Et pourquoi personne ne m'en a parlé ?

— Peut-être parce que tu es un petit cachottier toi-même, glissa sournoisement Lauryn.

Gordon leva les mains en l'air en geste de soumission.

— Pour la mille et unième fois, je suis désolé de t'avoir caché que…

— … que tu étais vivant.

— Je n'avais pas le choix.

— Pourquoi ? Tu avais signé une clause de confidentialité ? « On m'a ressuscité, mais désolé, je n'ai pas le droit d'en parler. »

Mary Abiker, la mère de Kyle, s'interposa.

— Vous pouvez arrêter cinq minutes de faire semblant de vous disputer, tous les deux ?

L'expression de mécontentement de Lauryn se transforma en sourire. Elle leva un verre pour porter un toast.

— À Anna, sans qui nous serions tous en train de grimper aux arbres et de nous chercher des poux.

— Je crains que la deuxième partie de ta phrase soit toujours vraie, plaisanta Mary.

— À Anna ! firent-ils en chœur.

— Cette seconde liste, pourquoi est-elle secrète ? intervint Kyle. Je parie qu'il y a des noms de gens importants dessus. Qui ?

— Ma bouche restera close, dit Mirna avant de se tourner vers la paléontologue. Nous savions peut-être que vous étiez un Cygne noir, mais nous ignorions dans quel registre. C'est à vous de le découvrir, maintenant.

— Oh ! Je sais qui est sur la liste ! continua Kyle. Michael Jordan. Pour sauter comme une gazelle, il devait avoir un ADN hors norme. Qui d'autre ? Ah oui…

Mais Anna ne l'écoutait plus. Elle observait Alice, pleine de joie, qui jouait avec son père, avec la volonté farouche de lui montrer qu'elle était meilleure patineuse que lui. Un bonheur intense irradiait de la scène, pourtant Anna y voyait de l'injustice. Un homme avait endossé le rôle de père pendant des années pour Alice et ce n'était pas celui-là... Deux jours plus tôt, Lucas était retourné au Portugal pour veiller sur son fils convalescent. Anna n'éprouvait aucune jalousie.

— Vous n'avez pas répondu, Mirna, insista Anna. Cette seconde liste d'individus extraordinaires dont le génome pourrait nous être utile si une nouvelle catastrophe menaçait l'ADN de l'espèce humaine, existe-t-elle réellement ? Stephen prétend que non, après avoir fait examiner à la loupe les disques durs du médecin panaméen.

— Peut-être qu'elle n'est pas stockée là où vous l'imaginez. Parfois, il vaut mieux que certains secrets restent à jamais tus.

# – 12 –

## Norvège.

Vêtue d'une parka, Mirna Kisinski attendait devant les portes fermées de la réserve mondiale de semences de l'archipel du Svalbard, sur l'île Spitzberg. Avec ses airs de bunker, le bâtiment en béton semblait jaillir de la montagne. Une température sibérienne régnait sur le pays. Quand l'avion privé avait survolé les forêts de conifères qui couvraient les pentes des fjords, Mirna avait repéré des silhouettes sombres et agiles qui se faufilaient entre les branchages : cet environnement rude n'empêchait pas les *Ardipithecus* de survivre. Pourquoi une poignée d'entre eux résistaient-ils aux ondes salvatrices ? Personne ne possédait la réponse. À combien se montaient-ils sur le seul continent européen ? Cent, mille, dix mille ? On l'ignorait précisément, mais les estimations penchaient pour une dizaine de milliers, même si les avis divergeaient sur leur évolution future. Les plus optimistes, comme Rajesh Khan, pensaient que leur guérison n'était qu'une affaire de temps, quand d'autres scientifiques voyaient en eux un héritage de la plus grande catastrophe que la Terre ait connue, avec laquelle il allait falloir dorénavant vivre.

Les battants de la réserve s'ouvrirent dans un grincement métallique. Un soldat vérifia le passeport de Mirna et la fouilla des pieds à la tête. Elle se soumit à ces contraintes avec flegme, puis avança dans un long couloir qui s'enfonçait dans la roche perpétuellement gelée. On ignorait ici les étés caniculaires et cela devait durer encore pendant des siècles. C'est pourquoi le lieu avait été choisi pour abriter la réserve mondiale de semences végétales. Une arche de Noé de toute la flore terrestre, dans laquelle on pourrait piocher au cas où les choses tourneraient mal.

Le couloir débouchait dans un vaste et spectaculaire hangar. En voyant un second soldat venir à sa rencontre, Mirna posa son épaisse mallette sur une caisse en bois et l'ouvrit. À l'intérieur, un flacon en verre logeait dans un écrin de polystyrène. Elle saisit le récipient renfermant des graines brunâtres, qu'elle tendit au responsable du site. Ce dernier lut l'étiquette collée dessus et s'étonna :

— Pourquoi avoir choisi une variété de fougères ?

— C'est l'espèce vivante qui possède le plus de chromosomes : mille quatre cent quarante.

Suffisamment pour coder des informations dans la partie inutile du génome. Des informations comme… une liste de noms. L'un des résultats des recherches de Futurabio était la possibilité de se servir d'un ADN comme d'un disque dur. La technique avait été sensiblement améliorée pour être appliquée à l'ADN de fougères. Ce qui avait été codé dessus resterait disponible pour les générations futures pendant des milliers d'années. Dans l'éventualité d'une nouvelle catastrophe génétique.

Mirna quitta le site avec le sentiment du devoir accompli et un profond soulagement. Après son départ, le soldat mit le flacon à l'abri dans une boîte, puis monta à bord d'une voiturette électrique. Il longea l'immense enfilade d'étagères à pleine vitesse. Au bout de deux cents mètres, ayant atteint le rayon flanqué de l'écriteau 2-C, il rangea la seconde liste des humains extraordinaires sur la même étagère que les graines d'orchidée des îles Caïmans.

# ÉPILOGUE

Anna avait tenu à peine huit mois dans l'atmosphère stérile de son bureau du Muséum. Elle avait patienté jusqu'à la fin des auditions de la commission, avant de partir pour la forêt tropicale de la Papouasie-Nouvelle-Guinée. Elle y avait retrouvé ce qu'elle aimait le plus, le contact frais et humide de la terre et la promesse contenue dans chaque matin : l'espérance que l'argile allait lui offrir le fossile qui hantait ses rêves les plus fous.

Revenir à ses premières amours était sa manière très personnelle de tourner la page de cette longue aventure. Elle avait monté la mission en un temps record, choisissant délibérément le site où tout avait commencé, où elle s'était aventurée dans une grotte creusée dans une falaise pour y trouver un trésor paléontologique, un archéoptéryx pétrifié.

En arpentant ces terres, elle avait l'impression de boucler quelque chose, de remonter le passé. Comme si renouer avec la jeune chercheuse rebelle qu'elle avait été l'aiderait à remplir certains blancs de son existence récemment mis à nu. Les cheveux balayés par une brise, Anna se tenait au bord du précipice, si près que l'extrémité de ses baskets s'avançait dans le vide. En parfait écho avec son vertige intérieur.

En dépit des mois écoulés, la discussion avec Mirna continuait en effet de la perturber. Pourquoi son propre nom s'était-il retrouvé sur la liste des Cygnes noirs ? « Votre ADN est unique », lui avait assuré Mirna. Quel sombre pouvoir se nichait dans les tréfonds de ses cellules ? Ce mystère la tourmenterait encore et encore jusqu'à son élucidation.

Anna emplit ses poumons de l'air humide qui s'élevait de la vallée. Tous les parfums gravés dans sa mémoire étaient là et, pendant un court instant, elle expérimenta l'incroyable illusion de vivre dans un autre espace-temps. Dans son dos lui parvenait l'effervescence de l'installation du campement. La trentaine d'étudiants, de chercheurs et de techniciens s'agitaient comme dans une fourmilière. Des caisses aux couleurs de son nouveau mécène, Futurabio, passaient de main en main.

Si tout le monde dans son équipe louait Futurabio et sa générosité, les sentiments à l'égard de la société étaient nettement moins positifs du côté de New York. Au fil des semaines, il s'était trouvé des mécontents pour chercher à impliquer Futurabio dans l'inversion temporelle. Des voix s'étaient élevées à l'Onu pour réclamer une commission d'enquête chargée de clarifier d'éventuelles responsabilités de la firme dans les événements mondiaux. N'existait-il pas une possibilité, même infime, que ses ingénieurs aient amplifié involontairement le phénomène qui avait bien failli provoquer l'extinction de l'espèce humaine moderne ? Certes, ils avaient accompli un miracle en fabriquant une machine à remonter le temps, mais ce miracle n'avait-il pas fini par se retourner contre les hommes ? La commission entendait bien faire la lumière sur les événements de l'île de Montecristo. Quitte à subir des heures durant un cours de physique par Rajesh Khan qui, en l'absence remarquée du patron de Futurabio, défendait bec et ongles ses théories et inventions.

Anna s'était rendue aux auditions en renâclant. Pour elle, il ne faisait pas le moindre doute qu'on s'évertuait à trouver des boucs émissaires – on ne frôlait pas l'extinction de masse impunément. C'était la même histoire depuis l'aube de l'humanité : il fallait un coupable. Quitte à ce qu'un innocent se balance au bout d'une corde… Anna avait tenté d'être la plus objective possible dans son récit, même si elle n'avait pas pu s'empêcher de prendre la défense de la firme. Sans Futurabio, jamais la crise globale n'aurait trouvé une issue heureuse.

— Vous devriez féliciter Rajesh Khan plutôt que le traîner devant les juges, avait-elle protesté.

Elle avait pris le premier avion pour la Papouasie-Nouvelle-Guinée sans attendre la fin des journées d'audience. Elle avait hâte que Lucas la rejoigne. Réintégré au sein de l'OMS, il y dirigeait un tout nouveau service. À l'aide d'échantillons sanguins prélevés sur tous les continents, il surveillait l'ADN mondial comme le lait sur le feu, pour éviter que la régression renaisse de ses cendres. Il avait néanmoins accepté de renoncer à son agenda de ministre pour venir passer des vacances dans la jungle. Le désir de se lover dans ses bras montait en elle, entêtant comme un crescendo de percussions. *Comme* Le Boléro *de Ravel, m'aurait corrigée Lucas.*

Son talkie-walkie crépita à sa ceinture. Anna s'engagea dans un sentier qui descendait vers la plaine. Une lumière aveuglante perçait à travers les branchages de la jungle. Un quart d'heure plus tard, elle arriva à une cabane en bois sise au bord des eaux sombres et argileuses d'un fleuve.

— Ils arrivent, rentre ! hurla-t-elle.

Pas de réponse.

Anna appela une nouvelle fois, mais la forêt tropicale ne lui renvoya que le croassement d'une grenouille. Elle entra dans le salon meublé d'une multitude de bibelots qui avaient fait le voyage de Paris avec elle. Des fruits de la forêt encombraient le plan de travail de l'îlot central. Tandis qu'elle entreprenait de peler une mangue, une délicate forme simiesque s'avança lentement dans son dos, silencieuse et furtive. De son long bras, elle effleura Anna et déposa près d'elle deux mangues cueillies dans les bois.

— Merci. Est-ce que tu peux aller me chercher le sucre, s'il te plaît ?

D'une démarche sautillante, la petite créature aux allures de singe se rendit jusqu'à l'étagère des provisions et s'empara d'une boîte en métal qu'elle revint déposer sur l'îlot.

— Et maintenant, tu veux bien mettre la table ? Tu te souviens qu'on a des visiteurs aujourd'hui, n'est-ce pas ?

L'*erectus* poussa un grognement affirmatif. Tandis qu'il prenait les couverts, puisant dans le vaisselier en acajou, Anna lui demanda comment ça s'était passé dans la jungle. Voilà plusieurs jours que des *Ardipithecus* avaient signalé leur présence par des empreintes et des branches cassées autour de la maison. Tout en accomplissant sa tâche, son interlocuteur lui expliqua par gestes qu'il avait repéré le passage de deux nouveaux individus, l'un de grande taille dont les pas s'enfonçaient profondément dans le sol. Les doigts à la peau noire et plissée dansaient dans l'air avec une aisance qui réjouissait Anna.

Huit mois avaient suffi pour que l'*erectus* acquière 80 % du vocabulaire de la langue des signes française, qu'elle avait dû apprendre elle-même. Dévoré par une soif de connaissances inextinguible, il enregistrait les informations à une vitesse sidérante. En de rares occasions, elle encourageait ses efforts en le récompensant d'une friandise.

*On est combien ?*

— Cinq.

Dressant l'oreille, il entendit le premier le bruit d'un moteur.

*Ce sont eux !*

Il manifesta sa joie en hochant la tête, avant de filer dehors. Anna ne cessait d'être fascinée par l'enfant sauvage. Pour une raison inconnue, le remède à la régression n'avait été d'aucune efficacité sur lui, même après la guérison complète de son cerveau, obtenue grâce aux soins prodigués par Futurabio. Sans doute son don n'y était-il pas étranger. La confrontation avec Josia Meyer avait comme verrouillé en lui un cadenas qui refusait de s'ouvrir. Le temps apporterait davantage de réponses. En attendant, il demeurait l'unique vestige sur toute la planète des crises qui s'étaient succédé en dix ans. L'unique témoin dans sa chair des pandémies *erectus*.

La mission en Nouvelle-Guinée n'avait été qu'un prétexte pour qu'elle puisse s'occuper de lui. Mirna Kisinski l'avait amené jusqu'ici, en avion privé et pirogue, dans la discrétion la plus absolue. Il avait fait le trajet assommé par les drogues.

Posant son couteau, elle alla se changer rapidement. Postée devant le miroir accroché près de la porte, elle s'examina dans sa robe blanche à fleurs et, fébrile, remit en place la mèche qui lui tombait sur les yeux. Elle s'empara d'un chapeau de paille sur une patère suspendue près du fusil de chasse. Puis sortit.

Une pirogue arrivait, avec à son bord Lucas et Alice, en plus du takariste assis à l'avant avec sa perche. Ils accostèrent. L'enfant sauvage bondit aussitôt dans les bras de la petite fille. Pendant qu'ils chahutaient tous les deux, Lucas suivit Anna à l'intérieur. Anna percevait son inquiétude. Celle-ci éclata au grand jour dans l'atmosphère spartiate de la cabane.

— Tu vas vraiment continuer à vivre ici, Anna ?

— Oui, j'ai tout ce qu'il me faut.

— Et l'enfant sauvage, tu ne crois pas qu'il serait mieux…

— … dans un zoo ?

— … dans la nature.

— Tu voudrais que je le lâche dans la jungle ? Livré à lui-même, il ne tiendrait pas une semaine. J'ai baissé les bras une fois, je ne réitérerai pas cette bêtise. Ici, c'est l'unique endroit où il peut vivre caché des regards de tous.

— Ta place est à Paris, Anna. Avec tes collègues, les journalistes et les autorités qui ne demandent qu'à te rencontrer. On parle même de toi pour un prix international prestigieux.

— Tu veux du sucre dans ton thé ? demanda-t-elle, ignorant effrontément les propos de son amant.

— Anna, réponds-moi, s'il te plaît.

Anna le fixa.

— Ils peuvent m'inventer un prix Nobel taillé sur mesure, je me moque complètement des honneurs. Toi et les autres pensez que les choses sont derrière nous. Moi, au contraire, je pense qu'elles ne font que commencer. Tout un champ scientifique vient de s'ouvrir devant nous. Et je compte bien l'explorer. Tu n'as pas pris la pleine mesure de ce que j'ai rapporté du passé. Si tu penses que l'enfant n'a été qu'un outil contre les effets de la régression, tu ne vois que la partie émergée de l'iceberg. S'il te plaît, Lucas, on laisse de côté ces questions ? J'ai juste envie de profiter de ta présence, d'accord ?

Leurs mains s'enchevêtrèrent. Lucas manifestait son opposition pour le principe. Au fond de lui, il comprenait la décision d'Anna. Elle l'aimait en partie pour cela, parce qu'il respectait ses désirs et que leurs rares différends se dissolvaient après une brève explication. Sortis sur le seuil, ils s'abandonnèrent, enlacés, à la sérénité de la forêt primaire.

Anna avait conscience d'avoir changé. À une époque, elle se serait battue pour défendre chaque centimètre carré de son territoire. À présent, elle avait l'impression d'avoir dompté sa part animale. Sa part *erectus*.

Soudain, on hurla à l'arrière de la maison. C'était l'enfant. Il s'était blessé en tombant sur un vieux seau au bord tranchant. Impressionné et apeuré, il était allé se réfugier sous la maison, dans l'espace étroit constitué par le vide sanitaire. Il gémissait dans la pénombre en tenant sa main ensanglantée. *Et zut, combien de fois je me suis dit que je devais nous débarrasser de cet objet dangereux !* songea Anna. La forêt tropicale, véritable nid à bactéries en raison de l'humidité et de la chaleur, favorisait dramatiquement les risques d'infection.

Rampant dans l'étroit boyau, elle se rapprocha autant que possible de lui. Fermant les yeux, elle se tourna vers son monde intérieur. Et, par la seule force de la pensée, stimula l'ADN du système immunitaire du garçon.

Un colibri au plumage iridescent s'envola vers le ciel tandis que, grande première dans l'histoire de l'humanité, on réalisait cette prouesse.

## Remerciements

Mettre un point final aux aventures d'Anna, de Lucas et des autres, c'est franchir la ligne d'arrivée d'une longue route. Quand j'ai entamé le premier kilomètre, il y a bien des années, *Erectus* devait se limiter à un tome. La prétention d'avoir encore des choses à raconter et l'enthousiasme des lecteurs m'ont convaincu d'y donner une suite, puis de rempiler pour un troisième volet. Beaucoup de gens se sont relayés à la place passager durant le voyage. Il y a eu les chercheurs que j'ai interviewés (paléontologues et biologistes), des proches et surtout mes interlocuteurs chez XO. Je pense à mon éditeur, Renaud Leblond, qui a dû finir par sentir les ressorts du siège. Merci d'être resté à bord, mon ami. Et à Édith Leblond et Bernard Fixot, à l'inaliénable confiance. Enfin, merci à Nathalie Théry pour sa relecture attentive du manuscrit et ses propositions toujours pertinentes.

Je terminerai par un message à mes lecteurs. Hormis quelques exagérations ponctuelles, tous les aspects génétiques de la saga *Erectus* sont réels. Vous en tirerez la conclusion que vous voudrez. Personnellement, j'aime voir les romans comme des modes d'emploi du futur, des sortes de manuels de survie. Nos gènes sont loin d'avoir livré tous leurs secrets. Qui sait quelle force sombre et puissante reste tapie en eux ? Un conseil, donc : remisez ce livre au fond de votre bibliothèque, il se pourrait que la nécessité vous oblige à l'en sortir un jour.

Et si vous pensez qu'il s'agit d'élucubrations de romancier, voici de quoi vous convaincre. En 2019, soit après la parution du premier tome d'*Erectus*, a été annoncée la découverte d'ossements humains hors norme. Exhumés d'une grotte aux Philippines, ils arboraient des traits si archaïques que les paléontologues en ont perdu leur latin. Baptisée *Homo luzonensis* et datée de seulement – 50 000 ans, cette nouvelle espèce pratiquait manifestement une bipédie claudicante et grimpait peut-être aux arbres. Mais comment expliquer qu'une espèce du genre *Homo* qui vivait là-bas il y a à peine plus de 50 000 ans présente de telles ressemblances avec des espèces bien plus anciennes, vivant en Afrique il y a plus de trois millions d'années ? La réponse des chercheurs laisse sans voix. L'analyse des vestiges « laisse supposer que *Homo luzonensis* est probablement issu d'une population d'*Homo erectus* qui a connu des réversions pour un certain nombre de caractères », ont-ils écrit. Il faut savoir que, dans le jargon scientifique, « réversion » équivaut à « régression ». Autrement dit, cette population souche d'*erectus* avait bel et bien régressé. Elle avait rebroussé le chemin de l'évolution. Pas jusqu'au stade d'*Ardipithecus*, comme dans le livre que vous tenez entre les mains, mais elle l'a frôlé de près.

# TABLE

*Composition et mise en pages*
*Nord Compo à Villeneuve-d'Ascq*

FSC
www.fsc.org
MIXTE
Papier issu
de sources
responsables
FSC® C123930

L'éditeur de cet ouvrage s'engage
dans une démarche de certification FSC®
qui contribue à la préservation des forêts
pour les générations futures.

Impression réalisée par CPI BRODARD & TAUPIN
La Flèche (Sarthe), en octobre 2022

N° d'édition : 4828/01 - N° d'impression : 3049125
Dépôt légal : novembre 2022

*Imprimé en France*